KB026220

타임리스 타임

6

타임러스 타임

TIMELESS TIME

박미정 지음 김유빈 일러스트

6

Timeless Time
Content

Episode12 | Trick Or Treat

Trick Or Treat

이안이 인간의 수명에 손을 댄 적이 있다는 도유의 말을 어떻게 받아들여야 하는지, 유진은 고민하지 않을 수 없었다.

이안은 인간에 대해 그리 온정적이거나 동정적인 편은 아니었다. 가끔 그런 느낌을 받을 때도 있기는 했지만 그는 기본적으로 인간에게 무관심하고 냉정한 편이었다. 그러니 그럴 만한 일이 있었다면 인간을 죽일 수도 있었으리라. 특히나 업무에 관계된 일이었다면 더욱 그랬을 것이다.

물론 유진은 이안이 과거 강력계에 있었을 때 어땠는지 알지는 못했다. 그러나 단주나 도유가 했던 길지 않은 언급을 조각조각 모아서 추측해 보면, 강력계 시절의 그는 지금보다 훨씬 더 냉정하고 완고한 성격이었던 게 아닐까 싶었다.

그런 성품이라면 치외사신의 검거라든가 하는 목적을 위해서 방해가 되는 인간 몇쯤 그냥 처치해버렸을지도 모르겠다는 생각이 들었다.

"왜."

이안은 들여다보고 있던 살생부의 장에서 눈도 떼지 않은 채로, 언제나처럼 범상한 목소리로 물어왔다.

"옆선이 너무 조각 같기라도 한가."

"저기요."

"언제나 느끼는 거지만 그 저기요 라는 의미불명의 말 한마디로 참 많은 반박과 분노와 비웃음과 거절을 잘도 표현하는군."

이안은 여전히 살생부에 고정한 시선을 한 번 들지도 않고 그렇게 말했다. 마치 네 표정 따위는 안 봐도 훤히 알 수 있다는 듯이.

"너무 걱정은 하지 마. 진심은 아니니까."

유진은 생각했다. 알면 다행이고.

잘생긴 얼굴이 아니라고 힘주어 말할 정도는 아니지만, 그렇다고 조각 같다는 말이 합당할 정도의 미남도 아니었다. 작지는 않지만 크지도 않은 눈은, 무엇보다도 그 눈초리가 상당히 매서운 편이어서 마주 보기가 쉽지 않았다. 수염 자국이 파르스름한 턱 또한 선이 날카로운 편이라 전반적인 인상 자체가 매서워 보이는 편이었다. 그것은 어느 정도는 선천적인 생김새이기도 했지만, 미간을 찌푸리거나 뭔가를 노려보는 이안 특유의 표정에 기인한 것이기도 했다. 어쩌면 강력계 생활이 그에게 새겨놓은 일종의 흔적인지도 모를 일이었다.

"살생부엔 도대체 뭐가 적혀 있어요?"

"말하지 않았던가? 인간의 이름과 사망시간, 1차적 사인이 적혀 있다고."

"그 얘긴 들었는데요, 단지 그것만 적혀 있는 거라면 그렇게 탐독하듯이 매일매일 들여다볼 필요는 없지 않아요?"

"명부에서 사신들에게 나눠주는 살생부에는 관할 관계없이 똑같은 내용이 적혀 있다."

이안은 건조한 목소리로 대답했다.

"요컨대 이 살생부에는 이 동네에서 죽을 인간부터 다른 도시, 다른 나라에서 죽을 인간들까지가 전부 적혀있단 말이지. 그러니 죽을 시기가 임박한 인간을 찾아내기 위해서는 살생부를 끼고 앉아서 애인이 보낸 연애편지 읽듯이 매일매일 읽지 않으면 안 되는 거다."

"그게 뭐예요, 생각보다 후지잖아요."

유진은 투덜거렸다.

"명색 사람의 수명이 적혀 있는 살생부라면 사인별로 지역별로 정리가 다 돼 있어서 오늘 죽을 사람은 몇 명이고 어디 어디쯤 있다 이런 걸 금방금방 찾아볼 수 있어야 되는 거 아니에요?"

"후져서 미안하군. 그렇지만 살생부가 이렇게밖에 나올 수가 없는 건 인간들 책임도 반 정도는 돼."

이안은 길게 기지개를 켰다. 알고 있으면서도 곧잘 잊곤 하는 사실이지만 그는 상당히 키가 큰 편이었다. 소파 속에 파묻혀 있을 때는 잘 깨닫지 못할 뿐이었다.

그래서 이따금 기지개를 켠다거나 벌떡 일어선다거나 할 때는, 처음 보는 것도 아니면서도 이 사람 이렇게 키가 컸었나 하는 생각에 뜨끔 놀라곤 하는 일이 더러 있었다. 지금도 그랬다.

"요즘은 세상이 좋아져서 워낙에 이리저리 많이들 돌아다니니까 말이야. 많이 돌아다닌다는 건 많은 상황에 맞닥뜨리게 된다는 뜻이고, 많은 상황에 맞닥뜨리게 된다는 말은 사인이 변할 여지가 많아진다는 뜻이기도 하지. 그런 걸 일일이 실시간으로 반영하려다가는 인간들이 태어날 때마다 몸속에 추적 장치 같은 거라도 심어야 할걸."

이안은 손을 뻗어 담뱃갑을 집었다. 아직 뜯지 않은 새 담배인지 그는 익숙한 손놀림으로 비닐 포장을 벗기고, 꽉 들어찬 담뱃갑을 두들겨 한 개비를 뽑아낸 후 입에 물었다. 그러고는 입에 문 담배에 불을 붙이고, 깊이 빨아들인 담배 연기를 뿜어내며 말을 이었다.

"그리고 자신의 죽을 자리를 선택할 자유 정도는 인간에게 보장되어 있기도 하니까."

"그건 또 무슨 말이에요?"

"말 그대로지. 인간은 자신의 수명을 알 수 없는 대신에, 그 수명이 다하는 순간까지는 무엇이든 할 수 있으니까. 어디에서 죽음을 맞는가 하는 것 정도는 인간에게 맡기겠다는 그런 의미도 있는 거지."

"말도 안 돼요."

유진은 고개를 내저었다.

"무슨 말인지는 알겠지만 그건 자기가 언제 죽을지를 알 때나 가능한 얘기잖아요. 저만 해도 그 날 그런 일이 있을 줄 알았더라면……."

순간 턱 숨이 막혔다.

이제는 아무렇지 않다고 생각했다. 그때로부터 꽤나 긴 시간이 흘러갔다. 이안을 찾아오는 계약자들에게 반귀신이라고, 죽은 건 아니지만 그렇다고 살아있는 것도 아니라고 스스로를 소개하는 것에도 이젠 웬만큼 익숙하다고 생각했다. 사람의 세상에서 사람들 틈에 섞여 살아갈 수 없는 처지가 된 것에도 이젠 어느 정도 익숙하다고.

그런데 그렇지 않은 모양이었다. 그 날의 일은 아직도 아무렇지 않다는 듯 쉽게 말로 꺼낼 수 없었다. 그것은 매우 간헐적이면서도 발작적인, 매우 실제적인 통증이었다. 원령이라는 존재들은 이런 기분으로 자신의 죽음을 받아들이지 못하고 이승을 떠나지 않으려 하는 것일까.

"됐어. 그만 해. 무슨 말인지 알아들으니까."

한참 동안 말을 잇지 못하는 유진을 향해 이안은 손을 내저어 보였다.

"자신의 죽음을 담담히 받아들이는 인간은 매우 드물어. 소위 살만큼 살았다고 하는 시간사 중에서도 많지는 않지. 인간의 나이로 만 스무 살도 먹기 전에 당한 일이니 네가 그 일을 쉽게 받아들이지 못하는 건 당연한 거다."

"……."

"네가 이 집에서 지내야 할 시간은 상당히 길 거다. 그리고 그 시간 중에 얼마쯤이 지나면, 그때는 누가 강요하지 않아도 그 일을 아무렇지 않게 떠올리고 이야기할 수 있게 되겠지. 시간이 지나면 자연히 해결되는 일은, 너무 무리할 필요가 없다."

유진은 별다른 대답도 하지 못하고 단지 이안을 향해 꾸벅 고개를 숙여 보였다.

아까 그 말을 꺼내던 순간, 심장이 미친 듯이 뛰기 시작했다. 그리고 그 두근거림은 쉽게 멈추지 않았다. 우스운 일이었다. 내 죽음에 관한 일로 가장 격한 반응을 보이는 것이 나의 심장이라니.

∞

한 번 떠오른 기억은 좀처럼 사라지지 않았다. 아무래도 마음이 진정되지 않아, 유진은 몹시 애를 먹었다. 물을 마시고 찬물에 세수를 하고 다른 데 신경을 써보려 애썼지만 동요한 마음은 어지간해서는 가라앉지 않았다.

"나갔다 와야 될 것 같다. 좀 늦을 것 같은데."

눈에도 들어오지 않는 크로스 워드 퍼즐을 들고 앉아 있는 그녀를 향해, 어느 틈에 방으로 들어가 옷을 갈아입고 나온 이안이 대뜸 그렇게 한 마디 던져 왔다. 분명히 미술 시간에 검정은 수축색이라 사람을 작아 보이게 한다고 들은 것 같은데, 이안의 경우는 그가 입는 검은색의 옷이 그의 키를 더 커 보이게 하는 느낌이었다.

"근방에 죽은 사람이라도 있나 봐요?"

"죽음이 임박한 인간이야 언제 어디에나 있지."

"저번에 할당 운운하는 말을 하는 것 같더니 그건 채우긴 한 거예요?"

"채웠으면 굳이 나갈 필요가 없겠지."

이안은 대수롭지 않다는 듯 대꾸하고는 현관을 향해 걸음을 옮겼다.

"집 잘 보고 있어."

"네."

"이상한 사람한테 문 열어주지 말고."

"네."

"문틈으로 밀가루 칠한 앞발 같은 거 보여주면서 엄마다 한다고 엉엉 울면서 문 열어주거나 하지 말고."

"저기요."

발끈한 마음에 일단 한마디를 해 놓고, 유진은 그만 피식 웃고 말았다.

"빨간 두건 이야기 같은 건 도대체 어떻게 아는 거예요? 사신들도 어린 시절엔 동화 같은 걸 읽나요?"

"유감스럽게도 사신은 동화 같은 걸 읽진 않아. 다만 동화를 읽는 인간을 오랜 세월 겪다 보면 어깨너머로 알게 되는 거지. 그리고 그 이야기가 나오는 건 빨간 두건이 아니라 해와 달이 된 오누이 이야기일 걸."

∞

이안이 나가고 한참이 지나서야, 유진은 자신이 빨간 두건 이야기
와 해와 달이 된 오누이 이야기를 혼동했었다는 것을 알 수 있었다.
맹수가 어머니 혹은 할머니를 잡아먹고, 변장을 해서 아이를 속인다
는 등의 몇몇 부분이 비슷해 그만 헷갈려 버린 모양이었다.

문득, 그녀는 어머니를 잡아먹고 어머니의 치마저고리를 벗겨 입
고 아이들에게 문을 열어 달라고 하는 호랑이는 어쩌면 눈 밝은 누
군가가 흉흉한 요즘 세상을 미리 내다보고 지어낸 이야기가 아닐까
하는 생각을 잠깐 했다.

그때였다. 바깥에서 누가 문을 두드리는 소리가 났다. 이 집에 짧
지 않은 시간 동안 있었지만 벨을 누르지 않고 직접 문을 두들기는
사람은 처음이었다. 누군지 문을 열어볼까 하는 생각을 했다가 유진
은 고개를 가로저었다. 이 집을 찾아온 사람이 아닐지도 모르니까.

그러나 문 두드리는 소리는 점점 더 시끄러워졌다. 발로 걷어찬다
거나 하는 것 같지는 않았지만, 손바닥으로 철제문을 두들기는 소리
는 점점 소란스럽게 집안을 울려 왔다. 유진은 미간을 찌푸리고는 벌
떡 일어나 현관문으로 나갔다.

사실 무서워할 일은 없지 않나. 어차피 사람이라면 날 해칠 수 없을 테니까.

"도대체 누구……."

짜증 섞인 목소리로 한마디 하며 문을 연 유진은 문밖에 서 있던 사람과 시선이 마주치고는 흠칫 놀랐다.

문밖에 서 있는 사람은 색이 바랜 검은색 트렌치코트 차림의 중년 남자였다. 중년이라고는 했지만, 나이를 정확히 짐작하기는 쉽지 않았다. 짧은 머리칼에 파릇한 수염 자국이 있는 그 남자는 밤이라도 샌 건지 몹시 피곤해 보이는 안색을 하고 있었다. 다만, 눈앞에 선 이 낯선 방문객에게는 어떠한 위화감이 있었다. 낯익으면서도 낯선 것, 잘 알고 있으면서도 익숙하지는 않은 것, 정확히 짚어지지 않는 어떤 느낌이.

"아, 누가 계셨군."

남자는 듣기 좋은 낮은 음성으로 입을 열었다. 그 목소리에는 기묘한 박력이 있었다.

"빈집인가 생각해서, 몇 번 두드려보다가 그냥 돌아갈 생각이었는데."

"계약 때문에 오신 건가요?"

유진은 다분히 사무적인 목소리로 물었다.

"그 용건이시라면 지금……."

"아니."

문 앞의 남자는 딱 잘라 대답하고는 단호하게 고개를 저었다.

"이 집 주인을 만나러 온 건 맞지만 계약 같은 걸 하러 온 건 아니야, 꼬마 아가씨."

유진의 얼굴이 단박에 굳어졌다. 이 집 주인이 어떤 존재인지를 알고 있다. 그런데 계약을 하러 온 것은 아니다. 그 조건에 맞는 존재라면 하나뿐일 터였다. 그녀는 저도 모르게 한 발 뒤로 물러섰다.

"다, 당신."

유진은 천천히 남자의 눈동자 색을 살폈다. 이안이나 도유만큼 눈에 띄는 색은 아니었지만, 남자의 눈동자는 현실에 있을 것 같지 않은 짙은 회색이었다. 그의 이질적인 분위기는 어느 정도는 그 눈동자에서 기인하고 있는 것 같았다.

"사신……인가요?"

"음."

사내는 노골적인 흥미가 섞인 눈으로 유진을 바라보았다.

"사신의 집에 거하는 인간이라, 범상한 존재는 아닐 거라고는 생각했지만 말이지. 아가씨, 우리 같은 사람들에 대해 뭘 좀 아는 건가?"

"네, 아주 조금은요."

유진은 굳어진 얼굴로 대답했다. 그녀를 잡으러 왔던 사신을 제외하고 이제껏 이 집에 온 사신은 도유와 단주뿐이었다. 그들은 이안 다음으로 유진에게는 친숙한 존재들이어서 그랬는지, 지금 눈앞에 서 있는 이 사내에게서 느껴지는 만큼의 위협감을 느낀 적이 단 한 번도 없었다. 유진은 저도 모르게 현관문의 손잡이를 붙든 손에 힘을 주었다.

"그런데, 누구시죠?"

"내 이름은 현오(玄鳥)라고 한다."

사내는 의외로 서글서글하게 자신의 이름을 밝히며 싱긋 웃었다.

"이 집 주인에게 물어보고 싶은 것이 좀 있어서."

"이안이라면 지금 집에 없어요. 오늘 좀 늦게야 돌아올 것 같은데요."

"그런가."

현오는 천천히 고개를 끄덕였다.

"어지간하면 그냥 돌아가겠지만 중요한 일이라서. 좀 들어가서 기다려도 괜찮겠나."

유진은 선뜻 대답을 하지 못했다. 어느 날 불쑥 찾아온 점은 같다고 해도 단주와 분위기가 달랐다. 게다가 이런 일이 있을 줄 알고 그랬던 건지 이안이 집을 나서기 전에 했던 낯선 사람에게 문 열어 주지 말라던 말이 떠올랐다.

"저는, 그냥 이곳에 잠시 머무는 일개 망량이에요."

유진은 조심스럽게 대답했다.

"어떤 용무이신지는 모르지만 계약자가 아니신 분을 함부로 집 안에 들여놓는 것은……."

"조심성이 많은 아가씨군."

오히려 만족스럽다는 듯, 현오는 고개를 끄덕였다.

"하지만 집주인에게서 그런 말은 듣지 못했나? 사신의 거처라는 건 사신에게 절대 복종하는 공간이라 그 안에서 주인이나 그 주인에게 종속된 뭔가를 해치려는 준동이 일어나면 공간 자체가 그에 불복종하게 된다는.”

“……”

“요컨대, 나는 오히려 여기서는 아가씨를 해칠 수 있지만 집 안에서
는 절대로 아가씨를 해칠 수 없다는 말이지. 이건 다른 어떤 존재를
만나도 해당되는 사실이야. 미심쩍고 두렵다면 차라리 집 안으로 끌어
들여야 해. 그편이 오히려 안전하지. 이 집이 아가씨의 편일 테니까.”

지난번 도유도 비슷한 말을 한 적이 있었다. 집에 있는 한 이안은
안전할 거라고. 그 말과 지금 이 사내가 하는 말은 결국은 같은 말이
었다. 그리고 어쨌거나, 이 사내는 이안의 손님이었다.

“알겠습니다. 일단 들어오세요.”

∞

커피라도 드시겠냐고 물었던 것은 어느 정도는 도유를 대하는 방식
이었다. 유진이 이안의 집에 머물게 된 지 짧다고는 할 수 없는 시간
이 지났지만 도유는 결코 이안의 집에서 커피와 그에 곁들일 만한 간
단한 과자 이상의 음식을 먹는 일이 없었다. 그런 그를 보면서, 사신
의 상식이라는 것이 어떤지는 모르지만 그 속에서도 도유는 퍽이나
깍듯하고 예의 차리는 타입일 것이라고 그녀는 늘 생각했었다.

이안에게 뭔가 좀 물어보고 싶어서 왔다고 말한 이 중년의 사신은 도유와는 좀 다른 타입인 모양이었다. 그는 며칠째 바깥을 싸돌아다녀 밥 같은 밥을 먹지 못했는데 커피 대신 밥 좀 얻어먹을 수 있겠냐는 부탁을 했던 것이다.

　손님을 대접할 만한 반찬이 있던가를 떠올려 보기 위해 바쁘게 눈동자를 굴리는 유진을 향해 그는 밥이나 한 대접 퍼 주면 나머지는 알아서 먹겠다고 웃으며 말했다. 그리고 그 말대로, 그는 유진이 주저주저하며 내어 주는 밥 위에 날계란 하나를 깨서 얹고 전자레인지에 몇 분인가를 돌린 후, 그 위에 참기름과 간장을 척척 뿌리고는 휘휘 젓듯이 비벼서 게 눈 감추듯 먹어치웠다. 이안 역시도 입으로 떠는 까탈에 비해 상당히 먹성이 좋은 편이었지만 이 사신 또한 만만치 않아서 유진은 그의 먹는 모습을 놀란 눈으로 바라보았다.

　"어허, 잘 먹었다."

　현오는 따로 물을 따라 먹는 것조차 사양하고 간장이며 밥풀이 묻어 있는 밥그릇에 물을 부어 벌컥벌컥 마시고 난 후 태평스럽게 말했다.

　"역시 밥 먹는 것에 관한 한은 아무리 사신이라 해도 인간의 지혜를 따라가기가 어렵군. 이렇게 대충 해서 먹는데도 꽤나 먹을 만 하단 말이지."

　"맛있나요, 그게?"

　유진은 애매한 표정으로 물었다. 그렇게나 맛있게 잘 먹는 것을 보고 할 말은 아니지만, 저걸 도대체 무슨 맛에 먹는 걸까 하는 생각을 내내 하고 있었기 때문이었다.

"들이는 재료와 노력에 비하면 아주 괜찮은 편이지. 언제 밥하기 귀찮은 날 저렇게 해 먹어보면, 아가씨도 이 말이 무슨 뜻인지 알게 될 거야."

"그렇게 밥을 차려 줬다간 좋은 소리 못 들을 걸요."

거기까지 말해놓고 유진은 아차 하고 입을 다물었다. 아직도 그녀는 현오가 이안에게 어떤 용건을 가지고 여기까지 찾아온 건지를 정확히 알지 못했으므로.

"입맛이 까다로운 친구인 모양이군. 물론 말로만 그런 것 같지만."

"네?"

"냉장고 안에 반찬보다 다른 것이 훨씬 더 많이 들어있기에 짐작한 것뿐이니 놀랄 필요는 없어."

현오는 서글서글하게 웃으며 손을 내저어 보였다.

"아가씨, 망량이랬지? 망량의 입장에서 같이 있는 사신의 비위를 건드려 좋을 일은 없으니 사신이 정말로 입이 짧은 작자라면 무슨 짓을 해서든 이런저런 것들로 냉장고를 잔뜩 채워놓아야만 하겠지. 그런데 그렇지 않다는 것은 반찬 투정을 하는 척하지만 실제로는 별로 먹는 걸 가리는 취향이 아니라는 말이 되는 것이고."

이 사신 또한 이안처럼 별것도 아닌 작은 사실을 가지고 말하지 않은 사실을 추측해 내고 있었다. 낯선 방식이 아닌 것은 반가웠지만, 그럴수록 이 사신이 무슨 볼일로 왔는지 궁금해졌다.

"아가씨는 이 집 주인의 종속망량인 것 같은데, 맞나?"

유진은 천천히 고개를 끄덕였다. 그리고 거의 그와 동시에, 유진은 지금 이 사람이 눈치껏 알아내는 것들이야 어쩔 수 없다손 치더라도, 물어보는 말들에 곧이곧대로 대답을 해서는 안 되지 않을까 했다.

"어떤 경로로 이 집 주인의 종속망량이 된 거지?"

유진은 얼른 대답을 하지 못했다. 도유가 이안에게 하는 잔소리가 아니더라도, 죽었어야 할 인간을 멋대로 살려낸 일이 사신으로서 해서는 안 될 일이라는 것쯤은 그녀도 알 수 있었다. 그 일을 순순히 이야기하면 이안이 불이익을 당할 수도 있을 것 같았다.

"잘 기억이 나지 않아요."

"기억이 나지 않는다?"

"네."

유진은 굳어진 표정으로 고개를 끄덕였다.

"망량이 될 때 무슨 충격을 받았는지, 그 며칠간의 기억이 전혀 없어요. 저는 그냥 이 집에 있어도 된다고 해서 머물고 있을 뿐이고요. 그 이상은, 잘."

현오는 말없이 유진을 바라보았다. 유진은 그것만으로도 그가 자신의 말을 전혀 믿고 있지 않다는 것을 알 수 있었다.

"별다른 문제는 없는 건가?"

"문제라니요?"

"다 그런 건 아니지만, 종속망량을 들인 관리사신들 중에 종속망량을 자신이 돌보아야 할 존재가 아니라 다른 사적인 용도로 사용하는 작자들이 더러 있어서 하는 말이지. 가장 흔한 것이 자신의 성적인 욕구를 푸는 데 쓰는 경우."

유진은 얼굴을 붉혔다. 저런 류의 이야기가 잊을 만하면 한 번씩 여기저기서 자꾸 나오고 있는 걸로 봐서는 꽤나 자주 일어나는 일인 것 같았다.

"아니오, 그런 일은 없습니다."

유진은 입을 꼭 다물고 강하게 고개를 저었다.

"제 말만 가지고 증명할 수 있을지는 잘 모르겠지만, 그런 일은 전혀 없어요. 방도 따로 있고, 그런 일은 한 번도 일어난 적이 없습니다."

"그럼 아가씨가 이 집의 주인에게 종속망량으로서 해 주고 있는 일은 밥을 차려 주는 것 정도라는 말인가?"

"네, 그런 셈입니다."

"그거 알고 있나."

현오는 코트 주머니에서 담뱃갑 하나를 끄집어내 옆에 놓았다. 그러나 그는 바로 담배를 피워 물지는 않고 생각에 잠긴 눈을 한 채 담뱃갑 모서리로 탁자를 툭툭 때렸다.

"그것도 불법이란 걸."

"네?"

"종속망량은 관리사신의 부속물이 아니야. 엄연한 별개의 존재지. 사신이라는 자가 자신의 직위를 남용해서 종속망량에게 불필요한 행위를 사역(使役)할 경우, 그것도 불법이다. 앞서 말한 성적인 폭력의 경우와 근본적으로 같다고 볼 수 있지."

"아, 아니. 그런 게 아닌데요."

유진은 당황하여 고개를 내저었다.

그녀의 목소리가 몹시 다급하게 떨렸다.

"저는 그냥, 이 집에서 아무런 하는 일도 없이 신세만 지는 게 부담스러워서…… . 음, 그리고 아무래도 남자분이라 워낙 그런 것에 신경을 안 쓰기도 하고…… 아무튼 저는 강요라든가 그런 건…… ."

"아냐, 아냐. 그렇게 사색이 돼서 변명할 필요 없어."

현오는 싱긋 웃으며 담뱃갑을 만지작거렸다.

"그냥 농담이니까."

그 대꾸는 또 너무나 뜻밖이어서 유진은 눈을 커다랗게 뜨고 현오를 바라보았다.

"놀랐다면 사과하지. 불법이 아닌 건 아니지만."

"네?"

그녀는 그제야, 아까 그 말이 이 사신이 무언가에 지나치게 겁먹은 듯한 모습을 보인 자신을 놀린 말이라는 것을 알 수 있었다.

"아까 말한 대로야."

현오는 이제 농담이었던 것을 고백했으니 한 대 피워도 되겠느냐는 듯 유진을 향해 담뱃갑을 들어 보였다. 유진은 얼떨결에 고개를 끄덕여 놓고 나서, 자신이 이 집에 오기 전까지는 꽤나 담배 연기에 예민했다는 사실을 기억해내고는 잠시 씁쓸해졌다.

"관리사신이 단지 자신의 종속망량이라는 이유만으로 아무런 대가도 없이 뭔가 일을 시키는 건 규정 위반이지. 문제를 삼자고 들면 충분히 문제가 될 수 있다. 그렇지만."

그는 담배 연기를 길게 뿜어낸 후 덧붙였다.

"하지만 그건 어디까지나 규정이 그렇다는 것일 뿐이야. 아가씨가 말한 것 같은 경우까지 문제를 삼자고 들면 한도 끝도 없으니까."

순간 무어라 형언할 수 없는 복잡한 기분이 들었다. 이안에게서는 단 한 번도 듣지 못했지만, 어쩌면 그간 이안은 자신을 거두기 위해서 숱한 귀찮은 일들을 묵묵히 겪어냈을지도 모르겠다는 생각이 들었기 때문이었다. 그와 동시에 그녀는 진심으로 궁금해졌다. 그가 그렇듯 귀찮은 일들을 감수해 가면서 자신을 구해 데려온 이유가 도대체 무엇인지가.

"이런 걸 본 적이 있나."

현오는 주머니에서 뭔가를 꺼내 유진에게 내밀었다. 그녀는 엉겁결에 손을 내밀에 현오가 건네주는 것을 받아 쥐고 들여다보았다. 총알이었다. 실제로 총알을 만져보는 것은 처음이었다.

"이게, 뭔가요?"

"탄환이지. 권총에 쓰는."

유진은 일단 입을 다물고 잠자코 그 총알을 열심히 들여다보았다. 어려서 동네 남자애들이 가지고 놀던 플라스틱으로 만든 총알은 그냥 동그랗게 생겼던 것 같은데, 실제 총알은 끝이 뾰족한 원통형에 가까웠다.

"알아보겠나?"

"글쎄요."

유진은 고개를 갸웃거렸다.

"저는 진짜 권총 총알은 처음 보는 거라서."

"음, 하긴. 아가씨들은 총알 같은 것에는 관심이 없으니까. 총알이 아니라 립스틱이나 향수였으면 알아봤을지도 모르겠지만."

그런 물건이었어도 알아봤을 자신은 없다는 생각을 하면서도 유진은 손바닥 위에 놓인 낯선 금속성의 물체에서 눈을 떼지 못했다. 이 안에게 뭔가 물어볼 것이 있어 왔다는 이 사람이, 내게 이 총알을 보여주는 이유는 도대체 무엇일까.

"별로 관심은 없겠지만 이건 7.63mm 마우저 탄이라고 하는 녀석이지. 아, 그 전에 총마다 쓰는 탄환이 조금씩 다르다는 것 정도는 알고 있나?"

"그런가요?"

유진은 조금은 떨떠름하게 물었다. 실제로 모르는 이야기이기도 했지만 왜 자신이 이런 이야기를 듣고 있어야 하는지 이해할 수가 없었다.

"그럼. 총마다 쓰는 총알은 조금씩 다르지. 세상에 있는 그 수많은 총들이 다 제각각 다른 탄환을 사용하는 건 물론 아니지만. 여기 이 녀석은 아까 말한 대로 7.63mm 마우저 탄이라고 하는 녀석인데 이름대로 마우저라는 권총에 사용되는 탄환이지. 마우저라는 게 어떻게 생긴 녀석이냐 하면."

현오는 코트 주머니에서 종이 한 장을 꺼냈다.

"대충 이렇게 생긴 권총이지."

유진은 현오가 건네주는 종이를 받아 펼쳐보았다. 그리고 그 안의 사진을 보는 순간, 저도 모르게 꿀꺽 마른 침을 삼켰다.

그것은 이안의 권총이었다. 조금은 긴 총신과 둥근 손잡이, 어딘가 둔탁하게 생긴 모양새가 그녀가 알고 있던 일반적인 권총과 너무나 다른 모양새였기 때문에 오히려 기억하고 있었다. 보통 때는 도유가 방아쇠 쪽에 봉인지를 붙여서 가지고 다니는 바로 그 권총. 그녀는 당황한 기색을 보이지 않기 위해 애를 썼다.

"본 적이 없나?"

"글쎄요."

유진은 최대한 침착한 목소리로 그렇게 대꾸했다. 그는 눈치가 빠른 사신인 것 같으니 이미 뭔가 이상한 낌새를 챘는지도 몰랐다. 그런 마당에 모른다고 강하게 부인하면 오히려 수상하게 보일 수도 있으니 적당히 애매하게 대답하는 것이 방법이리라고 유진은 생각했다.

"저는 총 같은 것은 잘 몰라서, 그리고 여기 온 지 그렇게 오래된 것도 아니고 해서요. 뭐라고 말씀을 드릴 수가 없네요."

"그런가. 그럴지도."

그렇게 대답하며 현오는 묘한 웃음을 지었다. 그 얼굴을 바라보고 있자니 점점 불안해졌다.

"그 권총은 아주 재미있는 녀석이지."

현오는 한쪽 다리를 다른 쪽 다리 위에 얹고는 편안하게 말을 이었다.

"그 권총이 처음 만들어진 건 인간의 일을 기준으로 지금부터 100년도 전이야. 구닥다리 취급을 받으면서라도 어쨌든 현역에서 사용된 건 인심을 아주 많이 쓴대도 지금부터 5, 60년 정도 전까지고.

말하자면 아주 앤티크한 녀석이란 말이지. 격발의 정확도나 내구성 같은 면은 지금의 권총들과 비교해 보아도 우수한 편이지만 보시다시피 결코 작다고는 할 수 없는 부피에다가 매우 무겁기까지 해서 휴대성이 형편없고, 이런저런 이유로 지금은 거의 골동품 취급을 받고 있는 총이지."

유진은 홀린 듯한 눈으로 총의 사진을 들여다보았다. 그 총이 그렇게나 오래된 것이었나. 이안의 총이 그런 종류의 총이라는 이야기는 오늘 처음 듣는 것이어서 그녀는 저도 모르게 심각한 표정을 지었다.

"그런데."

유진은 입을 열어 떨리는 목소리로 물었다.

"그게, 저한테 이 총을 물어보시는 것과 어떤 상관이 있나요?"

"그럴 만한 이유가 있다."

현오는 고개를 끄덕였다.

"인간의 세상에서 50년 전에 사라진 총이라는 말은, 사신들의 세상에서도 50년쯤 전에 사라진 사이즈라고 보는 것이 맞다. 요즘 사신들은 이런 총을 쓰지 않아. 사신 중에서 이런 총을 썼던 자로서 기록에 마지막으로 남아있는 게 아가씨의 관리사신이자 이 집의 주인인 그 친구지."

"그런데요?"

"며칠 전에, 이 도시의 한 귀퉁이에서 부자연사가 한 건 일어났다. 총에 맞아 죽은 채로 발견되었지. 이 나라에 총을 가지고 다니는 자는 그리 흔하지 않은데다가."

그는 잠시 입을 다물었다가 조용히 덧붙였다.

"요즘 세상에 7.63mm 마우저 탄에 맞아 죽는 경우라면 더더욱 흔하지 않다고 볼 수 있지."

말을 마친 후, 현오는 할 말 없느냐는 표정으로 유진을 바라보았다. 그러나 그녀는 한동안 아무 말도 할 수가 없었다. 그 불친절한 몇 가지 언급이 암시하는 바가 무엇인지 연결해 내는 것은 생각보다 쉽지 않았다.

"그 말씀을 저한테 하시는 이유가 뭔가요?"

한참만에야 유진은 내키지 않는 목소리로나마 그렇게 물어볼 수 있었다.

"그러니까, 이안이 수명이 다 되지 않은 사람을 죽였다는 말씀을 하고 싶으신 건가요?"

"그렇게 생각하는 게 가장 간단한 결론이 아닐까?"

현오는 오히려 그렇게 되물어왔다. 유진의 얼굴을 보고 있는 그 눈은 한 치의 흔들림도 없었다.

"한 가지 결과를 설명하는 다양한 원인들이 있다고 하면, 그중 가장 간단한 것이 대개는 답인 법이니까."

순간 입속에서 몇 가지나 되는 말들이 치밀어 올랐다. 이안은 평소에는 그 총을 가지고 있지도 않으며 감찰계 소속 감독관인 다른 사신이 맡아 놓고 있다는 것, 최소한 자신이 이 집에 온 후로 이안이 자신이 모르게 총을 쓴 일은 없다는 것, 그리고 무엇보다도 자신이 아는 이안은 그런 사람이 아니라는 것.

그러나 그 어떤 말도 함부로 쉽게 할 수는 없었다. 자칫 잘못하면, 아까 총을 본 적이 없다는 등의 말이 거짓말이라는 것을 스스로 실토하는 꼴이 되어버리고 말 테니까.

"의외네요."

그 대신 유진은 자신이 낼 수 있는 최대한의 쌀쌀한 목소리로 짤막하게 대꾸했다.

"의외라, 뭐가?"

"저는 인간으로서도 그리 긴 시간을 살지는 못했지만."

조금은 건방진 소리를 하려는 참이라 약간 떨리기도 했다. 그러나 그에 앞서, 그녀는 몹시 화가 났다.

"인간들도 그렇게 빈약한 증거를 가지고 함부로 누군가를 의심하는 짓은 하지 않는데요."

"흠."

현오는 짐짓 심각한 표정이었다. 그의 얼굴에는 아까와는 달리 일말의 장난기도 없었다.

"그럼 이건 어떨까. 아가씨의 관리사신은, 이전에도 인명(人命)에 손을 댄 적이 있다."

그는 미동도 하지 않은 채로 덧붙였다.

"어떤 사건이 일어나면, 과거에 그와 비슷한 짓을 저지른 적이 있는 자는 일단은 의심을 받게 되지. 그건 인간의 사회에서도 그렇지 않던가?"

그 말을 다른 사람에게서 듣는 것은 조금은 충격이긴 했다.

그러나 어쨌든 생판 처음 듣는 사실은 아니어서 다행이었다. 새삼 조금 늦게나마 자신에게 그 이야기를 해 준 도유에게 고맙다는 생각이 들었다.

"여기까지 말을 했는데도 수긍할 수 없다는 눈빛이군."

"당연하잖아요."

그녀는 저도 모르게 목소리를 높였다. 현오는 그런 그녀를 바라보며 싱긋 웃었다.

"수긍할 수 없는 게 당연하다? 이것 참 놀라운 충성심이군. 하지만 아가씨, 이건 알아두는 게 좋아. 종속망량이란 건 이 세계의 어떤 부분에도 속해있지 않은 존재야. 그 말인즉슨, 누구에게도 속박받지 않는다는 뜻이기도 하지만 누구에게도 보호를 받을 수 없다는 뜻이기도 한 거다."

"그러니까."

유진은 화가 나 부들부들 떨리는 목소리를 억지로 진정하며, 억눌린 목소리로 되물었다.

"설령 관리사신이 종속망량을 죽이거나 하더라도 아무도 신경 쓰지 않는다, 뭐 그런 말씀이신가요?"

"야, 이거 의외로 직선적인 데가 있는 아가씨군. 그렇게까지는 말하고 싶지 않았는데."

현오는 계면쩍게 웃었다. 몹시 언짢은 중이었지만 그 멋쩍어하는 표정은 어디를 봐도 진짜여서, 유진은 치밀어 오른 화를 조금은 누그러뜨렸다.

"내 딴에는 아가씨가 걱정되어 한 이야기니 너무 그렇게 무섭게 노려보지 말게."

그 말은 진심처럼 들렸다. 유진은 오히려 그 때문에 더 혼란스러운 기분이 되어, 커피를 가지러 간다는 핑계를 대고 잠시 자리를 떴다. 그녀는 커피 메이커에 새 커피를 내리는 그 몇 분 상간의 시간 동안 잠시 입을 다물고 어지러운 자신의 마음을 정리했다. 이런 종류의 혼란은 생전 처음 느껴보는 것이어서, 그녀는 잠시 어찌해야 할지를 몰랐다.

∞

"어쨌든, 그 점 하나만은 인정해야겠군."

커피가 맛있긴 한데, 아까 밥 먹는 것을 본 대로 워낙 본인의 입맛이 엉망이라 제대로 된 찬사인지는 모르겠다는 애매한 인사를 하며 현오는 유진이 건네는 커피를 한 모금 마신 후 말했다.

"아무리 본인의 통제하에 있는 종속망량이라지만, 엄연히 다른 존재에게서 이 정도의 절대적인 신뢰를 이끌어낸다는 건 쉬운 일은 아니니까."

「절대적인 신뢰」라는 말에 유진은 애매한 미소를 지었다.

자신의 마음이 그렇게 낯간지러운 감정이라고는 생각해 본 적은 없었다. 그러고 보니, 도유나 단주가 아닌 다른 사람의 앞에서 이안에 관한 이야기를 이렇게 오래 해 본 것은 처음인 듯했다.

"아까 수긍할 수 없다고 했는데."

현오는 잠시 유진의 얼굴을 바라보다가 말을 이었다.

"어느 쪽이지? 과거에 인간을 살상한 일이 있다는 걸 믿을 수 없다는 건가, 아니면 이번에 발생한 일은 아가씨의 관리 사신이 저지른 일일 리가 없다는 건가."

"둘 다요."

유진은 별다른 망설임도 없이 그렇게 대답했다. 그것이 그녀의 진심이었다. 이안이 사람의 목숨에 손을 댄 적이 있다는 말도, 그것이 도유가 한 말이 아니었다면 단연코 한 번 되새겨 생각해 보지도 않았을 터였다. 요컨대 그녀는 아직도 그 말을 믿을 수가 없었다.

"그럴 사람이, 아니라고 생각해요."

그녀는 중얼거리듯 말했다. 이미 그런 일이 있었다는 사실 자체를 확인했으면서도 자신은 아직도 그 사실을 받아들이지 못하고 있는 게 아닌가 하는 생각이 들어 그녀는 잠시 마음이 무거워졌다. 왜 그러는지는 그녀 스스로도 의문스러웠다.

"그럴 사람이 아니다……."

현오는 유진의 말을 따라 외우며 가볍게 고개를 끄덕였다. 그 표정은 어딘가 몹시 씁쓸해 보여 그녀는 저도 모르게 불안해졌다.

"어떤 사람의 모든 면을 완벽하게 알고 있는 타인 같은 건 없어.

인간도 그렇겠지만, 사신도 마찬가지지."

"……."

"후자의 경우, 그렇게 생각할 수도 있어. 그건 아가씨의 자유이고, 그것만으로도 아가씨의 관리사신은 꽤 괜찮은 친구라는 사실을 알 수 있겠지. 하지만 전자의 경우는 이야기가 좀 달라. 그건 엄연히 일어났던 사실의 이야기이고, 아가씨가 아무리 믿지 못하겠다고 귀를 틀어막아도 없었던 일로 되지는 않아. 일어난 일은 일어난 거니까."

그 말을 듣는 순간, 심장이 멎는 듯한 기분이 들었다. 이번에는 어쩐지 화도 나지 않아 유진은 고개를 숙인 채 초조한 듯 입술을 깨물었다. 유진은 잠시 머뭇거리다가 몹시 조심스럽게 입을 열었다.

"설령 그랬더라도."

우스운 일이다. 이안은 단 한 번도 자신이 인간의 생명을 무엇보다 귀하게 여긴다고, 절대로 인간의 생명에 손을 대는 짓 같은 건 하지 않는다고 말한 적이 없었다.

오히려 그는 몇 번이나, 필요하다면 인간을 사살할 수도 있다고 말했다. 어쩌면 그는 아주 오래전부터 사실을 말해왔는지도 모른다. 자신이 알아듣지 못했을 뿐.

"뭔가 그럴만한 이유가 있었을 거라고 생각해요."

그제야 유진은 자신이 이안을 정말 털끝만큼도 의심하고 있지 않다는 것을 알아차렸다. 무방비하게도.

"이유라."

현오는 입을 굳게 다물고는 커피 한 모금으로 입을 축였다.

그에게서는 사신 특유의 어두컴컴한 분위기가 좀 덜 나는 것 같았는데, 그 이유는 아마도 그가 입고 있는 검은 옷이 새까만 색깔이 아니라 오래 입어 적당히 색이 바랬기 때문이 아닐까 하고 유진은 생각했다.

그리고 그 색깔은 현오에게 썩 잘 어울렸다.

"물론 이유라고 할 만한 것이 없는 건 아니지. 자세한 이야기를 내 입으로 해 주기는 좀 무엇하지만."

그는 인정하듯 천천히 고개를 끄덕였다.

"하지만 아가씨가 말하는 소위 「이유」라는 게 있었다고 해도, 아가씨의 관리사신이 죽을 때가 되지 않은 인간의 명에 손을 댔다는 것과 그로 인해 수많은 인과를 끊어버렸다는 사실은 변하지 않는다."

한 인간의 목숨은 가볍다. 그렇지만 한 인간이 수명보다 일찍 죽게 되면, 그 인간에게서 생겨날 수많은 인과가 따라서 사라지게 된다고 이안이 언젠가 이야기한 적이 있었다. 부자연사가 불법인 이유는 그래서라고 했다.

"저는 이안이 잘했다거나 옳았다고는 말씀드리지 않았어요."

유진은 조그마한 목소리로, 그러나 담담하고 차분하게 대꾸했다.

"저는 이곳에 온 지 얼마 되지도 않았고, 보시는 대로 사신의 거처에 빌붙어있는 부엌데기 종속망량일 뿐이지요. 그러니 제가 이안에 대해 어지간히 많은 걸 알고 있을 거라고는 생각하지 않아요. 이안이 그랬을 리가 없다는 둥 하는 이야기들도 그냥 저 혼자만의 생각일지도 모르겠고요."

자신이 이안에 대해서 그다지 많은 것을 알고 있지 못할지도 모르겠다는 것은, 우습게도 이 낯선 사신과 이야기를 하던 도중 깨달은 사실이었다. 이안이 특별히 자신에게 무언가를 숨겼다는 인상은 단 한 번도 받은 적이 없었다. 그러나 그렇다고 해서 자신이 아는 것이 그의 전부라고 생각할 수도 없는 노릇이었다.

　"저는 이안이 과거에 무슨 짓을 했는지 잘 몰라요. 제가 아는 건 현재의 그 사람이 어떻게 살고 있는가의 아주 작은 부분뿐이지요. 저는 제가 본 한도 내에서 그 사람을 믿고 있을 뿐이고요. 그게 그렇게 잘못이라고는 생각되지 않는데요."

　"그러니까."

　현오는 미소 지었다.

　"그 친구가 과거에 인간을 둘이나 죽인 일이 있다는 말을 들어도, 아가씨는 이번 일이 그의 소행이 아니라고 확신할 수 있다는 말인가?"

　"어쩔 수 없잖아요."

　유진은 나지막한 목소리로, 그러나 분명하게 대답했다.

　"제가 지금 믿을 수 있는 건 그 사람 하나뿐이니까요."

∞

"이 친구 늦는군."

그 목소리에 놀라 유진은 고개를 들었다. 아까의 대화를 끝으로 대화가 끊어진 지 적지 않은 시간이 흐른 모양이었다. 계속 얼굴을 마주 보고 이야기를 하고 있다가는 무슨 말을 더 들을지 모르겠어서 실례가 되지 않는다면 저는 제 할 일을 좀 했으면 한다는 말을 하고 집히는 책을 아무렇게나 뽑아 읽기 시작했는데, 넘어간 책장의 두께가 제법 두껍게 쌓여 있었다.

"보통 때도 이렇게 늦게 다니나?"

"그럴 때도 있고 아닐 때도 있어요. 오늘은 좀 늦을 것 같다는 말을 한 거 같긴 하네요."

유진은 대답했다. 현오는 고개를 끄덕였는데 별로 심각하게 여기는 것 같아 보이지는 않았다.

"주인도 없고 더군다나 아가씨 혼자 있는 집에 객이 오래 진을 치고 있는 것도 실례이니, 난 이만 돌아가 봐야겠군."

"아, 저기."

현오는 훌쩍 몸을 일으켰다. 유진은 쭈뼛거리며 따라 일어섰다. 마음이 정해지면 몸이 재빠르게 그를 따르는 타입인지, 그는 말을 끝내기가 무섭게 현관으로 내려서서는 구두 속으로 발을 집어넣고 있었다.

"그래도 지금까지 기다리셨는데. 물어볼 말 있다고 하지 않으셨어요?"

"오늘은 날이 아닌 모양이니 다른 날 다시 오도록 하지."

"저기, 그럼 뭐라고 말씀 전해드리면 될까요?"

"좋지도 않은 용건인데 전언씩이나. 어설프게 말을 전했다가 피차 간 쓸데없이 감정이 상할 수도 있으니 그냥 내가 다시 와서 처음부터 이야기를 시작하는 게 낫겠지. 아무튼 반갑지 않은 손님이었을 텐데 밥에 커피에 이것저것 잘 챙겨줘서 고맙군."

"무슨 말씀을요."

유진은 애매하게 웃었다. 맞는 말이었다. 반가운 용건도 아니었고 반가운 손님도 아니었다. 그러나 그럼에도 이 사신은 밉지만은 않았다.

"그럼 불청객은 이만 사라지도록 하지. 다음에 볼 기회가 있다면 좀 더 가볍고 밝은 이야기들이나 나눴으면 좋겠군, 망량 아가씨."

그는 천천히 문의 손잡이에 손을 댔다. 순간 유진은 저도 모르게 입을 열어 현오를 불러 세웠다.

"저기, 주제넘지만 한 가지만 여쭤 봐도 되나요?"

"뭘?"

"그, 며칠 전에 죽었다는 사람 말인데요."

가벼운 긴장감으로 목덜미가 뻣뻣하게 굳어지는 것이 느껴졌다. 유진은 가볍게 숨을 들이쉬고는, 천천히 물었다.

"뭔가 나쁜 짓을 한 사람인가요?"

"아니."

그러나 기껏 한 유진의 질문이 무색하게, 현오는 딱 잘라 대답했다.

"내가 아는 게 정확하다면 아주 평범하고 선량한 사람이었지."

순간 머릿속에서 뭔가가 마구 엉클어지는 느낌이 들었다. 지금 이 일을 도대체 뭐라고 생각해야 하는지 아무 생각도 들지 않았다.

머리가 지끈거리며 울려 왔다. 그러니까, 그러니까, 나는.

"질문 끝인가? 그럼 이만."

무어라 대답도 하지 못했는데 현오는 문을 열고 느긋한 걸음걸이로 나가 버렸다. 한참 동안을 그 자리에 굳어진 채 그가 사라진 문 쪽을 바라보던 유진은 순간 화들짝 놀라며 주머니 속에 손을 집어넣어 보았다. 그 속에는 아까 현오가 보여준 권총 탄환이 그대로 들어 있었다.

"아, 이걸."

그녀는 허둥지둥 밖으로 달려나갔다. 그러나 이미 현오는 사라지고 없었다. 엘리베이터를 타고 1층으로 내려가 꽤나 멀리까지 나가 보았으나 그의 흔적을 찾을 수가 없었다. 결국 유진은 그를 찾는 것을 포기하고, 힘이 빠진 걸음걸이로 집으로 돌아왔다.

불을 끄는 것을 잊고 나가 거실은 마치 사람이 있는 것처럼 환하게 불이 켜져 있었다. 혹시나 이안이 돌아와 있는 것이 아닌가 했지만 그는 아직도 돌아오지 않은 상태였다. 어쩐지 몹시 맥이 풀리고 기운이 빠져 그녀는 무너지듯 소파에 파묻혔다. 그리고 천천히 주머니 속에 손을 집어넣어, 현오에게 돌려주려고 했던 그 탄환을 꺼내 손바닥 위에 올려놓고 한참 동안을 들여다보았다.

사람이 총에 맞아 죽었다. 그 총을 쓰는 사람은 흔하지 않다. 그 총을 쓰는 자가 있다면 그자가 범인일 가능성이 매우 높다.

그것은 당연한 말이었다. 그렇지 않다고 우겨대는 것이 오히려 말이 안 되는 소리일 터였다. 그에 대한 반박 증거라고 한다면 그 총은 이안의 손에 있지 않다는 것 정도일 테지만, 그걸 얼마나 확실하게 증명할 수 있는지에 대해서는 유진도 자신할 수가 없었다. 그건 아마 이안과 도유 두 사람만 아는 문제가 아닐까.

기대앉아 있는 것도 힘들어져, 유진은 아예 소파에 등을 대고 드러누워 버렸다. 천장 한복판에 매달린 전등의 불빛에 눈이 따가워, 그녀는 팔을 들어 눈꺼풀을 가렸다.

누군가가 이안의 총과 같은 종류의 것으로 사람을 해쳤다. 이안이 그랬을 가능성이 얼마나 될까. 언젠가 백화점 꼭대기에서 소율과 대치할 때, 이안은 필요하다면 소연을 사살할 수도 있다고 말했다. 그러니 그러면 필요에 의해 인간을 죽였을 수도 있을 것이다.

그러나 어쩐지 인정하고 싶지 않았다. 머리가 아팠다. 속이 메스껍다는 착각이 들었다. 순간 너무나 많은 것들이 한꺼번에 의식의 이곳저곳에서 튀어나와, 유진은 몹시 혼란스러워졌다.

"빨리 좀 들어와요……. 도대체 뭘 어쩌고 다니는 거야, 이런 의심이나 받고."

∞

그 날 이안은 밤이 늦도록 돌아오지 않았다.

잠이 오지 않아 밤새 뒤척거렸던 것을 기억하고 있다.

도대체 효과가 있기는 한 건지 궁금한 양 세기를 하며, 도대체 몇 마리까지 세었는지는 전혀 기억하고 있지 못했지만 어쨌든 겨우 잠이 들 수 있었다. 그러나 별로 깊은 잠은 아니었던지 아침에 깬 유진의 머릿속은 밤새 꾼 짧은 꿈의 조각들이 한데 뒤엉켜 욱신욱신 쑤셨다.

이맛살을 있는 대로 찌푸린 채 관자놀이를 눌러 윙윙 울리는 머리를 진정시킨 후, 비틀거리는 걸음으로 침대 아래로 내려서다 말고 유진은 멈칫했다. 이안은 과연 집에 들어왔을까. 그 생각이 떠오르는 순간, 불완전한 잠 덕분에 잠시나마 잊고 있었던 어제 오후 일어났던 일들이 일시에 의식 속을 스쳐 갔다.

어젯밤, 잠이 오지 않는 와중에도 계속 그녀는 이안을 기다렸다. 기다려서 맞닥뜨리게 되면 무엇을 어떻게 할 생각이었을까. 당신 설마 사람을 죽인 거냐고, 그렇게 대놓고 물어보기라도 했을까. 아마 그렇지는 않았을 것이다. 그것은 그를 믿고 믿지 않고의 문제가 아니었다. 그에게 그런 것을 직접 묻는다는 것 자체가 내키지 않았을 뿐이었다. 그러나 그런 그녀의 상념들이 무색하게도 이안은 결국 들어오지 않았고, 그 사이 날이 밝았다.

"말 전할 필요 없다더니 전할 방법도 없었네."

일부러 입을 열어 중얼거리며 유진은 가볍게 고개를 내저었다. 확인되지도 않은 사실을 미리 걱정하며 사서 머리 싸매봤자 아무것도 달라지지 않을 것이고, 아무것도 해결되지 않을 테니까. 한 번 가벼운 심호흡을 하고 유진은 문을 열었다.

언제 들어온 것인지, 이안은 소파 위에 늘어져 여느 때와 다름없이 잠들어 있었다. 일단 그의 실루엣을 확인하는 것만으로도 마음이 적잖이 놓였다. 지금이 몇 시인지는 정확히 모르겠지만, 어제 밤을 새고 들어온 모양이니 일어나면 뭐라도 먹을 만한 것을 좀 챙겨보아야 하겠다고 그녀는 생각했다.

"피?"

유진은 순간 숨을 크게 들이쉬었다. 이안의 가슴 위로 놓인 오른손 손등에 묻어있는 것은 다 말라 있긴 했지만 분명히 피였다. 유진은 최대한 발소리를 죽여, 살금살금 자고 있는 이안의 옆으로 다가가 살짝 손을 들어 올렸다. 그리고 그녀는 저도 모르게 가느다란 비명을 질렀다.

이안의 손바닥에는 칼로 그은 듯한 상처가 나 있었다. 이미 상당한 피를 흘린 모양으로 티셔츠 여기저기 번질거리는 얼룩이 보였고, 오른손이 놓여 있던 가슴께에는 육안으로 보기에도 선명한 암적색의 핏자국이 나 있었다. 옷에 묻은 피는 이미 말라붙어 그 부분만 뻣뻣하게 굳어져 가는 중이어서, 굳이 색깔이 아니더라도 그 언저리에 무언가가 묻어있다는 것쯤은 누구나 대충 눈치챌 수 있을 것 같았다.

"웬 호들갑이냐."

깬 건지 아니면 처음부터 자고 있지 않았던 건지, 이안은 자다 깬 것 같지 않은 범상한 목소리로 대구를 해 왔다.

"이, 이거 도대체 뭐예요?"

"보시다시피."

"칼이라도 맞았어요?"

"비슷하게 됐다. 애들 가지고 노는 접는 칼에 슬쩍 베인 것뿐이니까 거 그렇게 귀신이라도 본 듯한 표정은 좀 그만두지그래."

이안은 성한 왼손으로 등 뒤를 짚고는 대충 몸을 일으켜 앉았다. 나가서 무슨 일이 있었던 건지, 그의 얼굴은 어쩐지 하룻밤 새 조금은 해쓱해진 것 같았다.

"도대체 어딜 갔다 오는 거예요? 외박까지 해 가면서."

"어제 대충은 말하고 나간 걸로 기억하는데."

"칼까지 맞고 들어오니 하는 말이잖아요. 도대체 어떡하다가 손바닥을 베인 거예요? 칼을 손으로 잡기라도 한 거예요?"

"인간 남자들이 제일 무서워하는 여자의 말이 「우리 얘기 좀 해요.」라더니 대충 이런 기분이라 그러는 모양이군."

이안은 멍한 눈으로 고개를 내저었다.

"이봐, 이봐. 그렇게 다그쳐대면 하려던 말도 쑥 기어들어가서 나 자신조차도 끄집어낼 수 없는 곳으로 기어들어가게 돼. 보시다시피 좀 다치긴 했지만 죽을 정도도 아니고, 피는 다 멎었고 신경이 상하거나 뼈가 다친 것도 아니니 그렇게 도끼눈부터 뜰 건 없잖아."

"아, 그러니까 멎는다는 보장만 있으면 피 같은 건 아무리 나도 상관없다는 건가요?"

"시간이 해결해 주는 일은 괜히 무리할 필요가 없다니까."

"진짜 대책 없네. 어디 좀 봐요."

유진은 이안의 오른손을 잡아당겨 펼쳐 보았다. 그의 말마따나 무언가 날카로운 것에 길게 벤 흔적이 남아 있을 뿐 심한 상처는 아니었다.

그러나 벤 상처가 다 그렇듯이 피는 적지 않게 난 모양이었다. 이제 겨우 피가 멎은 것 같은 상처 주변으로, 검붉은 피가 엉망으로 말라붙어 있었다.

　"세상에. 이 꼴을 해 가지고 잠이 와요? 좀 처매지도 않고."

　"그러게 말이다. 붕대라도 좀 감아달라고 할까 했더니 아주 곤하게 주무시고 계시던데."

　"바보예요?"

　유진은 정색하고 화를 냈다.

　"깨우면 되잖아요! 누가 잠 못 자 죽은 귀신이라도 붙은 줄 알아요? 내가 어제 얼마나……."

　순간 말할 수 없이 짜증스러운 기분이 들어 유진은 입을 다물어 버렸다. 도대체가, 다친 사람 본인이 죽을 정도만 아니면 된다고 저렇게 태평스러운 얼굴을 하고 있는데 내가 이렇게 얼굴 붉히며 핏대를 세워봐야 뭘 하나. 그녀는 이안을 외면하고 구급상자를 가져왔다. 말없이 손에 묻은 피를 닦아내고, 간단한 응급처치를 한 후에야 유진은 물었다.

　"뭐라도 좀 먹어야죠."

　그러나 이안은 피곤한 기색으로 고개를 저었다.

　"아니, 됐다. 이젠 자다가 손이 옷에 들러붙을 일도 없을 테니 들어가 좀 더 자야겠어. 어제 밤을 새서 말이지."

　"밤을 새요? 뭘 했기에?"

　"알면 다친다."

이안은 연신 입 밖으로 밀려나오는 하품 끝에 불분명한 발음으로 말했다.

"호기심은 고양이를 죽이고 너무 깊은 사랑은 사람을 죽이는 법이다. 그런 노래 들어 본 적 없나?"

어이가 없는 것 반 말문이 막힌 것 반 해서 미처 대꾸를 하지 못하고 있는 사이, 이안은 유진에게 손을 아주 대충 한 번 저어 보이고는 방으로 들어가 문을 닫아버렸다. 특별히 문을 잠근다거나 하는 것 같지는 않았지만, 그 문이 닫히는 소리는 오늘따라 유독 크게 들렸다. 귀찮게 굴지 말라고 말하기라도 하는 것처럼.

유진은 결국 이안에게 아무것도 묻지 못했다. 주머니 속에 들어있는, 현오가 두고 간 권총 탄환을 끝도 없이 만지작거리면서도.

∞

어쩐지 벨을 누르는 소리에 심장이 철렁했던 것 같다. 그것은 이 집에서 살게 된 후로 한 번도 느낀 적이 없는 어떤 불안감 같은 것이었다. 유진은 주저하는 걸음으로 문을 열어주기 위해 현관으로 나서며, 새삼스럽게 바깥에서 일어나는 일과는 아무런 상관이 없는 세계에 속해 있다는 것이 어떤 느낌인지를 알 것 같았다.

그 위치가 위태로워진 지금에서야.

밖에 서 있는 것이 도유여서 일단은 안심이었다. 도유는 유진에게 는 꽤나 살갑고 친절한 편이었지만 그 사실이 아니더라도 지금 이 순간 이 집을 찾아온 사람이 현오가 아니라 도유라서 얼마나 다행인 가 싶었다. 유진은 평소보다 좀 더 반가운 목소리로 인사를 건넸다.

"오셨어요."

그러고 보니 현오였던가, 어제 온 그 사신은 벨을 누르지 않고 손 바닥으로 문을 두들겼었지. 사람 자체는 나빠 보이지 않았지만 그의 방문이 가져다준 파장을 생각하니 또 입속이 바싹 타 오는 기분이었 다.

"커피라도?"

"아니, 오늘은 빨리 나가봐야 할 것 같아서."

안으로 들어서며 도유는 일단 집 안을 한 번 훑어보았다.

"이안은?"

"자요."

"아."

도유는 가볍게 미간을 찌푸릴 뿐 더 이상 아무 말도 하지 않았다. 자고 있을 시간 같은 것은 분명히 아닌데도, 그는 그 사실을 전혀 이 상하게 생각하지 않는 것 같았다.

"어제 많이 늦었었나 보군."

"아, 저 그게."

유진은 착잡한 기분에 가볍게 입술을 핥아 죽였다.

저 말은 어제 이안이 나갔던 이유를 알고 있다는 뜻일까. 도유는 이안의 감독관이니 이안이 나가고 들어가는 일을 전부 다 알고 있는 게 당연한 건지도 모르겠지만, 정말로 이안이 자신이 말한 대로 임종할 사람의 목숨을 거두러 나간 거라면 그런 것까지 도유가 알고 있는 게 당연한 걸까. 순간 뭔가 꺼림칙한 생각이 들었다.

"오늘 아침에 들어온 것 같아요."

순간 도유의 표정이 멈칫 굳어졌다. 그는 걱정스러운 눈길로 이안의 방문을 바라보았다. 유진은 그에게 어제 다녀간 현오의 일을 이야기하고 어찌 된 일인지를 물어볼까 하는 생각이 들어 잠시 갈등했다.

"그래서, 지금까지 자고 있는 건가."

"네, 뭐 그렇게."

도유는 가볍게 미간을 찡그리며 손목에 찬 시계를 들여다보았다. 그는 몹시 망설이고 있는 듯이 보였다. 시간에 쫓기고 있거나, 정해진 시간까지 어딘가에 가야 하는 듯한 그런 표정이었다.

"뭐, 10분쯤은 괜찮겠지."

반쯤은 혼잣말을 하듯 중얼거리고, 도유는 어쩐지 피곤해 보이는 움직임으로 소파에 털썩 주저앉았다. 그리고 애매한 미소를 지으며 유진을 돌아보았다.

"몇 분도 안 돼서 말을 바꿔서 미안하군. 커피 한 잔 얻어 마실 수 있을까."

"네? 아, 물론이죠."

말 떨어지기가 무섭게 몸을 돌려, 유진은 익숙한 손놀림으로 드리
퍼에 커피를 덜어 넣고 물을 부었다. 그녀는 커피가 내려지는 소리를
들으며 어제 현오에게 주기 위해 커피를 내리던 그 순간을 생각했다.
그때 느꼈던 혼란은 지금까지도 정리가 되지 않고 있었다. 이 사람에
게 뭔가를 물어보면, 좀 나아질 수 있을까.

　- 어떤 사람의 모든 면을 완벽하게 알고 있는 타인 같은 건 없어.
인간도 그렇겠지만, 사신도 마찬가지지.

순간 어제 들은 현오의 말이 떠올랐다. 맞는 말이었다. 한 사람의
모든 면을 완벽하게 알고 있는 타인 같은 건 없다. 아마도 그녀에게
네가 아는 이안의 모습이 전부가 아니라고 말하고 싶었을 테지만 그
건 도유도 마찬가지가 아닐까. 그녀보다는 나을지도 모르지만, 도유
또한 이안의 모든 것을 다 알고 있지는 못하겠지.

유진은 자신이 궁금한 것 따위는 중요하지 않다고 생각했다. 그녀
가 별로 중요하지도 않은 자신의 궁금증 따위를 풀려고 함부로 이
일을 누군가에게 발설했다가 이안이 곤란해지기라도 한다면 그거야
말로 큰일이 아닌가. 아무리 생각해도 결론은 한 가지뿐이었다. 어제
의 일을 누군가에게 묻는다면, 그건 이안이어야만 한다는. 대신 그녀
는 다른 것을 물었다.

"한 가지 궁금한 것이 있어요."

도유가 묻는 듯한 눈으로 유진을 바라보았다.

"이안이 예전에, 사람을 죽게 한 적이 있다고 했잖아요?"

「죽였다」와 「죽게 했다」는 엄연히 다른 말이다.

그것은 이를테면, 평소에 미워하던 사람이 잘 다니는 길을 미리 봐 두었다가 인적이 드문 시간대에 차로 치어서 죽였다는 것과 면식도 없는 사람을 운전미숙 내지는 부주의로 치어 죽게 했다는 것만큼이나 차이가 있는 말이었다. 그럼에도 유진은 굳이 후자를 택했다. 뭐가 어떻게 된 건지도 모르는 주제에 이안을 함부로 말하고 싶지 않았다. 아니 어쩌면, 일의 전말을 샅샅이 알게 된다 하더라도 마찬가지일지도 모른다.

"그렇게 말한 적이 있지."

"그런 거라면."

유진은 잠시 입을 다물었다가 조심스럽게 물었다.

"저는 도대체 왜 살려 준 걸까요?"

생각보다 무거운 질문이었던지 도유 역시 한동안 대답을 하지 않았다. 그는 조용히 티스푼으로 커피잔 속을 몇 번 휘저었다.

"글쎄."

한참 만에야 입을 연 도유는, 매우 착 가라앉은 목소리로 그렇게 대답해 왔다.

"그 녀석이 저지른 일이니, 그 답은 그 녀석밖에 모르지 않겠나."

"네, 그렇겠죠. 그래서 일전에 한 번 물어본 일이 있었는데요."

유진은 잠시 미적거리다가 말을 이었다.

"그냥, 그러고 싶어서 그랬을 뿐이라고 하더라고요."

그녀의 말을 들은 도유는 웃는 것도 아니고 찡그리는 것도 아닌 묘한 표정을 지었다. 그의 그런 표정은 그를 본 지 적지 않은 시간이

지난 지금까지도 처음 보는 것이어서, 유진은 자신이 뭔가 꺼내서는 안 되는 말을 꺼낸 것일까 슬그머니 걱정이 되었다.

"그냥 그러고 싶어서 그랬을 뿐이라, 그 녀석이 그렇게 대답했다면 그게 답이겠지."

도유는 흐릿하게 웃었다. 그 표정은 몹시도 씁쓸해 보였다.

"실은 나도 가끔 그 점이 몹시 궁금하다. 귀찮은 걸 죽기보다 더 싫어하는 주제에 왜 사망에 임박한 인간의 목숨을 살려주는 것 같은 번거로운 짓을 했는지가."

"그렇게나 번거로운 짓인가요? 죽을 사람을 살려주는 게."

"그렇게나 번거롭지. 범상한 사신에게라면."

도유는 조용히 대꾸했다.

"이안이라면 염라대왕을 시켜준대도 안 할 짓이고."

"그렇게 말하면 이 단순한 녀석은 정말로 염라대왕이라는 사람이 있는 줄 알걸."

언제 일어났는지, 덥수룩해진 머리를 벅벅 긁으며 이안이 바깥으로 걸어 나왔다. 아직도 잠이 덜 깬 듯한 얼굴로 커다랗게 하품을 한 번 하고는, 핏발이 선 눈으로 주위를 두리번거리다가 소파에 털썩 주저앉았다.

"일어난 거냐."

"뭐 덕분에."

"이것만 다 마시고 깨울 생각이었는데."

"설마."

"무슨 뜻이냐."

"술 취한 개보다 더 무서운 게 잠 덜 깬 개라는 말이 있지."

도유를 향해 대충 얼버무린 이안은 아직도 정신이 멍한지 몇 번이고 눈을 깜박이며 기지개를 켰다.

"「염라」라는 건 사람이 아니라 명부에 있는 인간의 수명 관리 통합 시스템의 이름이다. 그런데 그 시스템이라는 게 융통성이라고는 약에 쓸래도 없는데다가 관리 권한이 워낙 여러 군데 분산되어 있기 때문에 사소한 사항 하나라도 수정을 하거나 예외 재가를 얻으려면 보고서 꾸미기의 귀재이신 저기 도유 군조차도 일주일 이상은 걸리거든. 그래서 뭘 좀 해보려면 옛날에 대왕마마한테 상소 한 번 올리는 수준으로 고생을 해야 된다고 해서 염라대왕, 염라대왕 하던 것이 인간들에게까지 새어 나가서 염라대왕이라고들 부르는 거다."

"정말이에요?"

유진은 반사적으로 도유를 돌아보았다. 도유가 가볍게 고개를 끄덕이는 것과 거의 동시에 이안은 불만 섞인 목소리로 투덜거렸다.

"이건 도대체가, 무슨 종속망량이 직속 관리사신이 하는 이야기를 다른 사신에게 확인부터 하고 있으니."

"평소에 워낙 말도 안 되는 말들만 하니 그렇잖아요. 웬일이에요? 물어보지도 않았는데 알려줄 때가 다 있고."

"하도 아무것도 안 가르쳐주는 게 불만이래서 가르쳐줬더니 이젠 그것도 불만인 모양이군."

내던지듯 한마디 하고, 이안은 습관처럼 담배를 꺼내 입에 물었다.

그가 담배를 놓아두는 곳은 집안 꽤 여러 곳이었는데 주로 거실 탁자 위에 있는 담배가 제일 빨리 떨어지곤 했다.

"지금 몇 시쯤 됐지? 점심때 지났나?"

"아마 지났을 걸요."

"네 손에 밥 얻어먹는 것도 지겨우니 오늘은 다른 걸 좀 사 먹어 볼까."

"저기, 하지만."

그때 도유가 말리기라도 하듯 유진의 팔을 잡았다. 유진은 아주 짧은 시간 동안이나마 두 사람의 시선이 허공에서 맞부딪혔다 떨어지는 것을 지켜보았다. 이안은 잠시 입을 다물었다가 말을 이었다.

"밥 한 그릇 먹는 데 한나절이 걸리는 건 아니니까 말이지."

그 말은 유진이 아닌 도유에게 하는 말인 것 같았다.

∞

"근데 갑자기 무슨 바람이 불어서 밖에서 밥을 먹자는 거예요?"

어디로 갈 건지 무엇을 먹을 건지 아무런 말도 듣지 못한 채, 유진은 무조건 이안을 따라 밖으로 나왔다. 도유와는 백화점 건물 앞쪽에서 헤어졌다.

유진이 식전이시면 같이 가자고 권해 보았지만 그는 간만의 외식일 테니 식사 맛있게 하라는 인사만 남긴 채 제 갈 길로 가 버렸다.

"말했잖나. 네 손에 밥 얻어먹는 것도 좀 지겨워서 그런다고."

별로 요리 솜씨가 좋다는 생각은 스스로 해 본 적 없긴 하지만 그렇다고 이렇게 대놓고 이야기할 것까진 없지 않으냐고 한마디 하려는 순간, 이안이 덧붙였다.

"그리고 너도 내 집에 온 지 꽤나 시간이 많이 지났는데 늘 식모 노릇이나 하고 있으니까."

"요컨대 오늘은 쿠폰 모아서 탕수육 바꿔먹는 날이다, 그거예요?"

"뭐 비슷하지."

이안은 언제나처럼 유진을 기다려주지 않은 채 성큼성큼 앞서 걸어나갔다. 그런 그의 뒤를 열심히 쫓아가며 그녀는 문득 생각난 듯이 물었다.

"그런데 도유는 도대체 오늘 무슨 용건으로 왔던 걸까요?"

"용건은 무슨."

이안은 느긋하게 담배 한 개비를 꺼내 입에 물고 불을 붙였다. 유진은 그에게 요즘 길에서 담배 잘못 피우다가는 딱지 떼인다는 말을 해줄까 말까를 잠시 고민했다.

"주중 행사로 잔소리 늘어놓으러 왔다가 사람이 잠에 취해서 정신을 못 차리니까 그냥 간 거지."

"그럴 리가요. 아깐 좀 있다가 깨워야겠다는 말도 하던데. 좀 급한 용건인 것 같던데."

"나한테 잔소리하는 게 그 녀석 업무니까 급한 일이라면 급한 일이랄 수도 있겠지."

"설마요."

"뭐냐, 그 반응은."

"잠 덜 깬 개보다 무서운 게 밥 굶은 개라는 말도 있죠."

이안은 어이가 없다는 듯한 표정으로 유진을 내려다보았다. 생각했던 것 같은 반응은 아니었지만 그의 그런 표정 또한 처음 보는 것이기는 해서, 유진은 저도 모르게 어깨를 움츠리며 혀를 날름 내밀었다.

"저기, 방금 그건 농담이고요."

"알아."

이안은 무덤덤하게 대꾸했다.

"네가 근수가 꽤나 나간다는 건 익히 아는 사실이지만 밥 좀 굶었다고 그렇게나 눈에 뵈는 게 없으리라고는 생각하지 않으니까."

"저기요."

잠시 발끈하려다, 유진은 커다랗게 한숨을 한 번 쉬고는 그쯤에서 이야기를 끊었다.

"정말로 그렇게 생각하는 건 아니죠?"

"뭘 말이냐?"

"도유가 정말로, 그 잔소리라는 걸 하기 위해서 깨우려고 했던 거라고 말이에요."

"그럼 아니란 거냐?"

"뭐예요, 진짜. 모르는 거예요, 모르는 척하는 거예요? 그런 일상적인 잔소리가 목적이었다면 굳이 친구가 자고 있는 방까지 들어가서 깨우려고 하지 않았을 거라고요. 그거 말고 틀림없이 뭔가 다른 중요한 볼일이 있었을 거라고요."

"아하, 그러니까."

이안은 피식 웃으며 되물었다.

"우리 감찰관님은 자신의 할 일 때문에 친구의 잠을 방해하는 일 따위는 하지 않으신다는 거군? 네가 그 녀석을 많이 좋아한다는 건 알지만 이건 거의 맹목에 가까운 신뢰인데."

"그런 게 아니고요."

유진은 발끈하며 이안을 가볍게 흘겨보았다.

"아까도, 원래는 바로 부르려다가 자고 있다니까 커피 한 잔 마실 시간 정도는 괜찮을 거라고 그랬단 말이에요."

"그거야 때마침 커피 생각이 났으니 그랬겠지."

이안은 눈썹 하나 까딱하지 않고 대꾸했다.

"그 녀석 네가 타주는 커피를 꽤 좋아하니까 말이다. 예전에 내가 내주는 커피는 마실 때마다 쓰다는 둥 달다는 둥 말이 많더니 너한테는 한 번도 그러는 걸 못 봤는걸."

"뭐예요. 이거 정말 수상한데."

유진은 종종걸음으로 이안을 따라가던 걸음을 멈추고 그 자리에 우뚝 서버렸다. 이안은 그런 그녀를 흘끗 돌아보았다.

"뭐가 또 수상해?"

"방금까진 별로 안 수상했는데, 이제 정말로 수상해졌어요."

"뭐가?"

"당신 말예요."

유진은 수상쩍다는 눈으로 이안을 바라보았다.

"내 말이 말 같지 않으면 아예 씹거나 대꾸도 안 하면서, 하나하나 아니라고 설명하고 있잖아요, 지금."

순간 이안은 아주 짧게나마 멈칫하는 것 같았다. 그러나 그를 보고 있는 유진조차도 확신할 수 없을 만큼 그 순간은 매우 짧았다.

"명탐정 나셨군. 뭐 먹자고 할 건지는 정해놓고 추리쇼 중이신가?"

∞

"의외인데요."

후식으로 나온 커피는 상당히 깔끔했다. 포트메리온 비슷한 커다란 꽃무늬가 있는 커피잔은 유진의 취향은 아니었지만, 그런대로 테이블의 분위기와 잘 어울렸다. 맛 또한 조금은 기름지다 싶은 크림 스파게티를 먹고 난 후인 것을 감안하더라도 탄 맛이나 향이 싹 날아가 버린 무덤덤한 맛을 내지 않았다.

"파스타 가게 같은 데를 다 알고 있다니."

"사신은 스파게티 같은 거 먹으러 다니면 안 된다는 법이라도 있나?"

"남자들은 파스타 같은 거 별로 안 좋아하는 것 같던데. 같은 돈 주고 간에 기별도 안 간다고요."

"틀린 말은 아니군."

이안은 시큰둥하게 대답했다.

"이런 걸 먹고 나면 꼭 다음 밥 먹기 두 시간쯤 전에 배가 고파진 단 말이지."

"그런데 왜 먹으러 온 거에요?"

"젊은 여자들은 이런 걸 좋아하지 않던가? 음, 하긴 너 역시도 두 시간쯤 전부터 배가 고파질 것 같기도 하군."

"뭐라고요?"

"커피 다 마셨나?"

또 몸무게 이야기가 나올 것 같아 미리 발끈했지만 이안은 들은 척도 하지 않고 말머리를 돌렸다.

"난 가봐야 될 곳이 좀 있다. 그러니 먼저 집에 들어가."

그 말을 듣는 순간 주머니 속에 들어있는 탄환의 존재가 선명하게 떠올랐다. 그녀는 손에 들었던 커피잔을 놓고 정색을 했다.

"저기."

"오늘도 아마 빨리는 들어오기 힘들 거다. 알아서 할 테니까 기다 리지 말고 먼저 자."

"그게 아니라."

"오늘은 접는 칼이 아니라 애들 연필 깎을 때 쓰는 칼이라도 날붙이

들고 있는 놈이 있으면 근처도 안 갈 테니까 쓸데없는 걱정은 하지 말고."

"저기, 물어볼 게 있어요."

"아니."

그러나 이안은 한 마디로 유진의 입을 막아 버렸다.

"질문은 내일."

"그렇지만."

"난 그동안 네게 제법 솔직했다고 생각한다."

이안은 건조한 목소리로 말했다. 그의 말투는 거의 대부분이 항상 그런 식이었지만, 오늘따라 전에 없이 무겁게 들렸다.

"그동안 나를 계속 봐 왔다면, 어지간한 건 굳이 내게 물어보지 않아도 답을 알 수 있을 거라고 생각하는데."

유진은 그만 말문이 막히고 말았다. 어쩐지 이안의 그 말은, 자신이 하려던 질문을 미리 알고 하는 대답인 것처럼 느껴졌다.

∞

유진은 뒤 한 번 돌아보지 않고 저만치로 사라져가는 이안을 한참 동안 바라보다가, 내키지 않는 걸음으로 백화점 쪽으로 걷기 시작했다.

"무슨 일이 있는 게 틀림없어."

그러나 이제 와서 어쩔 도리가 없었다. 물어보지 못한 것들이 계속 마음이 걸려 미간을 찌푸리다가, 문득 유진은 아까 이안이 그토록 완강하게 말을 막지 않았더라면 자신이 그에게 정확히 어떤 것을 물었을지를 생각해 보았다.

당신 정말 사람을 죽였나요?

그녀는 낙담한 표정으로 고개를 내저었다. 그런 분위기가 아니었다고 해도, 그의 면전에 대놓고 그런 말을 할 수 있었을 것 같지는 않았다.

유진은 생각에 잠긴 채 오페레타 건물로 돌아와 엘리베이터 버튼을 눌렀다. 방금 먹고 들어온 것은 분명 점심이었지만 집을 나선 시간 자체가 꽤나 늦었기 때문에 벌써 해가 기울고 있었다. 저만치 떨어진 건물의 입구를 통해 보이는 바깥을 바라보다가 고개를 돌리는 순간, 유진은 12층에 멎어있는 엘리베이터가 미동도 하지 않고 있다는 사실을 알아차렸다.

"뭐야, 고장이라도 난 거?"

유진의 표정이 순식간에 일그러졌다. 버려진 건물의 엘리베이터가 고장이라니. 이걸 수리하자고 사람을 부를 수도 없는 노릇이어서 그녀는 12층 꼭대기까지 계단으로 걸어서 올라갈 수밖에 없다는 사실을 납득하기 위해 몇 번이나 신경질적인 손길로 엘리베이터 버튼을 누르고 꽉 닫힌 철문을 몇 번 손바닥으로 두들겨 보아야 했다.

"그러게 웬일인가 했지, 외식이라니."

예전 집에 있을 때 수진이 보던 패션잡지에서 크림 스파게티 한 접시가 천 칼로리에 육박한다는 기사를 보고 입맛을 다셨던 기억이 있었다.

어차피 집에 가면 책을 읽든가 텔레비전을 보든가 하느라 내도록 앉아만 있을 테니 남아도는 칼로리도 소모할 겸 12층까지 계단으로 올라가는 것도 나쁘지는 않을 거라고, 유진은 스스로를 달래기 위해 몇 번이고 중얼거렸다. 가뜩이나 근수 운운하는 농담을 계속 듣고 있는 것도 별로 유쾌한 게 아닌데, 부지불식간에 하루에 먹을 열량의 반 정도를 먹어버렸으니 차라리 잘 된 걸지도.

처음 3층 정도까지는 별다른 생각이 없었다. 지금은 쓰지 않는 건물이나마 오페레타는 엄연히 백화점이었고, 사람들이 오가기 쉽도록 계단의 경사는 그다지 가파르지 않았다. 그러나 4층을 지나고 5층을 넘어서면서부터 슬슬 다리가 아프기 시작했다. 계단을 디디는 속도가 더뎌지고 숨이 점점 가빠왔다. 게다가 그 언젠가 이안에게서 들었던, 이 건물에는 상당히 많은 사람의 원한이 얽혀 있다는 것, 그래서 이 건물에서 목숨을 끊은 사람이 제법 된다는 것, 그중에 이곳을 떠나지 못하고 머물러 있는 원귀가 더러 있다는 말이 떠올라 오싹 소름이 끼쳤다. 조금이라도 해가 남아있을 때 얼른 집으로 돌아가야만 했다.

그렇게 얼마를 올라갔을까, 저만치 「12」라는 커다란 숫자가 보였다. 유진은 무릎을 짚은 채 허리를 숙이고 커다랗게 숨을 내쉬었다. 아무래도 운동부족인 게 틀림없었다.

"12층도 이런데 25층, 30층 사는 사람들은 엘리베이터가 고장 나면 어떻게 다니지?"

유진은 잘 쓰지 않아 뻑뻑한 비상계단 출입구를 몇 번 어깨를 부딪쳐 열었다. 순간 먼지 냄새가 확 끼쳐와 그녀는 손으로 입을 가린 채 콜록거렸다.

"그러게 이놈의 엘리베이터는 갑자기 왜 고장이 나서 사람 애를 먹⋯⋯."

순간 이상한 생각이 떠올랐다. 이 건물에 사는 것은 이안과 그녀뿐이다. 아까 그들이 밖으로 나갈 때 엘리베이터를 타고 내려왔으므로 엘리베이터는 1층에 있는 것이 정상이었다. 그런데 엘리베이터가 12층에 올라가 있다는 것은, 그들이 나가고 난 후 누군가가 엘리베이터를 타고 12층에 갔다는 뜻이 아닐까.

"누가 왔다 가기라도⋯⋯."

유진은 일부러 소리를 내어 그렇게 말해 보았다. 집을 비운 사이, 또 누군가가 이안에게 계약을 청하기 위해 다녀갔을 것이다.

아니, 그래야만 했다.

그렇지 않다면 왜 엘리베이터가 12층에 올라가 있는 것인지를 설명할 수 없게 되니까. 12층에 멈추어 선 채 내려오지 않는 이유에 대해서는 더더욱. 설마 아직 문 앞에서 누군가가 기다리고 있는 것이 아닐까.

신경이 팽팽하게 당겨 오는 느낌이 났다. 유진은 숨을 죽인 채, 한 발 한 발, 걸음을 옮겨 앞으로 나갔다.

유진은 엘리베이터가 시야에 들어오자, 반사적으로 그 안을 들여다보았다. 그리고 유진은 보게 되었다. 완전히 닫히지 않은 엘리베이터 문밖으로 비어져 나온 사람의 신발과, 그것이 문 사이로 끼인 덕분에 물고기가 뻐끔거리듯 열렸다 닫혔다를 반복하는 엘리베이터 문과, 그 문이 열린 틈으로 보이는 엘리베이터 바닥 가득 흘러 고인 피와, 그 위로 널브러진 사람의 시체를.

순간 필름이 끊어지듯 그녀가 알던 시공간은 일시에 정지해 제멋대로 엉켜 돌아가기 시작했다. 제대로 된 비명을 지르긴 했는지, 그 앞에 몇 초 정도나 간신히 자신을 추스르고 서 있었는지는 유진 자신도 알지 못했다. 그녀는 숨조차 제대로 쉬지 못한 채 집으로 뛰어들어갔다. 현관문을 잠그고, 방문을 잠그고, 침대 구석에 처박힌 채 이불을 머리끝까지 뒤집어썼다.

춥지는 않았다. 그런데도 떨렸다. 뒷덜미와 등줄기에서 식은땀이 비적비적 배어 올랐다. 유진은 필사적으로 두 팔 사이에 고개를 파묻었다. 숨조차 크게 쉴 수가 없었다. 아주 작은 소리라도 내었다가는, 어떤 불측한 존재에게 자신을 고스란히 들켜 버릴 것만 같았다.

눈물이 나는데도 소리를 내어 우는 것조차 무서웠다. 눈물이 뺨을 타고 흘러 얼굴을 덮은 이불에 스며들어 사라졌다. 무섭다는 감정만이 다가 아니었다. 바로 문 하나 건너에 피를 쏟고 죽은 사람의 시체가 있다. 그런데 지금 내 옆에는 떨리는 손을 붙잡고 놀란 마음을 달랠 사람 하나가 없었다. 끔찍하리만큼 외로웠다.

이곳에 온 그 어느 때보다도, 「엄마」가 보고 싶었다.

∞

　무언가 유리창이 윙윙대고 울릴 만큼의 시끄러운 소리가 났다. 그것은 규칙적인 박자와 속도로 귓전을 때렸다. 그리고 그와 거의 동시에, 유진은 자신이 침대 모서리에 한껏 웅크린 채 잠이 들었다는 사실을 깨달았다. 움츠린 다리에 얼마나 힘을 주었던지 침대에서 내려오는 것이 힘들 지경이었다. 유진은 가까스로 침대를 내려와 뻐근한 허리와 허벅지를 두드리며, 자신이 생각보다 참 무신경한지도 모르겠다는 생각을 했다.

　"하기야 뭐. 그 날도 좀 울다가 잠들었었지?"

　내가 죽은 날도 그랬는데, 그깟 시체쯤.

　호기롭게 그렇게 생각해 보았다. 그러나 엘리베이터 속에 낭자하던 핏자국을 떠올리는 순간 다시금 오싹 소름이 끼쳐와 유진은 가볍게 몸을 떨었다.

　제발 이안이 돌아와 있기를 바라며 유진은 조심스레 문을 열고 거실로 나왔다. 그러나 텅 빈 집은 나가기 전 그대로였다. 맥이 풀리는 동시에 다시금 입술이 바싹 타 왔다. 도대체 이 일을 어떻게 하면 좋을지 그녀는 알 수가 없었다.

경찰에 신고를 할 수도 없고, 그렇다고 저대로 내버려 두었다가는……

그때였다. 누군가가 문을 두들기는 소리가 났다. 그냥 문을 두들겨 보는 정도가 아닌, 손바닥으로 텅텅 소리가 나도록 문을 쳐 대는 소리였다.

유진은 순간 비명을 지를 뻔했다. 범인은 반드시 현장에 돌아온다고 했는데, 살인범이 혹시나 목격자가 있나 보러 온 거라면. 거기에 생각이 미치는 순간 눈앞이 새까맣게 죽어버렸다. 손이 덜덜 떨렸다. 뭘 어떻게 해야 할지 알 수가 없었다.

"망량 아가씨, 집에 있다면 문 좀 열어보는 게 어때?"

육중한 현관문 너머로 흐릿한 남자 목소리가 들렸다. 유진은 그 자리에 얼어붙은 채 그 목소리에 귀를 기울였다.

"뭔가 골치 아픈 일이 벌어진 것 같은데, 이게 어떻게 된 거야?"

누구인지 알 것도 같았다. 이 집에 오는 사람들 중 자신이 망량이라는 사실을 정확하게 알고 있는 것은 몇 명 되지 않는데다가, 「망량 아가씨」라는 말은 최근에서야 들은 호칭이었으니까. 그리고 그와 동시에 사신의 거처라는 건 사신에게 절대 복종하는 공간이므로, 이 집이 너의 편일 것이라는 말도 함께 떠올랐다.

"누구세요?"

유진은 용기를 내어 물었다. 그러나 그럼에도 덜덜 떨리는 목소리를 다 감추지는 못했다.

"아, 집에 있었나? 일단 문 좀 열어 주지그래."

"누구신데요?"

유진은 이미 문밖에 와 있는 사람이 누구인지 알고 있었지만 문을 열 용기는 선뜻 나지 않았다. 그래서 괜히 그렇게 물어보았다.

"날계란과 간장이라고 하면 답이 되나? 할 이야기도 있고 들을 이야기도 있으니 문 좀 열어주면 안 될까, 망량 아가씨."

유진은 꿀꺽 마른침을 삼키고는 현관문을 열었다. 역시 문밖에 서 있는 것은 현오였다. 색이 바랜 검정 코트 차림에 피곤에 찌든 듯한 인상은 그대로였지만 그의 표정은 전에 없이 심각했다.

"고맙군. 문 열어줘서."

현오는 대답을 기다리지도 않고 성큼 집 안으로 들어섰다. 그러고는 급히 모든 방들의 문을 열어 보았다.

"이 친구는, 오늘도 집에 없나?"

"네. 오후에 나갔어요."

"어딜 간다는 말도 없이?"

"네. 그냥 늦을 거라는 말만."

"흠."

현오는 생각에 잠긴 듯 미간을 찌푸렸다. 그리고 그 순간, 또 창밖에서 귀청을 뚫어버리기라도 할 듯한 따닥거리는 소음이 울려와 창문을 울렸다.

"아 거 젠장 시끄러워 죽겠네. 인간들은 정말 이상한 성벽이 있단 말이야. 하루의 반이 밤인 건 낮에 일하고 밤에 쉬라는 자연의 섭리인데, 종일 가만히 있다가 해 질 무렵에 공사를 시작하는 건 도대체 무슨 속셈인지 모르겠군."

"공사요?"

"요 앞 큰 길이 지금 공사 중이지. 무슨 일인지는 모르지만 도로를 한 절반쯤 뒤집어엎었던데."

"그런가요."

유진은 멍한 표정으로 대답했다. 아, 그러니까 아까 그 따닥거리는 소리는 굴착기 소음이었던 거구나.

"이 부근은 꽤나 번화가라서 차가 많이 다니거든요. 그래서 밤에 공사를 하는 모양이네요."

"원 세상에. 야밤에 저런 소리를 내면 잠은 어떻게 자라는 거지?"

"여기는 사는 사람이 그리 많지 않은 동네니까요. 다니는 사람은 많아도."

"그런 건가. 하기야 거처를 마련하기엔 지나치게 번잡한 동네인 건 사실이지."

현오는 주머니에 손을 찌른 채 착잡한 표정으로 집 안을 한 번 휘둘러보았다.

"저기 밖에."

그는 턱짓으로 현관문 쪽을 가리켜 보였다.

"뭐가 내뻗어 있는지 알고 있지?"

"네."

유진은 머뭇거리다가 떨리는 목소리로 대답했다.

"너무 놀라고 무서워서…… 어떻게 해야 할지도 모르겠어서 그냥 집에 가만히 처박혀 있었어요."

"설마, 이 집 주인이 나가기 전에 저렇게 된 건 아니겠지?"

"네. 나가고 난 후에…… 오늘 나가서 밥을 같이 먹었는데 자기는 볼 일이 있다고 먼저 가라고 해서요. 돌아와 보니까 저렇게……."

"음, 하긴."

현오는 천천히 고개를 끄덕였다.

"문턱 너머 몇 발 떨어지지도 않은 곳에 사람 시체가 피바다 속에 떠 있는데, 그 꼴을 보고도 여자를 혼자 두고 나가는 놈이라면 아가씨가 그렇게 애써서 감싸주려 하진 않겠지."

그는 대충 자리를 잡고 앉아 코트 주머니에서 담뱃갑을 끄집어냈다. 유진은 불안한 눈으로 그를 바라보며 매우 조심스럽게 물었다.

"시체…… 보고 오신 거예요?"

"대충."

현오는 담배에 불을 붙이며 대답했다.

"스물 댓 살쯤 된 젊은 남자였고, 최소한 자살은 아닌 것 같더군."

"왜요?"

"총에 맞아 죽었으니까."

그 말을 듣는 순간, 아주 잠깐이나마 머릿속이 새하얗게 감광되었다. 우스운 일이었다. 현오는 그저 사람이 총에 맞아 죽었다고만 말했을 뿐인데도, 그 이상의 그 어떤 말도 하지 않았는데도.

유진은 꿀꺽 마른침을 삼켰다. 그녀는 주먹 쥔 손에 잔뜩 힘을 준 채로 안간힘을 다 써가며 자신을 지탱했다.

"이것 봐."

현오는 그런 그녀를 이상하다는 표정으로 보고 있었다. 그는 손을 들어 유진의 눈앞에서 몇 번 부채질을 했다. 그러다가 멍해져 있던 유진의 시선이 자신에게로 돌아오자 손을 거두고 헛기침을 몇 번 했다.

"그렇게 넋 나간 표정을 하고 있으면 이야기를 계속하기가 어려워지지 않나."

유진은 입술을 깨물었다. 이 사람은 자신을 해치러 온 것은 아니겠지만 이안에게 호의적인 입장은 분명히 아니었다. 정신을 차리지 않는다면 바라지 않는 일이 일어날지도 몰랐다. 이 상황을 처음부터 끝까지 다 지켜본 것은 그녀 자신뿐이었다.

"총에 맞아 죽었다고요."

유진은 조그마한 목소리로, 그러나 꽤 강단 있게 말을 꺼냈다.

"이것도 이안의 짓이라고 생각하고 계시겠네요."

"이것 봐."

"또 그 총알이라도 찾아내셨나요?"

"나한테 별로 감정이 좋지 않은 건 알지만."

현오는 딱하다는 듯한 표정으로 고개를 저었다.

"그렇게 너무 앞질러가진 말아줬으면 좋겠는데."

"앞질러 가는 게 아니라 하시려는 말씀을 미리 하고 있는 거죠."

유진은 일단 그렇게 대꾸했다. 그러나 말을 하는 한편으로, 그녀는 자신이 현오에게 이미 화를 내고 있다는 사실을 알고 있었다. 그것은 현오에게만은 아니었다.

당신들과 같은 존재인데, 왜 그 사람을 그렇게나 믿지 못하느냐는 이 감정은.

"저번에 말씀하신 그 일들, 그리고 저 밖에 일어난 일까지, 전부 이안의 짓이라고 다들 이미 생각하고 있잖아요. 그런데 아니거든요."

"아니다?"

"네. 아니에요."

유진은 대들듯이 말했다.

"이안은 오늘 저하고 같이 점심을 먹으러 나갔었어요. 그때까지만 해도 엘리베이터는 멀쩡했고요. 하지만 점심을 먹은 후에 저 혼자 돌아왔을 땐 이미 저렇게 되어 있었거든요."

"요컨대."

현오는 유진을 진정시키기라도 하려는 듯 부드럽게 웃었다. 그러나 유진은 그의 그런 표정을 본 순간 어째서인지 더 가슴이 철렁 내려앉는 느낌이 들었다.

"아가씨가 그 친구의 알리바이라도 대 줄 수 있다는 말인가?"

"그런 거창한 건 아니지만……."

유진은 커다랗게 숨을 한 번 몰아쉬었다.

"아무리 사신이라고 해도 동시에 두 장소에 존재하는 건 할 수 없잖아요. 저 사람이 죽는 순간에 이안은 저하고 같이 있었으니까…… 필요하시다면 제가 아까 갔던 가게를 알려드릴 테니까 거기 가서 사진이라도 보여주고 물어보시면 확인할 수 있으실 거예요."

"알리바이 맞군."

현오는 미소를 지었다.

"알리바이가 별건가. 그 시간에 거기 없었다는 걸 증명해 줄 수 있으면 그게 알리바이인 거지."

현오는 손을 뻗어 길게 자라난 담뱃재를 이안이 쓰는 재떨이에 떨어내었다.

"그나저나, 아가씨는 여전히 열심이군. 관리사신의 무고함을 증명하는 데 말이야. 보기 드문 충성심인데."

그는 한 모금을 더 빨 것처럼 하다가 그럴 기분이 나지 않는지 담배를 재떨이에 비벼 끄고는 깊은 한숨을 내쉬었다.

"좋아. 난 아가씨의 관리사신에게는 그 어떠한 감정도 없어. 난 그 친구를 믿지도 의심하지도 않아. 하지만 난 최소한 아가씨에게 밥을 얻어먹은 적이 있고 아가씨가 아가씨의 관리사신을 얼마나 믿고 따르는지 알아. 그래서 그 친구가 아니라 아가씨를 봐서라도 이 일이 그 친구의 소행이 아니었으면 하는 마음이 있어."

단숨에 말을 끝내고, 현오는 날카로운 눈으로 유진을 바라보았다.

"어때. 여기까지는 믿을 수 있겠나."

유진은 천천히 고개를 끄덕였다. 현오는 착잡한 표정으로 그런 그녀를 바라보았다.

"좋아. 요즘 벌어진 일련의 일들에 관해서 아가씨의 관리사신이 심각한 수준의 의심을 사고 있는 건 분명히 사실이지. 그 사실이 원망스럽고 답답하겠지만, 아가씨의 말 한마디가 자칫 그 친구의 입장을 더욱 난처하게 만들 수 있다는 사실은 알아두는 게 좋을 거야."

"제 말이, 어째서 이안을 난처하게 만들 수 있다는 거죠?"

유진은 발끈해서 목소리를 높였다.

"저는 그 일이 벌어진 시간에 그 사람이랑 같이 여기 있지 않았다는 사실을 말했을 뿐이에요."

"아가씨가 거짓말을 하고 있다는 이야기가 아니야."

현오는 나지막한 목소리로 유진을 만류했다.

"아가씨가 알고 있는 한은 그게 사실일 수도 있지. 그렇지만 그 사실은 슬프게도 진실이 아닐 수도 있어."

"그게 무슨 말이에요?"

심장이 거칠게 뛰기 시작했다. 입이 바싹 타 와서 유진은 저도 모르게 입술을 깨물었다. 무언가, 상황은 그녀가 짐작하고 있는 것보다 더욱 심각한 것 같았다.

"저는 과거에 이안이 무슨 짓을 했는지는 몰라요. 그렇지만 상식적으로, 의심받을 게 뻔한데 자기 집 앞 엘리베이터에서 사람을 죽였을까요? 그렇잖아요."

"그 말도 맞아."

그러나 현오의 씁쓸한 표정은 유진이 아무리 핏대를 세워 가며 언성을 높여도 좀체 흔들리지 않았고, 그 점이 더욱 그녀를 불안하게 했다.

"하지만, 그 이야기는 다른 측면에서도 얼마든지 가능해. 「왜 하필이면 여기였어야 했느냐」. 사신의 거처 근처에서 인간을 죽인다니, 이건 자살 행위에 가까워. 발각될 확률도 높고, 발각되었다간 발뺌할

여지가 없어지지. 하지만 자신의 거처라면 이야기가 좀 달라. 사신의 거처와 그 근방 정도라면 완벽하게 자신의 통제하에 있고, 그 거처가 인간들이 잘 찾아오지 않는 곳이라면 금상첨화지. 어떻게든 자신이 완벽하게 뒷수습을 해 버릴 수 있으니까 말이야."

여기까지 말해 놓고, 현오는 엄숙한 표정으로 유진을 바라보았다.

"요컨대, 이런 거야. 아가씨가 아는 어떤 사실이 있어. 그러나 그 사실은 아가씨가 아는 한에서만 진실일 수도 있다는 얘기지."

"저기요."

너무나 답답해 유진은 미간을 찌푸렸다. 속에서 부글부글 끓고 있는 그 수많은 말들 중에 어떤 것을 끄집어내 어떻게 말해야 할지 갈피를 잡을 수가 없었다.

"좋아요. 방금 한 이야기는 그렇다고 쳐요. 그렇지만 지금 가장 중요한 이야기를 잊고 계시는데요, 이안이 저하고 같이 집에서 나갈 때까지는 엘리베이터에 사람이 죽은 시체 따위는 없었다고요."

현오는 가만히 한숨을 내쉬었다. 진심으로 그녀를 딱하게 여기는 것 같은 얼굴이었다.

"이거 곤란하군."

그는 고개를 내저었다.

"눈으로 직접 보지 않으면 믿지 못할 테지. 내 말만 들어서는 납득할 것 같지도 않고. 그렇다고 어린 아가씨에게 보여줄 만한 광경도 아니니, 이것 참."

유진은 멈칫했다. 아까 언뜻 스치듯이 본 그 질리도록 붉은 빛깔이 떠올라 몸서리가 쳐졌다. 그리고 그 위에 널브러져 있던 시체.

물론 그녀는 사람의 목숨이란 참으로 덧없다는 사실을 이곳에 와서 알았고 심지어 그중에는 자신이 직접 경험한 것까지도 포함되어 있었다. 그러나 지금 맞닥뜨리는 죽음의 감각이란 너무나 낯설고 음습한 것이어서 소름이 끼쳤다. 그 피와, 그 시체와, 그 광경을 마주해야 한다니. 떠올리는 것만으로도 손끝이 희미하게 떨렸다.

"아니에요."

그러나 유진은 잠시 후, 입을 열어 천천히 대답했다.

"제가 직접 봐야겠어요."

직접 확인하지 않으면 그게 사실이 되어버릴지도 모른다고, 유진은 그렇게 생각했다.

∞

별로 긴 시간이었다고는 생각하지 않았다. 이곳에서 보낸 시간이 20년 가까운 시간을 보낸 집보다 길지는 않을 것이고 이 현관문을 들락거린 횟수 또한 과거에 살던 집과는 비교될 바 없을 터였다.

그러나 현오의 뒤를 따라 현관 밖을 나서면서 유진은 무언가 대기 자체가 다르다는 것을 느꼈다.

그것은 단순히 「공기의 냄새」라고 뭉뚱그려서 지칭해 버릴 수도 있었지만 실은 그보다 조금 더 복잡한 문제였다. 그것은 감촉 같기도 했고 온도인 것 같기도 했고 습도인 것 같기도 했다. 문밖의 공기는 그녀가 늘 맡아오던 그것과는 분명히 달랐다.

"저기."

현오는 내키지 않는다는 듯 유진을 돌아보았다. 그 너머로 엘리베이터 문밖으로 삐죽하게 튀어나온 남자의 신발이 보여 오싹 소름이 끼쳤다.

"무리할 필요는 없어."

"무리요?"

"무리지."

현오는 심각한 표정으로 대꾸했다.

"사람 시체를 직접 본 적 있나?"

유진은 천천히 고개를 끄덕였다. 경은의 일을 그녀는 아직 잊지 않고 있었다. 순식간에 생명이 빠져나간 사람의 육체가 텅 빈 나무토막처럼 바닥으로 쓰러지던 그때 그 순간을 확실히 기억하고 있었다.

"본 적 있어요."

"총 맞아 죽은 시체도?"

그러나 여기서는 말문이 막혔다, 차마 대답을 할 수가 없었다. 총에 맞아 죽은 시체. 집에서 남아도는 시간을 죽이기 위해 읽던 추리소설 속에 활자로나 존재하던 그것이, 불과 몇 발자국 앞에 엄연히 존재하고 있다.

그리고 자신은 아무도 강제하지 않았는데도 그것을 눈으로 확인하겠다고 따라 나온 것이다. 소율의 일 때문에 더 엉망이 된 시체는 많이 본 적이 있긴 하지만, 모두 스쳐 지나간 정도일 뿐 정식으로 천천히 살핀 적은 없었다.

　"무리는 하지 않는 게 좋아."

　현오는 진심으로 걱정하는 목소리로 말했다.

　"아가씨의 시간은 멎어 있다는 사실을 잊어버리면 안 돼. 범상한 인간이라면 시간의 도움으로 가벼워질 수 있는 기억이 아가씨에게는 훨씬 더 오랫동안 머물러 있을지도 모른다는 이야기야. 죽음의 순간을 기억하지 못한다고 했지? 그건 아가씨 스스로가 죽음의 순간을 견뎌내지 못하기 때문에 지워버린 거다. 그 사실 하나를 품고 있는 것도 벅찬데, 그 위에다 이런 끔찍한 광경까지 하나 더 보태겠다는 건가."

　"언젠가는."

　유진은 덜덜 떨리는 목소리로 입을 열었다. 좀 더 태연하게 말하고 싶었지만 마음대로 되지 않았다.

　"제 죽음의 순간도 아무렇지 않게 이야기할 수 있는 순간이 오겠지요. 지금은 아니지만요. 살아있는 사람에 비해서 기억이 무뎌지는 속도가 느리다고 해도 완전히 멎어버린 건 아니니까요. 지금이 아니라도 언젠가는."

　그녀는 커다랗게 한 번 숨을 몰아쉬었다. 그리고 하려던 말을 계속했다. 언젠가 이안이 했던 말이었다.

"시간이 지나면 자연히 해결되는 일은 너무 무리할 필요가 없으니까요."

현오는 딱하다는 눈으로 유진을 바라보았다. 그는 코트 주머니에 손을 찌른 채 가볍게 어깨를 으쓱해 보이고 나서, 다시 엘리베이터를 향해 몸을 돌렸다.

"뭐, 난 할 수 있는 경고는 다 했으니까."

유진은 저도 모르게 꿀꺽 마른 침을 삼켰다. 그러고는 천천히 현오를 따라, 몇 발자국 떨어지지 않은 엘리베이터 쪽으로 걸음을 옮겼다.

∞

그 엘리베이터는 매장용 엘리베이터는 아니었다.

백화점이라는 곳을 그다지 자주 가 본 것은 아니었지만 백화점 매장 안에 있는 엘리베이터는 사람을 열댓 명은 태울 수 있을 만큼 컸고, 벽 한쪽을 유리로 씌워 바깥을 볼 수 있게 한다든가 하는 점이 보통이라는 것은 유진도 알았다. 그러나 그녀가 건물을 오르내릴 때 늘 타던 이 엘리베이터는 매장용 엘리베이터가 아니라 직원용 내지는 비상용인지 사람이 대여섯만 타도 답답함을 느낄 것 같은 작은 크기에 바깥이라고는 일체 볼 수 없이 꽉 막힌 밀폐형의 구조였다.

그래서 그 안에 달려있던 깨진 거울에 더더욱 신경이 쓰이기도 했었다.

엘리베이터 바닥의 대부분은 시체에서 흘러내린 피로 붉게 물들어 있었다. 그 색깔은 너무나 붉어 오히려 피가 아니라 붉은 물감이나 잉크처럼 보였다. 그리고 그 속에, 커다랗게 눈을 치뜬 사람의 시체가 피바다 속에서 천장 쪽을 보고 누워 있었다.

그렇게나 단단히 마음을 먹고 따라 나섰지만, 제대로도 아니라 흘끗 한 번 본 것만으로도 비명이 새어나왔다.

유진은 차마 시체와 그 주변에 낭자한 혈흔을 다시 바라보지 못하고, 오들오들 떨리는 어깨를 수습하지도 못한 채 엉거주춤하게 반쯤 몸을 틀어 옆으로 섰다. 아까 계단을 걸어 올라왔을 때는 그렇게 섬뜩하게 보이던 문밖으로 비어져 나온 발이 오히려 그래도 시선을 둘 만한 부분이었다.

"젊은 남자야."

현오는 차분하면서도 건조한 목소리로 말했다. 그가 엘리베이터의 열림 버튼을 눌러 두는 바람에 더 이상 엘리베이터의 문은 움직이지 않았다.

"신원까지는 정확히 모르겠지만 나이는 그리 많은 것 같지 않군. 아가씨보다 서너 살 정도 많지 않겠나 싶어."

"어디에 총을 맞은 건가요?"

"경추. 관통상인 것 같은데."

여전히 똑바로 시체를 바라볼 자신 같은 것은 없었다.

현오의 말과 여기저기서 읽은 어설픈 지식으로, 유진은 죽은 남자가 목 언저리 어딘가에 총을 맞고 죽었다는 사실을 알 수 있었다. 목 부근에는 경동맥이 있다. 그래서 이렇게 많은 피가 흐른 거구나.

"그래서."

유진은 기어들어가려는 목소리를 억지로 쥐어짜내어 물었다. 그것만도 힘이 들었다. 금방이라도 어딘가에 주저앉아 버릴 것만 같았다.

"눈으로 보지 않으면 제가 믿으려 하지 않을 거라는 사실이, 도대체 뭔가요?"

"그렇게 눈을 피하고 있으면 보나마나잖아."

현오는 서글서글하게 대답했다.

"시체를 볼 필요까진 없어. 고개를 조금만 돌려서, 이 핏자국을 좀 보라고."

유진은 커다랗게 숨을 들이쉬었다. 그리고 입술을 깨문 채로 시체 쪽으로 시선을 돌렸다. 참으로 붉은 피였다. 비현실적으로 느껴질 만큼.

"뭔가 이상하지 않아?"

"뭐가요? 피가 너무 많다는 거요?"

"피가 너무 많다? 그럴 수도 있겠는데 내가 지적하는 건 좀 다른 부분이지."

현오는 이제 그만 눈을 돌려도 된다는 듯 유진에게 손짓을 해 보였다. 고개를 돌린 그녀의 귀에, 담배에 불을 붙여 물기라도 하는 듯한 라이터 소리가 들렸다.

"아가씨가 관리사신과 식사를 하러 나간 게 언제였지?"

"점심때가 한참 지나서였어요. 몇 시였는지까지는 모르겠고요."

"늦은 오후였다. 좋아. 식사를 마치고 돌아왔을 때는?"

"파스타 가게에 한 시간 정도 있었던 것 같고……. 저녁 시간이 조금 못 된 시간에 들어온 것 같아요."

"역시 정확한 시간은 모르겠지?"

"네."

"그런데 어떻게 그때가 저녁 시간이 좀 못 된 시간이라는 걸 알지?"

"슬슬 해가 지려는 무렵이었으니까요."

어째서였을까. 파스타 같은 걸 그리 좋아하지도 않는 이안이, 그녀가 늦은 점심 후 저녁을 거를까 봐 파스타 같은 애매한 음식을 먹으러 가자고 한 것이 아니었을까 하는 생각이 지금 이 순간에서야 들어버린 것은.

"해가 질 무렵이었다 그거지? 하긴 요즘은 해가 제법 짧으니까. 그리고 집으로 돌아와서는 혼자 꽤나 놀라서 패닉에 빠져 있었을 거고."

"네."

"바로 그 점이 문제지."

현오는 중얼거렸다.

"지금 시간은 아홉 시가 조금 지났어. 저녁이 지나 밤이라는 이야기지."

"그런데요?"

"모르겠나? 아가씨가 밥을 먹고 집으로 돌아왔다가 시체를 발견한 시간을 여섯 시쯤으로 잡아도 벌써 세 시간이 지났어. 그런데 이

피는 거의 굳지를 않았지. 아까 아가씨가 본 게 정말 시체였나?"

그 말이 무슨 뜻인지 알아듣는 것은 그리 어렵지 않았다. 굳이 유진과 같은 추리소설 마니아가 아니라 텔레비전 드라마만 몇 번 보아도 사람의 몸 밖으로 흘러나온 피는 그리 오랜 시간이 지나기 전에 굳어버리게 마련이라는 사실쯤은 알 터였다.

"그럼 집에 들어가기 전에 제가 본 건 가짜라고요?"

유진은 순식간에 핏기가 가신 새파랗게 질린 얼굴로, 그래도 차마 죽어 넘어진 시체 쪽은 똑바로 보지 못하고, 발치 쪽으로 흘러나온 핏자국을 슬쩍 훔쳐보았다.

"그러니까."

유진은 마른침을 꿀꺽 삼키고 천천히 입을 열었다.

"이 사람이 죽은 건 아까 제가 집에 돌아왔을 때가 아닌 조금 전이고, 저하고 이안이 오후에 같이 밥을 먹으러 나가서 여기 없었다는 사실 같은 건 아무 의미가 없다는 얘기인 거군요. 왜 일부러 가짜 시체를……."

그 순간 뒤통수가 싸해져 유진은 입을 다물었다.

단순히 무서운 것만도 아닌, 그 이상의 답답하고 무거운 느낌이 그녀의 마음을 잠식해 갔다. 이안을 그다지 의심해 본 적은 없었고 지금도 의심하고 있지는 않았다. 그러나 어쩐지 심장이 철렁 떨어지는 기분이었다.

"대단히 깔끔한 솜씨로군."

현오는 유진의 말에는 대답하지 않고 시체를 내려다보며 중얼거리듯 말했다.

"내 목숨이든 남의 목숨이든 생목숨을 끊는다는 건 대단히 어려운 작업이지. 총이라는 것도 마찬가지야. 총은 목숨을 끊는 가장 확실한 방법이긴 하지만 그렇다고 그 성공률이 100%인 것도 아니거든. 예전에 총으로 자살을 기도했다가 실패한 인간을 본 적이 있는데 진심으로 차라리 그냥 죽는 게 낫지 않았을까 하는 생각이 들 만큼 끔찍한 몰골을 하고 있더군. 그런데 이 인간을 죽인 총알은 단 한 발이야. 순식간에 경추에 명중해 숨을 끊었어. 이건 살인이라기보다는 「자비」에 가깝지. 아마 자기가 죽는 줄도 모르고 죽었을 거야."

이안이 총을 쓰던 시절에는 명부에서도 몇 손가락 안에 들던 명사수였다는 이야기를 들은 적이 있었다. 그리고 단주의 부탁을 받고 들어갔던 그 이상한 집에서, 주변의 시공간이 일시에 뒤엉키는 그 어수선한 상황에서도 그는 단 한 발의 총알로 시계를 폭파시켜 집 자체를 날려버리고 일행을 구해낸 적도 있었다. 총기를 사이즈로 쓴다는 강력계 사신들의 사격 실력이 어떤지는 모르겠지만 그런 명사수가 흔할 것 같은 생각은 별로 들지 않았다.

"못 볼 꼴을 보게 해서 안 됐군."

현오는 착잡한 눈으로 멍한 표정의 유진을 바라보며 조용히 혀를 찼다.

"하지만 아까 집 안에서 시체 근처의 피가 거의 굳지 않은 상태였다고 내가 말했다면 아가씨는 그 말을 순순히 믿었을 건가?"

유진은 말없이 고개를 저었다. 머리가 아팠다. 순식간에 너무나 많은 일이 일어나버려, 무엇부터 어떻게 믿고 생각해야 할지 알 수가 없었다.

"저기."

유진은 고개를 들었다.

"이 사람도 총에 맞아 죽었다고 하셨죠. 이 사람이 맞은 총알도…… 일전의 그 총알인가요?"

"글쎄. 그것까지는 아직 모르겠군."

현오는 주머니에 손을 찌른 채 날카로운 눈으로 엘리베이터를 돌아보았다.

"상처는 관통상이고, 혈액의 상태를 보아 뒷수습을 제대로 하지 못하고 몸을 피한 것 같으니 이 어딘가에 유탄이 남아있을 수도 있을 것 같기는 한데……."

다음 순간 그는 엘리베이터 벽 한구석을 유심히 들여다보았다. 사방으로 튀어 있는 핏자국이 너무나 선명하여, 유진은 힐끗힐끗 보는 것만으로도 희생자가 벽을 등지고 문 쪽을 향해 서 있다가 총을 맞고 순식간에 쓰러졌다는 사실을 알 수 있었다.

"여기 뭐가 있군. 박혔는데."

"박혔다고요? 금속으로 된 벽인데도요?"

"그러니까 관통까진 하지 못하고 박히기만 한 거지. 권총의 화력이라는 건 실은 그리 대단한 게 아냐. 게다가 인간의 몸을 통과하면서 이미 추진력의 상당 부분을 잃어버린 상태지. 별로 남겨두고 싶은 마음은 없었겠지만 아마 시간이 없었을 거야."

현오는 피가 엉망으로 튄 엘리베이터 벽에 코를 들이대는 듯한 자세로 열심히 벽에 박힌 총탄을 들여다보았다.

그러고는 심각한 표정으로 고개를 저으며 돌아섰다.

"별로 좋지 않은 소식인데. 일전에 내가 보여줬던 것과 같은 종류야."

순간 머릿속이 멍해졌다. 아무런 생각도 들지 않았다. 현오는 밀랍 인형 같은 표정으로 그 자리에 굳어진 채 눈만 깜박이는 유진을 향해 단호하게 말했다.

"아가씨는 어떻게 생각하는지 모르겠군. 하지만 저 집에 계속 있는 건 위험할지도 몰라."

"그게 무슨 뜻이죠? 이안이 저를 죽이기라도 할 거라는 얘긴가요?"

"그런 뜻이 아니야."

현오는 애써서 고개를 저어 보였다.

"누군지는 모르지만, 아무튼 어떤 자가 불과 몇 분 전에 여기서 인간을 죽이고 도망쳤어. 나는 전문적인 검사관이 아닌 관계로 이까짓 유탄 밖에 발견을 못 했지만, 여기를 조사해 보면 진범이 누구인지를 가르쳐주는 단서들이 수십 가지는 발견될 테지. 이 인간을 죽인 자가 아가씨의 관리사신이든 아니든 간에, 놈이 이 현장을 그대로 내버려 둘 멍청이는 아닐 거라는 말이야. 알아들어? 어쩌면 지금도, 이 근처 어딘가에 숨어서 우리가 뭘 하는지를 열심히 염탐하고 있을지도 모르지."

현오는 빠른 속도로 거기까지 말해 놓고, 커다랗게 숨을 한 번 몰아쉬었다.

"그놈은 분명히 이 자리로 돌아올 거야. 그리고 자신을 가리키는 단서를 전부 없애놓을 거고, 이 현장을 목격한 자를 없애버릴 방도를 강

구하겠지. 나야 그렇다고 하더라도, 아가씨는 위험하지 않을까."

그 말을 듣는 순간 오싹 소름이 끼쳤다. 저도 모르게 손끝이 떨려와, 유진은 오른손으로 왼손 끝을 꽉 부여잡았다. 손바닥 안에 들어오는 손가락의 감촉이 생경했다. 어째서인지 그날 밤의 일이 자꾸 생각이 났다.

그 지하철역. 그 전동차의 경적 소리. 손등을 밟아 누르던 그 악의의 무게.

왜인지는 몰라도, 눈앞에 펼쳐진 이 유혈이 낭자한 현장이 아니라 그 날의 일이.

"집에 있겠어요."

그녀는 떨리는 목소리로 대답했다.

"예전에 그렇게 말씀하신 적이 있잖아요. 저 집이 제 편일 거라고요. 다른 그 어떤 곳보다 안전한 곳이라고."

"그건 그렇지만."

현오는 말을 잇지 못했다. 유진은 그것만으로도 그가 이안을 의심하고 있다는 것을 다시 한 번 알 수 있었다. 그러나 이제는 화를 낼 기력도 남아있지 않았다.

"여전히 이안을 의심하고 계시는 거네요."

현오는 대답을 하지 않았다. 유진은 그런 그를 향해, 떨리고 작으나마 또렷한 목소리로 말했다.

"하지만 저는 그 사람이 이런 짓을 저질렀을 거라고 생각하지 않아요."

"아가씨."

"그리고, 만일 그 사람이 저지른 짓이라고 해도."

순간 눈물이 날 것 같아 억지로 미소를 지었다. 의연한 표정을 보이고 싶었지만 그렇게는 되지 않을 것 같았다. 이미 죽었다. 이 세상 어디에도 자신이 남아있을 곳 같은 것은 없었다. 그녀가 있을 수 있는 곳은 오직 이곳뿐이었다.

"정말로 그런 거라면, 어쩔 수 없지 않을까요."

"묘한 말을 하는군."

현오는 날카로운 목소리로 되물었다.

"망량이라는 존재는, 물론 몹시 불안정하고 위태로운 존재이긴 하다. 하지만 그렇다고 해서 그 생명까지 아무렇지 않은 건 아니야. 그건 바로 아가씨 자신의 일이기 때문에 말이다."

그는 잠시 입을 다물었다. 어쩐지 조금은 화가 난 듯이 보였다.

"어쩔 수 없다니. 그건 자기 자신의 목숨을 가지고 할 수 있는 말이 아니야. 그래선 안 된다. 아가씨는 이제 인간은 아니지만, 그렇다고 죽은 것도 아니지 않나. 왜 그렇게 스스로의 목숨을 가지고 애매한 말을 하는 거지?"

"여기 처음 왔을 때."

유진은 아주 천천히 입을 열었다.

"이안에게서 넌 죽은 것은 아니지만 죽은 사람과 같은 취급을 받게 된다고, 이젠 더 이상 인간의 세상에서 살 수 없다는 말을 들었어요. 그 말을 듣고 울거나 화를 내면 그 말을 인정하는 게 될 것 같아서 억지로 참고 있었는데, 그때 이안이 그렇게 말하더군요. 울어도 된다고. 네 죽음이니까."

이안은 네 죽음이라고 말했다. 현오는 네 목숨이라고 말하고 있었다. 그 두 말은 닮은 것 같으면서도 달랐고 다른 것 같으면서도 닮아 있었다. 그러고 보면 두 사람은 기묘하게 비슷한 구석이 있었다.

"저는 이미 죽었어야 했을 사람이고, 그런데도 아직 살아있어요. 이안이 아니라면 지금 이 광경을 보고 무서워할 일말의 빌미조차도 저에겐 남아있지 않겠죠. 그러니 이제 와서 이안을 두려워하거나 무서워하는 건, 그건 좀 이상한 것 같아요."

하려고 했던 말은 좀 더 정리되고 정돈된 어떤 것이었다. 그러나 그녀의 머릿속에 떠오르는 어휘와 문구는 대충 이 정도뿐, 아무리 애를 써도 다른 표현이나 말이 떠오르지 않았다.

잠시, 아주 깊고 짙은 침묵이 흘렀다. 그녀도 그도 아무런 말을 하지 않았다. 유진은 스스로가 해 버린 말의 무게에 눌려서, 현오는 어쩔 수 없다는 유진의 반응에 놀라서. 두 사람 중 누구도 그 견고한 침묵을 깨뜨리고 선뜻 입을 열지 못했다.

"이거야 원."

한참 만에야 현오는 피식 웃음을 터뜨렸다. 그러고는 딱하다는 듯 혀를 차며 가만히 고개를 내저었다.

"부디 그 친구가 이 일과 아무 관계가 없었으면 좋겠군. 아가씨를 위해서라도."

유진은 입술을 깨문 채 고개를 끄덕였다.

그리고 순간, 그녀는 자신이 방금 전까지 왜 이안이 이 일을 저질렀을지도 모른다는 생각을 조금이라도 했던 것인지가 의아스러워졌다. 현오의 말마따나 이 현장은 제대로 감식을 해 보지도 않았고, 거기서 어떤 단서가 추가로 더 발견될 것인지는 알 수 없는 일이지 않은가.

"내가 할 말은 끝났어. 집에 있을 거라면, 이만 들어가 봐. 보기 힘한 꼴을 보게 해서 미안하군."

현오는 유진에게서 반쯤 몸을 돌렸다. 유진은 저도 모르게 꿀꺽 마른 침을 삼키고 물었다.

"그럼 이건 다 어떻게 하나요?"

"정리해야지. 인간이 인간을 죽인 거라면 내 알 바 아니지만, 이 일은 그게 아니니까. 직분을 망각하고 천기를 어그러뜨린 사신이 저지른 짓 따위가 인간들에게 새어나가면 여러 사람이 피곤해지지. 최대한 빨리 감식하고, 현장을 정리해야 해."

"최대한 빨리……요?"

"최대한 빨리."

현오는 고개를 끄덕였다.

"이 건물은 현재 인간들이 쓰지 않는 상태인 것 같으니 시간이 좀 더 있을지도 모르지만, 혹시나 돌아올지도 모르는 범인이 함부로 현장을 훼손하게 내버려둘 수도 없지. 가급적이면 빨리 감식하고 빨리 흔적을 치워야 해. 운이 좋으면 그 과정에 범인의 꼬리를 잡을 수 있을지도 모르고 말이야."

그는 엘리베이터 쪽을 흘끗 돌아보고 말을 이었다.

"이런 걸 봐 버렸으니 어지간한 정신 상태로는 쉽게 잠이 들기 힘들 거야. 집 안 어딘가에 잠드는 가루가 좀 있을 텐데, 어디 있는지 혹시 알고 있나?"

"네."

"그것참 다행이군. 우유 같은 걸 데워서 그 가루를 조금만 타. 조금, 아주 조금이면 충분해. 체질에 따라 예민한 인간은 먹지 않고 냄새만 맡아도 잠들어버릴 만큼 독하니까. 그 가루를 마시자마자 잠이 들 테니 그 전에 창문하고 문 꼭 걸어 잠그는 것 잊지 말고. 아마 내가 밤새 여기 있겠지만 또 무슨 일이 어떻게 될지 모르는 거니까."

그 목소리는 진심으로 그녀를 걱정하는 것 같았다.

∞

현오의 말대로 유진은 집으로 들어오자마자 현관문을 단단히 걸어 잠갔다. 맨정신으로는 잠이 올 것 같지가 않아, 현오가 시키는 대로 이안이 지은을 잠재울 때 썼던 가루를 찾아 꺼냈다. 하지만 이 가루를 먹고 잠이 든다면 그 사이에 무슨 일이 벌어져도 깨어나지 못할 테니 그것도 끔찍한 일이 아닌가 하는 생각에 다시 그 가루를 원래 있던 곳으로 돌려놓았다.

유진은 거실로 나가, 소파 위를 굴러다니던 쿠션 하나를 집어왔다. 뭔가 껴안고 있을 것이 필요했다. 조금 더 길거나 컸다면 좋았겠지만 그 쿠션은 보통 등을 받힐 때 쓰는 정사각형 모양이어서 품에 안으니 겨우 얼굴을 묻을 수 있을 정도였다. 거실에 늘 놓아두기 때문인지 흐릿하게 담배 냄새가 배어 있었다.

유진은 침대에 몸을 눕히고 이불을 코 밑까지 뒤집어썼다. 현오가 투덜거린 대로, 아직도 건물 아래에서는 간헐적으로 굴삭기가 따닥거리며 땅을 파헤치는 소리가 들려오고 있었다. 집 안이 조용한 탓에 그 소리는 크게 들렸지만 지금은 이마저 더 이상 들리지 않게 되면 얼마나 무서울까 하는 생각이 들어 오히려 반갑기까지 했다.

한참 동안을 그렇게 숨을 죽이고 누워 있다가, 유진은 이불을 밀치고 일어났다. 그리고 방구석에 있는 서랍을 열고 그 속에서 시계를 꺼내 왔다. 시계의 표면은 집으로 들어와 원래 두었던 자리에 넣어둔 지 얼마 지나지 않았음에도 차디차게 식어 있었다.

"핸드폰 머리맡에 놔두고 자던 생각이 나네."

다시 침대에 누워 쿠션을 끌어안고 이불을 끌어 덮은 후, 유진은 베개 옆에 시계를 놓았다. 그것만으로도 훨씬 마음이 차분해지는 느낌이었다. 이 시계는 이미 여러 번 그녀를 구해 준 적이 있었다. 이번에도 마찬가지일 테지. 지금과 같은 애매하고 불투명한 위협이 아닌, 좀 더 실제적인 위험 속에서도 그랬으니까.

"별일…… 없겠지?"

유진은 손을 뻗어 시계를 만져 보았다.

그 사이 시계는 약한 온기를 머금고 있었다. 버튼을 눌러 뚜껑을 열자, 시계의 문자판에는 흐릿한 모래시계 모양이 떠올라 있었다. 괜찮을 거라고 그녀의 말에 대답이라도 해 주듯이.

∞

지하철이 들어오는 소리가 들렸다. 한 군데서 들려오는 것이 아니었다. 마치 수십 개의 선로가 교차해 지나가는 한중간에 혼자 떨어진 것 같은 느낌이었다.

더욱 나쁜 것은 소리만 무성하게 들릴 뿐, 아무런 실체도 느낄 수가 없다는 사실이었다.

무언가가 어디서 어떻게 달려 나올지 알 수 없는 캄캄한 어둠 속에서 철컹대며 지하철이 달리는 소리들만이 사방에서 엇갈리며 들려왔다. 그 소리를 듣고 있는 것만으로도 오금이 저렸다. 이마와 등줄기로 식은땀이 배어났다. 입속이 바싹 마르고 손끝이 부들부들 떨려왔다.

그때였다. 저 멀리서 헤드라이트 불빛이 비치고 지하철 한 대가 들어왔다. 유진은 순간 기겁을 했으나 그 전동차는 바람을 일으키며 달려와 바로 앞에 멈추어 섰다. 그리고 천천히 문이 열렸다.

잠시, 혹은 한참이나 뭘 어떻게 해야 하는지를 고민했던 것 같았다. 그러나 한 가지는 확실했다. 이 자리를 벗어나지 못하면, 계속 여기 붙잡힌 채 이 끔찍한 소리를 듣지 않으면 안 될지도 모른다는 사실이었다.

매우 평범한 소리, 실은 아무것도 아닌 소리, 그러나 자신이 죽기 직전에 들었던 마지막 소리.

이미 흘러간 과거가 되었고 잊지 못하고 괴로워해 봤자 아무것도 달라지지 않는 그런 소리.

유진은 입술을 깨물었다. 그리고 한 걸음을 떼어 전동차에 올라탔다. 그녀가 올라타자마자 마치 기다리고 있었다는 듯 전동차의 문이 소리 없이 닫혔다.

– 뒈져, 씨발년아.

그러나 다음 순간, 차내 방송을 통해 꿈에서도 잊을 수 없는 목소리가 들려왔다. 유진은 그만 그 자리에 굳어지고 말았다. 모든 의식과 기억과 사고가 일순간 멈춰 버렸다. 아무 생각도, 아무 기억도 나지 않았다. 눈앞과 머릿속이 동시에 새하얗게 질려갔다.

– 너같이 세상 무섭고 더러운 줄 모르는 것들은.

그녀가 올라탄 전동차는 기관사 탑승칸 바로 다음 칸이었다. 그리고 그녀는 분명히 보았다. 기관사 탑승칸에서 자신을 노려보고 있는 「누군가」를. 자신이 기억하고 있었다는 사실조차 잊고 있었던 그 얼굴을.

– 뒈져야 돼.

유진은 비명을 질렀다. 그와 동시에 발아래 쪽이 마치 헛방다리처럼 허물어졌다.

∞

제대로 된 잠꼬대 같은 것도 하지 못한 것 같았다. 힘겹게 눈만을 겨우 뜨자, 자신의 방 천장이 보였다. 그녀는 바싹 말라버린 입술을 열어 비명도 아닌 신음만을 흘릴 수 있을 뿐이었다. 심장이 미친 듯이 뛰고 있었다. 숨을 쉬기가 힘들 만큼.

유진은 억지로 손을 바닥에 짚어가며 몸을 일으켰다. 온몸은 식은 땀에 흠뻑 젖어 있었고 울기라도 한 건지 눈이 퉁퉁 부어 있었다. 방금 그 모든 것이 꿈이고, 자신은 무사하다는 사실을 깨닫는 데는 한참의 시간이 걸렸다. 주변을 둘러보니 껴안고 있던 쿠션은 발치 쪽으로 밀려나 있었고 시계만 제자리에 있었다.

목이 말랐다. 머리도 깨질 듯이 아팠다. 온전치 못한 몸놀림으로 침대 아래로 내려서려다가 유진은 그만 바닥에 무릎을 꿇을 뻔했다. 그녀는 끙끙 앓는 소리를 내며 반쯤은 기는 듯이 거실로 나와 냉장고 문을 열고 찬물 한 잔을 따라 마셨다.

"웬일이니, 진짜."

그녀는 맥없이 소파에 무너지듯 주저앉았다. 아직도 놀란 가슴은 진정이 되지 않아 심장 박동이 정상적이지 못하다는 것이 뚜렷이 느껴질 정도였다. 유진은 손을 들어 명치 언저리를 두들기며 몇 번이고 마른기침을 뱉었다. 시간이 지나면 해결되는 일은 무리할 필요가 없다고 이안은 말했지만, 정말 이 일을 잊을 수 있기는 한 것일까.

공사도 끝났는지 바깥은 조용했다. 하기야, 이 근방은 차가 많이 다니는 곳이라 해가 떠 있는 동안은 어지간하면 공사 같은 것을 하지 않는다. 날이 새었다는 말인가. 유진은 멍하니 창문 쪽을 바라보았다. 어떻게든, 또 하룻밤을 지낸 모양이었다.

악몽의 여파가 차츰 가라앉자, 이제는 현실의 무게가 가슴을 짓눌러왔다. 시체, 피, 총알. 그런 것들이 일시에 머릿속을 잠식해 와 그녀는 눈을 꼭 감아버렸다.

어제 그런 일이 있었으니 그런 심란한 꿈을 꾼 것도 무리는 아니었다. 나가 봐야 하는 게 아닌가 하는 생각도 잠깐 들었지만, 도무지 그럴 엄두가 나지 않았다.

"또 외박인가."

유진은 잠겨 있지 않은 이안의 방문을 살짝 열어보았다. 침대와 철제 의자 하나가 고작인 그 살풍경한 방에는 아무도 없었다.

도대체 무슨 일일까. 그녀는 미간을 찌푸렸다. 이안이 어제 그 일을 저질렀을 리는 없다. 그러나 그렇다고는 해도, 무슨 일인지 가르쳐 주지도 않고 이틀이나 밤새 집에 돌아오지 않았다는 건 아무래도 걱정스러웠다. 게다가 어제는 칼까지 맞고 들어오지 않았던가.

오늘은 무슨 일이 있더라도, 무슨 일인지 꼭 물어보지 않으면 안 되겠다고 생각했다.

그때였다. 마치 그녀의 생각에 대답이라도 하듯 현관문이 벌컥 열렸다. 벨을 누르는 기척도, 문을 두드리는 기척도, 심지어 현관의 숫자 키를 누르는 소리도 없이 처음부터 열려있는 문을 열듯 집 안으로 들어올 수 있는 것은 이안뿐이었다.

우선은 안심이 되었고, 그다음으로는 화가 났다.

"도대체 어딜……."

"엘리베이터 말인데."

그러나 이안이 한 박자 빠르게 말을 꺼냈다. 그 목소리는 딱딱했으며 전에 없이 빠르고 공격적이었다.

"그건 뭐지?"

"그거……요?"

유진은 마른 침을 꿀꺽 삼켰다. 아주 많은 일이 벌어진 것 같았지만, 실은 겨우 2, 3일 동안 벌어진 일들일 뿐이었다. 그 사실이 이렇게나 실감이 나지 않는 건, 그 시간 동안 전에 없이 많은 생각을 했기 때문일지도 모른다.

"그래. 이거."

이안은 여전히 현관문을 연 채로 버튼을 눌러 엘리베이터를 열었다. 유진이 서 있는 곳에서 정면으로 엘리베이터 안이 보였고, 순간 반사적으로 비명을 질렀지만 그 안은 이미 깨끗했다. 사람 하나가 죽어 넘어져 있었고 피가 낭자했던 흔적 같은 것은 이제 찾아볼 수가 없었다.

이안은 안으로 크게 한 발을 디뎌 엘리베이터 벽 중간쯤에 있는 무언가를 가리켰다.

"이게 뭔지, 혹시 아는 바 있나."

유진은 내키지 않는 걸음으로 현관으로 나가 엘리베이터 속으로 들어갔다. 그리고 이안이 가리키는 곳을 바라보았다. 거기에는 무언가 아주 작고 단단한 것에 세게 얻어맞아 금속 벽이 조금 찌그러진 듯한 흔적이 있었다.

"그, 그게…… 총알 자국이라고 하던데요."

"그건 이미 알아."

이안은 고개를 돌려 유진을 바라보았다.

"그러니까 내 말은, 총구멍 따위가 어째서 이 엘리베이터 벽에 나 있느냐 하는 거다."

그 말을 듣는 순간 힘이 빠졌다. 그러니까, 이안은 어제 여기서 무슨 일이 벌어졌는지를 모르고 있는 것이다. 유진은 저도 모르게 휘청거리며 벽에 기댔다. 순간 눈앞이 캄캄하게 죽는 느낌이 났다.

"사람이 죽었어요. 이 엘리베이터 안에서."

유진은 띄엄띄엄 말했다.

"총에 맞고요."

순간 이안은 몹시 복잡한 표정을 지었다. 그 얼굴은 놀란 것 같기도 했고 화가 난 것 같기도 했으며, 당황한 것 같기도 했다. 그는 반사적으로 시선을 돌려 자신이 서 있는 엘리베이터 안을 한 번 둘러보았다.

"그게 무슨 말이냐."

이안은 날카롭게 물었다.

"언제?

"어제요."

"어제라고? 어제 언제? 내가 나가기 전은 아닐 거 아닌가."

"밥 먹고 돌아와 보니까…… 엘리베이터 안에 사람이 죽어 있었어요."

이안은 미간을 찌푸렸다. 이제야 눈에 띈 것이지만, 그의 얼굴은 평소 때보다 상당히 초췌했고 피곤해 보였다. 눈 밑은 검푸르게 변해 있었고 턱 언저리로는 미처 면도를 하지 못한 듯 짧은 수염이 잔뜩 돋아나 있었다. 그는 몹시도 불안정해 보였다.

"그런데, 시체는 어쨌어? 네가 치웠을 리는 없고. 총에 맞아 죽었다면 피가 적잖게 났을 텐데?"

"저기요."

"총에 맞았다니. 확실해? 바닥에 핏자국 있는 거 보고 지레짐작한 건 아닌가? 칼에 찔리거나 베여도 총을 맞은 것과 비슷한 정도의 피가 흘러나오지. 관통상이었다면……."

"몰라요, 그런 거!"

유진은 저도 모르게 버럭 고함을 질렀다.

"누구 말마따나 할 줄 아는 거라곤 아무것도 없는 주제에 입만 살아서 매사 바락바락 대들거나 하는 망량 나부랭이라서, 엘리베이터 바닥이 온통 피바다인 거 보고는 방구석에서 이불 둘러쓰고 숨어서 덜덜 떨기만 했다고요! 문 하나 건너 사람이 죽어 있는데 뭘 어떻게 해야 할지도 모르겠고, 어떻게 생각해야 할지도 모르겠어서! 그냥, 그냥 무섭기만 하고 아무것도 모르겠어서!"

더 이상 말을 할 수가 없었다. 아무래도 눈물이 나는 것 같았다. 볼썽사납게 찌푸린 꼴을 보이고 싶지 않아서, 유진은 돌아서서 소맷자락으로 할 수 있는 최대한으로 눈물을 닦았다.

때늦은 후회가 밀려왔다. 왜 괜히 화를 냈을까. 유진은 바싹 말라 버린 입술 사이로 가벼운 한숨을 내쉬었다. 뭐가 어찌 됐는지는 모르지만 이안 역시도 바깥에서 편히 지내다 온 것 같지도 않은데.

"내가 너무 내 할 말만 했군. 진정해라."

등 뒤에서 이안의 목소리가 들렸다. 그 목소리는 조금 차분해져 있었다. 하지만 유진은 아직까지도 눈가로 맺힌 눈물이 쉽사리 마르지 않아 그에게로 고개를 돌리지 못했다.

"그래. 그렇겠지. 네게 그런 걸 다 챙길 수 있을 만큼의 여유가 있을 리가 없지. 그 정도로 간이 큰 계집애라면 그날 그 얼치기 같은 놈한테 순순히 떠밀려 떨어지지도 않았을 테니까."

"……."

"그래, 알았다. 더 이상의 질문은 사양하지. 난 그저……."

"남자……. 저하고 비슷한 또래 남자라고 한 것 같았어요."

유진은 천천히 돌아섰다. 그리고 더듬거리며 간신히 대답했다.

"관통상이라고…… 경추 관통상이라고 했어요. 피가 굉장히 많이 흘러 있어서 엘리베이터 바닥이 온통 피바다였어요. 그리고 벽의 그 총알은, 아마 죽은 사람을 관통한 총알이 거기 부딪친 거 같다고……."

거기까지 말을 했을 때 문득 떠올랐다. 그녀가 그 시체를 처음 본 것은 분명 이안과 헤어져 집으로 돌아왔을 때였다. 그러나 현오의 말로는 사망자가 죽은 시간은 그가 찾아오기 직전, 그러니까 저녁 무렵의 시간이라고 했다. 두 시점 사이에는 줄잡아 네다섯 시간 이상의 시차가 있었다. 그 이야기를 하려면 어디부터 어떻게 이야기를 정리해야 할까.

"시체가 어디 갔는지는 모르겠어요. 어제 그러고 나서 너무 무섭고 겁이 나서 집에 처박혀서 꼼짝도 안 하고 있었는데……."

"경추 관통상이라."

이안은 왼손으로 턱 아래를 한 번 쓸어내렸다.

"인간의 몸에는 수분이 많지. 수분이 아니더라도, 근육이니 뼈니하는 장애물이 여기저기 있고, 게다가 권총의 화력이라는 건 사실 그다지 높이 살 수 있는 것이 못 되니까. 그래서 총알이 인체를 관통하면 그 순간 추진력의 상당 부분을 잃어버리고, 그래서 벽을 관통하지는 못하고 자국만 남겼다. 그럴듯해. 그런데, 넌 도대체 그런 걸 다 어떻게 안 거지?"

이안은 고개를 들어 유진을 바라보았다.

"진짜 시체는 네가 읽는 소설책 속에 있는 것하고는 다르지. 설마네가 돋보기 따위를 들고 시체 위를 기면서 그 모든 걸 일일이 확인했으리라고는 생각되지 않는데. 게다가 방금 네가 네 스스로 말하지 않았나. 너무 무서워서 집 안에 처박혀서 꼼짝도 못 하고 있었다고 말이야."

"네. 제가 직접 알아낸 건 아니에요. 집에 처박혀 있지 않았더라도 아무것도 알아내지 못했을 거예요. 딱 맞닥뜨리니까 아무 생각도 나지 않더라고요."

유진은 훌쩍거리며 대답했다.

"그냥, 조사관이라는 사람이 그렇다고 해서."

"조사관?"

"네."

유진은 잠긴 목소리로, 천천히 말을 이었다.

"그 사람이 그랬어요. 요즘 총에 맞아 죽은 시체가 발견되고 있는데 그 총알이 아주 오래되어서 지금은 쓰지 않는 것이라고요. 그리고 그 총알은."

"7.63mm 마우저 탄이라고?"

이안이 섬뜩한 목소리로 되물었다.

"그 총알을 사용하는 총이 네 관리사신이 쓰던 물건이라고, 그 조사관인가 뭔가 하는 작자가 그렇게 말하던가?"

"네."

순간 이안의 표정이 싸늘하게 굳어졌다. 그의 그런 살벌한 표정은 처음 보는 것이어서, 유진은 흠칫 어깨를 떨었다.

"이거야 원."

이안은 몸을 돌려 벽에 등을 기댔다. 주머니를 뒤져 담배를 꺼내고 입술에 문 담배에 불을 붙이는 동안도, 찌푸려진 그의 미간은 펴질 줄을 몰랐다.

그 표정은 비단 인상을 찌푸리고 있는 정도의 느낌이 아니었다. 그보다 훨씬 더 근본적인 무언가가 뒤틀어진 그런 얼굴이었다. 그것은 단순히 화가 난 것과는 조금은 다른 표정이기도 했다.

"왜 그래요?"

"당연하지 않나."

이안은 입술에 담배를 문 채 몹시 조용하게 말했다. 그러나 그 목소리 끝에는 어딘가 폭풍전야의 고요함이 배어 있었다.

"어린애 앞에서 너절한 이야기 늘어놓기 싫다고 제 발로 명부까지 나 가서 이틀 동안이나 잠 한숨 못 자고 취조받고 뼛속 마디마디가 절도록 잔소리를 듣고 나왔는데, 뭐가 어쩌고 어째?"

순간 유진은 자신도 모르는 복잡한 표정을 지었다. 아주 잠시나마 자신을 둘러싼 모든 것들이 비현실적으로 느껴졌다. 어제 이안과 헤어져 오페레타 건물로 돌아왔을 때 본 멎어버린 엘리베이터와, 무릎을 짚어가며 12층까지 올라왔을 때 발견한 그 낭자한 핏자국과, 선잠이 든 채 흘러간 지난밤까지도. 현오와 나누었던 모든 이야기들, 방으로 돌아와 혼자 했던 모든 생각들, 그리고 지금 이 순간까지도, 모두다.

"이래서야."

이안은 혼잣말하듯 중얼거렸다. 그 목소리는 몹시도 낮고 탁했다.

"그렇게 순순히 협조해 준 보람이 없잖아."

"그, 그럼."

그녀는 저도 모르게 말을 더듬었다.

"오후에 나가서 집에 안 들어온 게, 명부에 있었던 건가요?"

"그래."

"정말?"

"못 믿겠으면 도유 놈에게 물어봐도 좋아. 같이 갔으니까."

다행이다. 제일 먼저 떠오른 생각은 우습게도 그것이었다. 이 일과 이안이 아무런 관계가 없어서 다행이었다. 어제 본 그 눈이 시린 피의 색깔은 망막 한 구석에 지독하게도 깊이 새겨져 있어 당분간 잊혀질 것 같지가 않았다. 그리고 그 일을 저지른 것이 이안이 아니라는 것은, 이상스러울 만큼 다행이었다.

"사람이 죽은 일로요?"

순간 무엇을 떠올렸는지 이안은 유진의 눈에도 확연히 보일 만큼 멈칫했다. 그러나 언제나 그랬듯, 그의 그런 균열은 그다지 오래가지 않았다.

"인간이 총에 맞아 죽었다. 그것과 같은 총을 쓰는 자에게 혐의가 가는 건 당연한 거지."

"그 총."

유진은 조심스레 물었다.

"굉장히 오래되어서 이제 쓰는 사람도 거의 없고 사신 중에서도 당신 말고는 쓰는 사람이 아무도 없는 총이라면서요."

이안의 시선이 천천히 들려져 유진을 향했다. 그는 여전히 미간을 잔뜩 찌푸리고 있었다.

"그 얘긴, 어디서 들은 거지?"

"이 일 조사하러 온 조사관이 그랬어요."

크게 숨을 한 번 들이쉬고, 유진은 차분하게 대답했다.

"그래서, 당신이 의심을 받고 있다고."

이안은 물끄러미 유진을 바라보았다. 그 얼굴은 언제나처럼 무표정했고 무슨 생각을 하고 있는지 알아채기가 쉽지 않았다.

"그게 다야?"

"네?"

"총에 맞아 죽은 인간이 있다. 그 인간을 쏜 것과 같은 총알을 쓰는 총을 쓰는 게 나다. 그래서 나를 의심한다. 그렇게만 말하더냐고 묻는 거다."

순간 유진은 이안이 무슨 말을 하려는 건지를 알아차렸다. 이미 알고 있는 사실이지만 새삼스레 확인할 용기는 나지 않아 유진은 필사적으로 고개를 끄덕였다. 그러나 이안이 입을 연 것이 한발 빨랐다.

"그게 아니겠지."

"그게 무슨."

"그 뒤에, 혹은 그 앞에 한 마디 더 있지 않았나? 「네 관리사신은 과거에 그 총으로 인간을 죽인 일이 있다」고."

유진은 낮은 신음소리를 냈다. 다른 사람도 아닌 도유가 그 말을 꺼냈을 때 이미 그 일이 사실일 것이라고는 생각하고 있었다. 그러나 그 일을 아는 것과 확인하는 것은 또 다른 문제였다. 그녀는 말을 잇지 못한 채 이안을 바라보았다.

"그 얘긴 사실이다. 과거에 분명히 그런 일이 있었지."

이안은 아주 짤막하고 담백하게, 우스우리만큼 간단하게 순순히 그 사실을 인정했다. 그는 다 타들어 간 담배를 바닥에 비벼 껐다. 그리고 새 담배 한 개비를 다시 꺼내 물었다.

담배를 꺼내 입에 물고, 불을 붙이고, 첫 모금을 빨아 당겨 길게 내뿜는 그 수초의 순간 동안 두 사람 중 누구도 입을 열지 않았다. 이제 와 그 말 한마디쯤 더 듣는 것은 아무런 의미가 없는데도, 새삼스레 숨이 턱 막혀 오는 기분이 들어 유진은 마른 침을 꼴깍 삼켰다.

"어떻게 들을지는 모르지만 난 그 일에 일말의 후회도 없다. 그런 게 가능하진 않지만, 내가 나 자신과 계약을 할 수 있어서 그때로 되돌아간다고 해도 달라지는 건 없을 거다."

대꾸할 말이 생각나지 않았다. 자신이 뭐라고 생각을 하고 있는 건지도 정확하게 알 수가 없었다. 그럼에도 그녀는 알 수 있었다. 이안이 자신에게 뭔가를 설명하기 위해 애쓰고 있다는 사실을. 거짓말을 하는 것도, 사실을 숨기는 것도 적성에 맞지 않는 그로서는 이런 식으로밖에 말할 수 없을 거라는 사실을.

"그렇겠죠. 그럴 거예요."

그녀는 고개를 들었다. 허공을 부유하던 감각이 순식간에 제자리를 찾아 들어가는 기분이었다. 어차피 답은 처음부터 정해져 있었다. 자신이 할 수 있는 일도 정해져 있었다. 그 사실을, 지금까지도 깨닫지 못하고 있었을 뿐이었다.

"일어난 일은, 일어났으니까."

"뭐?"

"괜찮아요. 괜찮다고요. 그런 말 같은 거 안 해도."

유진은 희미하게 웃었다.

"그럴 만한 이유가 있었겠죠. 분명히."

그 말에, 오히려 이안이 놀란 것 같았다. 그는 의구심에 가득한 눈으로 한참이나 유진을 뚫어지게 바라보았다. 그의 입술에 물린 담배가 잠시 타들어 가는 것을 멈추고 있었다.

"조금만 생각해 보면 알 수 있는 문제잖아요. 강력계에 있다가 시간계로 좌천된 데는 뭔가 그럴 만한 이유가 있었겠죠. 당신같이 잔소리 듣는 걸 끔찍하게 싫어하는 사람이 순순히 매주 면담하고 잔소리 듣고 하는 걸 봐서 작은 잘못은 아니라는 거고. 그런 걸 봐서 뭐 대충은……."

"호랑이 새끼를 키웠군."

이안은 피식 웃었다. 새로 문 담배가 꽤나 길게 남아 있었지만, 그는 담배를 바닥에 버리고 신발 끝으로 비벼 꺼 버렸다.

"이만하면 꽤나 덕망 있는 사신인데 말이야. 종속망량에게 이런 말 듣는 사신이 그리 흔하진 않거든. 그런데 인간 죽어 나간 일에 조사 따위나 불려다니는 신세라니."

"그쪽이 덕망 있는 게 아니라 제가 물러터진 게 아닐까요."

"방금 전까지 그렇게 사람 설레게 해놓고 순식간에 말이 바뀌는 거냐."

딱히 대답을 바라고 한 말이 아니었던지 그는 피곤하다는 듯한 표정으로 벽에 기댄 채 가볍게 뒷목을 주물렀다.

"조직 생활이라는 게 원체 윗분들이 까라면 까야 하니 도리 없는 거지만, 아닌 게 아니라 언짢긴 하군. 제대로 된 유탄이라도 하나 주워 놓고 사람을 이렇게 범죄자 취급을 하는 건지."

"흔적이 남아 있잖아요."

"흔적?"

"네. 아까 당신이 본 그 흔적이요."

"그러니까."

이안은 어이가 없다는 표정으로 되물었다.

"엘리베이터 벽에 난 그 탄흔이 날 의심하는 증거라는 거냐?"

"네."

유진은 애매한 표정으로 고개를 끄덕였다.

"7.63mm 마우저 탄이라고……."

태어나서 처음 듣는 단어였기에 그 이름이 맞긴 맞는 것인지, 자기가 정확히 알고 있긴 한 것인지에 대해서도 그녀는 알지 못했다.

"그것참 굉장하군."

이안은 삐딱하게 웃었다.

"현장에 떨어진 탄피나 유탄도 아니고, 벽에 난 총알 자국만 보고도 탄 종류를 정확히 알더란 얘기야? 요즘 권총은 총알이 박히는 자리마다 자기 이름이라도 박아놓나 보지?"

유진은 눈을 휘둥그렇게 떴다. 어젯밤부터 지금까지, 그 길지 않은 시간 동안 그녀를 짓눌러오던 기억들이 아래에서부터 와르르 무너져 뒤엉키는 기분이었다.

그러니까, 지금 뭐라고?

"그게 무슨 말이에요? 그러니까, 총알 자국을 보는 정도만 가지고
는 어떤 총알의 흔적인지 알 수 없다는 건가요?"

"당연한 거 아닌가?"

이안은 몹시 시큰둥하게 그녀의 말에 대꾸했다.

"그 작자가 말한 마우저 탄의 탄피 지름은 9.7mm야. 1센티가 채
안 돼. 요즘 그런 탄이 들어가는 총을 쓰는 게 나쁜이라고 말했다는
데 그건 사실일지도 모르지. 그렇지만 아주 흔한 총을 예로 들어볼
까. 저 밖을 돌아다니는 경찰 아저씨들이 들고 다니는 권총에 들어가
는 38구경 탄의 탄피 지름이 9mm야. 어지간히 큰 차이가 날 것 같
겠지만 0.7mm 정도밖에 차이가 안 난다는 말이지. 그런 걸, 유탄도
아니고 총알이 박힌 흔적만 보고도 간파한다는 게 가능할 거라고 생
각해?"

순간 유진은 멍해졌다. 말을 잊은 채 서 있는 그녀를 향해, 이안이
한숨을 푹 내쉬고 말을 이었다.

"좋아. 권총이니 총알이니 하는 것 따위에 대해 아는 게 별로 없을
테니까 못 믿는 것도 어찌 보면 당연하지. 벽에 맞은 총알 자국만 보
고 그 자국이 어떤 탄이 낸 자국인지를 정확히 알아낼 수 있다는 말
은 유리 구두도 아니고 벗어놓은 장갑 한 짝만 보고도 그 장갑의 주
인이 누구인지를 알아맞히는 것과 비슷한 거야. 그러니까……."

"아뇨. 아니에요."

유진은 세차게 고개를 흔들었다.

"무슨 말인지는 알아들어요. 다만."

그녀는 몹시 더듬거리며 입을 열었다. 그녀의 목소리는 당혹함에 떨리고 있었다.

"그, 그럼, 그 사람은 도대체 뭐죠?"

"그 사람?"

"조사관이요."

유진은 기어들어가는 목소리로 대답했다. 그러나 그 말을 입에 올리는 순간, 그녀는 목덜미로 소름이 오르는 것을 느꼈다. 일의 진상은 어쩌면 지난 이틀간 그녀가 걱정했던 것과는 다를지도 모르지만, 어떤 의미에서는 꼭 그만큼이나 최악일지도 모를 일이라는 생각에 손끝이 가늘게 떨려왔다.

"아주 좋게 생각하면 일전의 그 일로 내게 내려진 징계가 불충분하다고 생각하는 명부의 높은 분이겠고."

거기까지 말을 꺼내놓고, 이안은 잠시 입을 다물었다. 그 침묵은 상당히 의미심장했다.

"나쁘게 생각하면 그 구멍이 어떤 총탄 때문에 났는지를 처음부터 알고 있었던 작자라는 말이겠지."

"어느 쪽일 것 같아요? 당신 생각엔."

이안은 흘끗 새파랗게 질린 유진을 한 번 쳐다보았다.

"어차피 미움받는 것에는 익숙하니 전자였으면 좋긴 하겠지만."

"……"

"단순히 날 미워하는 높으신 분이라면 여기까지나 찾아와서 너 따위에게 거짓말을 할 필요가, 과연 있었을까."

그 말을 듣는 순간 눈앞이 아찔해졌다. 며칠간 혼자서 억지로 끌어안고 삭이던 충격이 한꺼번에 터진 기분이었다. 그녀는 휘청거리며 간신히 벽에 기댔다. 이안이 걱정스러운 눈으로 그런 그녀를 바라보았다.

"그럼, 그건 어떻게 한 거죠?"

이제는 떨리는 목소리를 추슬러 볼 엄두도 나지 않았다. 벌벌 떨리는 두 손을 모아 꽉 움켜쥐고, 유진은 멍한 표정으로 물었다.

"당신이랑 헤어져 돌아왔을 때 누가 엘리베이터 안에 죽어 있었는데, 몇 시간이나 지난 저녁에 그 사람이 다시 찾아왔었어요. 그러고는 이 사람은 방금 전에 죽은 거라고…… 피가 하나도 굳지를 않았으니까 내가 들어왔을 때 본 시체는 가짜고…… 그래서…… 내가 당신이랑 밥을 먹으러 갔던 일 따위는 당신의 알리바이가 될 수 없……."

그녀는 저도 모르게 눈을 내리감아 버렸다. 뭔가가 잘못되어 있었다. 문은 열린다. 그러나 닫히기도 한다. 문이 닫히는 소리만으로는 그 소리가 사람이 안으로 들어왔다는 뜻인지 밖으로 나갔다는 뜻인지를 알 수 없다.

사람이 죽은 시간이 그녀가 건물로 돌아온 그때가 아니라 저녁때라는 말은 이안의 알리바이를 부정하는 말이기도 하지만 그 사실을 전한 사람의 알리바이를 부정하는 말이기도 한 것이다.

"안 된 말이지만, 스무 살 남짓 먹은 인간 여자애 따위를 겁주는 건 별로 어려운 일도 아니지."

이안은 고개를 절레절레 내저었다.

"인간은 누구나 죽음을 두려워하고 꺼리는 습성이 있지. 모르긴 해도 벌건 액체와 죽어 넘어진 사람 형체 비슷한 걸 얼핏 보여주는 걸로도 너 따위를 기겁하게 만드는 데는 충분했을 거다. 넌 보나 마나 집 안으로 도망쳐 들어가서 벌벌 떨고만 있었을 거고, 밖에서 무슨 일이 벌어지든 꼼짝도 못 했겠지. 그놈은 그 틈에 여기서 진짜로 인간을 해쳤을 거고, 그 피가 굳기 전에……."

"그러니까."

심장이 쿵쾅거리며 뛰기 시작했다. 그것은, 가끔 그 지하철역이 나오는 꿈을 꾸고 난 후 느껴지는 것과 비슷한 종류의 박동이었다.

"결국 그 사람이 한 짓이라는 말이네요."

잠시 두 사람 사이에 길고 긴 침묵이 찾아들었다. 이안은 유진의 말에 즉답을 회피하듯 고개를 돌렸고, 그것만으로도 그가 이미 유진의 말에 동감하고 있다는 것을 눈치챌 수 있었다.

"어떻게 그럴 수가 있죠?"

헛웃음이 나왔다. 지난 이틀간 알 수 없는 두려움에 시달리면서도, 그 소식을 알려준 것이 이런 사람이라서 그나마 다행이라는 생각을 잠시나마 했었다. 어딘가 이안과 닮은 구석이 있는 사람이어서 저도 모르게 마음을 놓고 있었던 것 같기도 했다.

"그러니까, 결국은 치외사신인 거예요? 그 사람 말이에요."

잠이 안 올지도 모르니까 데운 우유에 잠드는 가루를 타서 마시고, 무슨 일이 생길지도 모르니 문을 꼭 걸어 잠그고 자라는 말까지 했던 사람이 왜 이런 짓을.

무섭기도 했지만 그 이전에 왜 사람을 죽이고, 굳이 찾아와 그 사실을 알리기까지 한 것인지 이해할 수가 없었다.

"어떻게 들을지는 모르지만."

이안은 날이 선 표정으로 엘리베이터 문을 쏘아보았다.

"그놈은 애초부터 너 따위는 안중에 없었던 것 같다."

그 말인즉, 그 사람이 나를 해치려고 했다면 나는 지금쯤 다시 한 번 죽었을 거라는 뜻일까. 유진은 몸을 떨었다. 두려운 것만도 아닌, 소름이 끼치는 것만도 아닌, 당혹스럽고 씁쓸하고 안타깝고 무서운 기분에 그녀는 잠시 말을 잇지 못했다.

"그놈이, 정말 아무 짓도 안 했어? 뭔가 이상한 짓을 하거나 이상한 걸 먹이거나 하진 않았나?"

"전혀요."

유진은 새파랗게 질린 채 망연히 고개를 저었다.

"그러기라도 했다면 지금 이렇게 당황스럽진 않을 것 같은데…… 그냥 아주 보통 손님처럼 와서 밥 얻어먹고 커피 마시고 이야기하다가……."

"밥?"

"네."

그녀는 고개를 끄덕였다.

"맨밥에 날계란 넣고 간장이랑 참기름 넣고……. 자기는 그 정도면 충분하다면서요. 생각보다 맛있으니까 관리사신한테 이렇게 차려 줘 보라는 말도……."

그러나 유진은 그 이상 말을 잇지 못했다. 그 말을 한 순간, 이안의 얼굴에서 핏기가 싹 가셨기 때문이었다.

이안의 굳어진 표정을 보는 순간 반사적으로 든 생각은 혹시나 집 안에 다른 사신을 함부로 들여놓아서는 안 되나 하는 것이었다.

도유나 단주가 다녀간 적이 있지만 그들 남매야 이안에게 호의적이니 관계없을 터이고, 그 외의 다른 사신을 들였다가는 집의 결계에 좋지 않은 영향을 미치게 되는 건 아닌가 싶었다.

사신의 공간은 사신에게 복종하기에 그 안에 있는 이상 너는 안전할 거라고 현오는 말했지만, 이제 와서 그가 한 말 같은 건 더 이상 믿을 수가 없었다.

"너무 태연하게 조사관 행세를 해서 깜빡 속았지 뭐에요."

어제 그 낭자한 핏자국이 바로 그 사람의 짓이라니. 밥을 얻어먹고 커피를 얻어 마시던 그 순간 그 사람은 도대체 무슨 생각을 했을까.

유진은 자신이 두 번이나 그 지하철역에서만큼이나 위험한 순간에 직면했었음을 다시 한 번 깨달았다.

"자꾸 집 안으로 밀고 들어오려고 해서⋯⋯. 뭐라더라. 사신이 만든 공간은 사신의 의지를 따르기 때문에 이 집 안에서 누가 너를 해치는 건 불가능하다면서요."

"그건 사실이다."

이안은 대답했다. 어쩐지 그 목소리가 전에 없이 착잡하게 들렸다.

"이 공간은 실제로는 없는 곳이지. 내 의지가 만들어낸 결계니까. 내가 만든 결계이니 내 뜻에 복종하는 건 당연하다. 내가 널 돌보고 있는 이상은, 누구도 집 안에서는 너를 해칠 수 없다."

"뭐라고요?"

유진은 의아한 듯 물었다. 그 말이 사실이었다니, 더욱더 혼란스러워졌다.

"그럼, 이 집에 들어온 그때부터 그 사람은 저를 해칠 뜻은 없었다는 얘긴가요?"

"……"

"그럼 도대체 왜 그랬을까요?"

이안은 손으로 머리를 짚었다. 그의 얼굴에는 언제나처럼 별다른 표정이 떠올라 있지 않았지만, 그럼에도 그가 적이 당황하고 있다는 사실은 유진에게 너무나 뚜렷이 전해져 왔다.

"어떤 사람이었나."

한참 후에야 이안은 잔뜩 갈라진 목소리로 물어왔다.

"집에 왔다간 그 사람 말이다."

"치외사신 같지가 않았어요."

유진은 대답했다. 그 대답은 짧고 간단했지만 가장 근본적이고 정확한 것이었다.

그 사람이, 그런 사람이 어떻게 마음대로 사람을 죽이고 다니는 치외사신일 수가 있는 것인지 솔직히 그녀는 아직도 이해가 가지 않았다.

"치외사신이라는 부류의 사신을 많이 보진 않았지만 제가 본 사신들하고는 너무 달라서."

"치외사신 같지가 않았다라."

이안은 중얼거렸다.

"네가 말한 대로다. 치외사신에도 아주 다양한 종류가 있지. 슬프게도 네가 만난 작자들은 그중에서도 어딘가 좀 단단히 핀트가 나간 축들이었다. 그리고 가끔은."

이안은 잠시 입을 다물었다. 그는 아주 천천히 담배 한 개비를 새로 물고는 불을 붙였다.

"네가 이번에 만난 것 같은 그런 부류도 있는 거고."

"그렇군요."

유진은 고개를 끄덕였다.

"문 잘 잠그고, 잠이 잘 안 올 테니까 따뜻한 우유에 잠드는 가루라도 타서 마시라는 말까지 해주던데. 그건 그냥 고양이 쥐 생각하는 흉내였던 걸까요. 자기가 그랬으면서."

"글쎄다."

이안의 반응은 전에 없이 굼떴다. 그는 깊이 담배 연기를 들이마시고는 조용히 대꾸했다.

"내가 그 속까지 알 재주는 없지만 나름대로는 네가 너무 깊이 휘말려 드는 게 싫었던 게 아닐까."

그 말은 이해가 가지 않았다.

"치외사신인데도요?"

오직 자신의 욕심을 위해 사신으로서의 사명도 져버리고 수명이 끝나지 않은 인간을 죽이고 다니는 것이 치외사신이라고 들었다.

그런 주제에 망량 따위를 걱정했다는 걸 믿을 수가 없었다.

이안은 유진의 말에 바로 대답을 하지 않았다. 그는 돌아섰다. 벽에 난 채광창으로 조각난 푸른 하늘이 보였다.

"뭐 그냥, 그렇지 않을까 하다는 거다."

그는 입에 물었던 담배를 튕겨 불똥을 털어냈다. 그리고 꺼진 꽁초를 창문 밖으로 내던졌다. 천천히 돌아서는 그의 안색은 몹시 피곤해 보였다.

"아 참."

유진은 주머니에 손을 넣어 총알을 꺼냈다. 그저께 현오가 그녀에게 준 총알이었다. 계속 몸에 지니고 다녔기에 금속 특유의 차가운 질감은 없었지만, 손바닥 안에 들어오는 생경한 무게감은 역시나 낯설었다.

"이거요."

"뭐지, 이건?"

"그 사람이 집에 두고 간 거예요. 엄밀히 말하면 두고 간 게 아니라 저한테 보여줬다가 안 가져간 거지만요."

유진은 입을 다물었다가 덧붙이듯 말했다.

"요즘 사람이 총에 맞아 죽는 사고가 연달아 생기고 있는데 그 총알이 현장에 있었다고……. 그러니까 당신이 의심받는 증거품이라고 하면서요."

이안은 손을 내밀어 유진에게서 총알을 건네받았다. 그의 미간이 가볍게 찌푸려지는가 했지만 그는 곧 고개를 한 번 내젓고는 총알을 바지 주머니에 대충 쑤셔 넣었다. 더 이상 들여다볼 마음이 별로 없는 것 같았다.

"아무튼, 사과를 받아야겠군."

그는 말했다.

"범인이 엄연히 따로 있는 일에 심증만 가지고 사람을 이틀이나 잠도 제대로 안 재우고 들볶다니 말이야. 요즘 세상이 어떤 세상인데 인간들도 안 하는 짓을."

유진은 의아한 표정으로 이안을 바라보았다.

"그걸로 끝인가요?"

"그럼 뭘 더 바라는 거냐? 내가 하루 더 명부에 붙들렸다 오는 거?"

"그게 아니라, 보고해야 하는 거 아니에요? 도유한테라도."

"그럴 필요까지야."

이안은 중얼거리듯 대답했다.

"내가 보기보다 좀 뒤끝이 있는 성격이라서 말이지. 저지르지도 않은 일로 이틀이나 취조당한 후에 친절하게 제보씩이나 해 줄 마음은 없다. 알아서들 조사하라지."

"별로 좋은 생각이 아닌 것 같은데요."

유진은 미심쩍은 눈으로 이안을 바라보았다.

"이틀이나 붙잡혀서 조사를 받아야 할 정도면 단단히 의심을 받고 있다는 이야기잖아요. 이런 건 미리미리 이야기해서 의심을 풀어야 하지 않아요?"

"아, 그래. 다 좋아. 맞는 말인데."

이안은 유진을 향해 커다랗게 손을 내저어 보였다.

"알고 있는지 모르겠지만 난 이 일로 명부에 끌려가서 이틀이나 밤을 새고 나왔거든. 이제 웬만하면 이 일에 신경 좀 끄고 싶다. 안 되겠나?"

"아."

순간 조금은 머쓱해져 유진은 입을 다물었다. 이안은 고개를 젖히며 길게 기지개를 켰다. 그런 그의 눈에는 제법 뚜렷하게 핏발이 서 있었다.

"넌 어때? 좀 잤나?"

"네?"

"문 하나 건너에 사람이 죽어 나자빠져 있는데 집에는 아무도 없고. 딴에는 바싹 쫄아서 잠 한숨 못 자고 있었던 건 아니냐는 거다."

그 말을 듣는 순간 눈 밑이 갑자기 따가워 오는 기분이었다. 이제야 이안이 집에 돌아왔다는 사실이 실감이 났다. 지난 이틀간의 시간이 그녀가 살아온 모든 나날보다 더 길게 느껴졌다. 저도 모르게 가벼운 한숨이 나왔다.

"들어가자."

이안은 조용히 말했다.

"들어가서, 좀 자자. 너나 나나."

∞

유진이 들어가서 잠 좀 자자는 이안의 말을 듣고 순순히 고개를 끄덕였던 것은 어디까지나 이틀이나 밤을 새고 왔다는 이안이 피곤할 것을 생각해서였다. 그동안 선잠이긴 했지만 잠을 잔 시간 자체는 그리 짧지 않았다. 딱히 졸린다는 느낌도 없었고 피곤하지도 않았다.

그러나 이불을 둘둘 감고 침대에 누운 것이 문제였는지, 유진이 눈을 떴을 때는 이미 시간이 한참이나 지난 후였다. 그녀는 화들짝 놀라 이불을 홱 걷어치우고 일어나 앉았다. 그냥 눈 한 번 감았다 뜬 것 같은데 그새 잠이 들어 버리다니.

그래도 마음은 편했다. 이안이 집에 들어와 있다는 사실이 이렇게나 큰 의지가 될 줄은 예전엔 미처 알지 못했다. 유진은 저도 모르게 피식 웃었다.

그녀는 물을 마실 겸 거실로 나왔다. 그리고 거실 탁자 위에서 거칠게 뜯어낸 메모지 한 장을 발견했다.

- 잠시 나갔다 온다.

"뭐야."

그럼 또 집이 빈 건가. 유진은 입을 굳게 다문 채 집 안을 둘러보았다.

피곤하니 어쩌니 하면서 잠 좀 자자고 한 게 누군데 또 나간 건가. 설마 또 명부에 조사를 받으러 간 걸까. 오늘도 밤을 새고 들어오려는 건가. 그런데 만약에, 오늘도 그 사람이 찾아오면.

거기에 생각이 미치자 오싹 소름이 끼쳤다. 오늘은 절대로 문을 열어주지 말아야지. 문틈으로 밀가루 칠한 앞발을 보여주면서 엄마라고 거짓말해 봤자, 이번엔 절대 속아주지 않을 거라고 다짐하며 유진은 입술을 깨물었다. 그러나 그렇게 스스로를 다잡아 봐도 역시나 무섭다는 기분이 드는 건 어쩔 수 없었다.

"이건 도대체가."

언제 나갔는지 어딜 간다는 건지 언제 들어오겠다는 건지 왜 나가는 건지, 아무것도 적혀 있는 게 없잖아. 이럴 거면 굳이 메모 같은 건 왜 써놓고 나간 걸까.

유진은 한껏 입속으로 툴툴거리며 이안의 메모를 들여다보았다. 달필도 악필도 아닌 그냥 「남자 글씨」였다. 또박또박한 것과도 좀 다르게 각지고 필선이 날카로운 그 글씨는 어쩐지 이안을 좀 닮아 있는 것 같았다.

"밥 먹기 전엔 올 건가."

그랬으면 좋겠다는 생각을 했다. 이안 생각을 하자 간만에 요리책을 좀 찾아서라도 이런저런 것을 만들어볼까 싶기도 했지만, 그랬다가는 또 재료 따위를 사러 건물 밖으로 나가지 않으면 안 되었다.

집 밖을 나가는 것도 내키지 않았고 엘리베이터를 혼자서 탈 자신

같은 것은 도저히 없었다. 그 생각을 하는 것만으로 가슴이 미친 듯이 뛰기 시작했다. 그것은 정도가 조금은 다르나마 지하철역에서의 그 날 밤을 떠올릴 때와 비슷한 반응이었다.

∞

"일어났나."

며칠간 이런저런 일로 시달린 탓에 냉장고에 신경을 쓰지 않아, 집에 있는 재료만으로는 할 만한 음식이 마땅치 않았다.

그녀가 요리책을 펼쳐놓고 부지런히 눈씨름을 하는 와중에 소리 없이 현관문을 열고 들어온 이안이 신발도 벗기 전에 우선 그렇게 한 마디 던져왔다.

"피곤해서 친구 얼굴 보는 것도 귀찮다더니 어딜 갔다 오는 거예요?"

"너도 그 녀석에게 정기적으로 반성문을 써서 내고 잔소리를 들어보면 그런 말은 못하게 될 거다."

이안은 느릿느릿한 움직임으로 소파에 퍼져 앉아 언제나처럼 담배부터 꺼내 입에 물었다. 유진은 그런 그의 안색이 아까와 별로 달라지지 않았다는 사실을 알 수 있었다.

"하나도 안 잔 거예요? 피곤하다더니."

"급한 일이 좀 생각나서."

이안의 목소리 끝에는 하품이 섞여 있었다. 그는 주머니에서 뭔가를 꺼내어 유진을 향해 던졌다. 작고 가느다란 유리병 같은 것이었는데, 하마터면 손에서 빠져나갈 뻔해서 그녀는 저도 모르게 비명을 질렀다.

"손도 생기나 말았나, 그거 하나 제대로 못 받나?"

"갑자기 던지니까 그렇잖아요. 뭐예요, 이건?"

"열어 봐."

유진은 병을 열었다. 그 속에는 성분을 알 수 없는 무취한 붉은 액체가 들어 있었다. 유진은 도대체 이것이 무엇인지, 왜 자신에게 주는지를 알 수가 없어 멍한 표정으로 이안을 바라보았다.

"그게 뭐냐 하면."

이안은 손을 뻗어 담뱃재를 재떨이에 털어 냈다.

"네가 본 핏자국의 정체다."

"네?"

"그냥 색소야. 자세히 보면 별로 진짜 인간의 피 색깔하고 비슷하지도 않지. 그냥 벌건 색일 뿐이다. 너 정도를 속여 넘기는 데는 그 정도로 충분했지만."

유진은 떨리는 손으로 손가락 끝에 액체를 찍어 살펴보았다. 손가락 끝을 문질러보고 냄새를 맡아보았지만 그것은 정말로, 그냥 붉은 색이 나는 액체일 뿐이었다.

"대충 그러리라 생각은 했지만 역시나. 너 같은 인간 여자애 따위를 속여먹는 건 어처구니없을 정도로 쉽거든. 사람 형체 비슷한 걸 하나 던져놓고 그 주변에 이런 걸 죽 부어놓으면 그걸로 끝이야. 덤불 속에 고개를 처박은 새 새끼처럼 부들부들 떨거나 하고 있을 테니까 진짜 인간을 죽이는 것보다 훨씬 간단하지. 그 사람의 말마따나 굳지도 않을 테고."

"그럼?"

"네가 본 건 첫 번째나 두 번째나 다 가짜였다는 말이다."

이안은 다분히 귀찮아하는 투로 대꾸했다.

"상식적으로 생각해도 그런 난장판을 한 번 벌였다가 치우고 다시 인간을 죽인다는 건 보통 귀찮은 일이 아니지. 어차피 너야 그 꼴을 흘끗 한 번 본 것만으로도 방구석에 처박혀 꼼짝도 하지 않으려고 할 테니까, 그걸 가지고 무슨 말을 어떻게 하든 넌 진짜 그런 건지 아니면 그냥 말일 뿐인 건지 알 도리가 없지. 그런 거다."

"왜요?"

"글쎄. 누가 나를 골탕먹이는 김에 너까지 좀 곯려주고 싶었던 모양이지. 나도 나지만, 따지고 보면 너도 본의 아니게 꽤나 이놈 저놈을 엿 먹이고 다녔으니까. 일전의 그 할멈이라든지."

유진은 멍한 표정으로 손끝에 묻어있는 붉은 액체를 내려다보았다. 지금 이렇게 보니 아무리 봐도 피 같지는 않았다.

"거짓말이죠?"

한참 만에야 그녀는 조용히 물었다.

"아니죠? 그거 아니죠? 그냥 그렇게 얘기하는 거죠?"

"믿기 싫어? 그럼 말고."

이안은 피식 웃었다.

"이거야 원, 앞으로 엘리베이터 탈 때마다 사시나무 떨 듯이 떨겠구나 싶어 잠잘 것까지 미뤄놓고 명부까지 가서나 알아온 사실인데 말이야. 말해주지 말까 하다가 큰 인심 써서 이야기해 주는 건데 별로 믿고 싶지 않은 모양이지? 그럼 말고."

"아, 아니. 누가 믿기 싫다고 했어요?"

유진은 목소리를 높였다.

"그냥, 좀 이상하잖아요. 그럼 제가 본 그 사신은 뭐에요? 소율의 부하라도 되나요?"

"그 할멈은 그래 봬도 나이가 굉장히 많아. 내가 괜히 할멈이라고 부르는 게 아니라고. 치외사신으로 지낸 기간도 어지간한 녀석들보다 훨씬 길지. 네가 본 것 같은 치외사신인지 아닌지 정체도 알 수 없는 사신 따위는 턱짓 하나로 부릴 수도 있는 레벨이란 말이다. 전혀 이상할 일이 아니지."

뭔가 찜찜했다. 이안의 말이 틀렸다고 말할 결정적인 근거가 있는 것은 아니었다. 그러나 어쩐지 납득이 가지 않는 구석이 있었다. 그녀는 의혹이 가시지 않은 눈으로 이안을 바라보았다.

"정말이에요?"

"뭐가?"

"그거 다 가짜라는 거요."

"못 믿겠으면 내일이나 모레쯤 도유 녀석이 또 잔소리를 하러 납실 테니 거기다 물어보든지."

이안은 담배를 대충 비벼 끄고는 길게 기지개를 켰다. 잠을 거의 자지 못하고 나갔다 온 것인지, 그의 눈에 선 핏발은 아까 돌아왔을 때보다 훨씬 더 심해진 것 같았다.

"장난치고는 좀 과하긴 했지. 만성절도 아닌데 사탕이라도 얻어갈 속셈이었던 건지."

그 말은 어쩐지 몹시도 씁쓸하게 들렸다.

Curtaincall.

When you and I were young, Maggie

가끔, 이곳에 왜 이런 것이 있을까 의아해지는 것을 맞닥뜨릴 때가 있다. 그것은 주로 아주 오래되고 고루한, 세월을 따라가지 못하고 시대를 거스르는 것들이다. 이 표구사 또한 마찬가지였다. 물론 표구사는 아직은 완전히 사라진 어떤 것은 아닐지도 모른다. 그러나 적어도 한 달 월세가 기백을 넘어가는 도심 한복판에 먼지가 잔뜩 쌓인 액자 몇 개를 걸어놓는 것이 고작인 표구사가 있다는 것은 사실 납득하기가 쉽지는 않은 일이다. 물론 지나치는 사람 대부분은 그 사실 자체에 관심이 없지만.

이안은 미간을 찌푸린 채 위를 올려다보았다. 햇살이 강한 편은 아니었지만 잠이 모자라 따가운 눈에는 그조차도 견디기가 버거웠다.

"전화번호 하나 없는 간판을 이상하다고 생각하는 인간은 아무도 없는 건가."

주변에 늘어선 매끈한 모양새의 카페 및 파스타 전문점 간판과 매우 대조적인 플라스틱 간판은 당혹스러울 만큼 커다랗고 촌스러운 글씨에 먼지가 잔뜩 앉아 볼품없어 보였다.

간판도 그렇지만 통유리로 짜인 진열장 안에는 지독하게도 오래되어 보이는 액자 몇 개가 아무렇게나 놓여 있었고 유리 너머에서도 보일 만큼 먼지가 뿌옇게 앉아 있었다. 뭔가를 팔아보려는 의지 같은 건 조금도 느껴지지 않는 곳이었다. 진열장의 액자들이 옛날에는 정확히 어떤 것이었는지는 기억하지 못했지만 그때부터 지금까지 하나도 바뀐 것이 없다 해도 전혀 이상할 것은 없어 보였다.

새시로 된 미닫이문은 쉽사리 열리지도 않았다. 단순히 드나드는 사람이 적어 문이 뻑뻑하다는 느낌이 아니라, 인간의 완력으로는 여는 것이 불가능한 문이었다. 만일 몇 년에 한 번이나마 표구를 하기 위해 이 집을 찾은 인간이 있었더라도 문과 씨름하다 장사를 하지 않는 집인 걸로 생각하고 돌아갈 것이었다.

문은 몇 번의 실랑이 끝에 귀에 거슬리는 소리를 내며 열렸다. 가게 안은 컴컴했다. 그 속에서는 오래된 먼지와 눅눅한 습기가 뒤섞인 습한 냄새가 났다.

"계십니까."

그러나 이안은 입구에서 몇 발 걸어 들어간 지점에 멈추어 선 채 마치 블랙홀 같아 보이는 가게 안쪽을 향해 입을 열었다. 마치 저 안에 있는 무언가가 보이기라도 한 듯이.

"오라고 불렀으면."

이안은 잠시 머뭇거렸다.

"대답 정도는 해 주시는 게 맞지 않습니까?"

"아."

가게 저쪽 안에서 뭔가가 움직이는 기척이 났다. 이안은 그 자리에 멈추어 선 채 저벅거리는 발소리를 내며 이쪽으로 걸어 나오는 사람을 바라보았다.

"오랜만이군, 신참. 아 하긴, 이젠 신참이라고 부르면 안 되려나? 엄연히 종속망량까지 거두고 있는데."

그 목소리를 들은 순간 이안의 표정에 잠깐이나마 균열이 갔다. 그러나 그는 묵묵히 그 자리에 서서 상대가 이쪽으로 오기를 기다렸다.

"잘 지냈나."

이안은 그 질문에는 대답하지 않았다. 그는 몹시 복잡한 표정을 지으며 자신의 앞에 선 현오를 물끄러미 바라보았다.

"설마 했는데, 정말 선배셨습니까."

"일단 좀 앉지."

현오는 빙긋 웃었다. 그는 먼저 의자에 자리를 잡고 앉았다. 그 의자는 매우 낡고 오래된 것으로 요즘은 구하기도 쉽지 않은 물건이었다.

"옛 아지트에 돌아온 소감이 어떤가? 별로 바뀐 게 없지? 워낙 주변머리가 없어서 말이야."

그때도 이랬다. 그때도 이곳은 표구사였고, 아무렇게나 고른 액자 몇 개가 진열장 안에 들어 있었다. 문은 쉽게 열리지 않았고 안에는 변변한 가구 하나 없었다.

그래도 그때는 사람들이 있었다. 살갑다고까지 할 것은 아니나마, 함께 움직이는 사람들 특유의 유대감과 친밀함이.

"명부에서 떠나신 걸로 알고 있습니다."

현오가 권하는 대로 의자에 앉기는 했으나, 이안의 자세와 말투는 전에 없이 딱딱했다. 그는 굳어진 목소리로 물었다.

"어떻게 된 겁니까."

"어떻게 된 거냐니."

현오는 희미하게 웃었다. 두 사람이 얼굴을 마주한 것이 몇 년 만인지는, 두 사람 중 누구도 정확하게 기억하고 있지 못했다. 다만, 그것이 한 사람이 변하기에 충분한 시간이라는 정도밖에는.

"마우저를 쓴다지?"

"……."

"내가 명부에 있었을 때부터도 마우저는 슬슬 퇴물이 되어가는 분위기였는데 말이지."

"맞습니다."

이안은 낮은 목소리로 대답했다.

"선배님이 쓰시다가 반납한 물건입니다."

"그래. 그거면 됐잖은가."

현오는 미소를 지었다.

"사신이 사이즈를 반납한다는 게 무슨 의미인지, 그걸 설마 몰라서 물어보지는 않겠지?"

이안은 입을 다물었다. 그는 꽤나 오랫동안, 자신의 신참 시절 이 표구사를 아지트로 사용하던 팀의 책임자였던 사신의 얼굴을 물끄러미 바라보았다.

"묻고 싶은 게 있습니다."

한참 만에야 이안은 무겁게 입을 떼었다.

"정말로, 선배가 한 일입니까?"

"뭐가 말인가?"

"일련의 부자연사 말입니다. 마우저 탄이 발견된."

"마우저 탄이 발견되었다면 마우저를 쓰는 사람이 범인이지 않을까."

"마우저와 토카레프의 총알이 혼용된다는 걸 제게 가르쳐 준 게 선배이십니다."

"아, 그랬던가."

현오는 머쓱하게 웃었다. 그러나 그의 얼굴에 웃음이 번져갈수록 이안의 표정은 점점 더 굳어져 갔다. 그는 무언가 하고 싶은 말이 많은 얼굴을 하고도 선뜻 입을 열어 다음 말을 하지 못했다.

"왜 그러셨습니까."

"뭘?"

현오는 능청스럽게 되물었다. 그리고 천천히 덧붙였다.

"상대에게 질문을 할 때는, 간단하고 분명하게. 최대한 좁은 범위로. 상대가 애매한 대답을 하지 못하게끔. 들은 적 없나? 그렇게 애매하게 물어서야, 그게 왜 인간을 죽였냐는 질문인지 아니면 왜 하필이면 마우저 탄으로 인간을 죽였냐는 질문인지를 내가 알 수가 없잖나."

"둘 다입니다."

이안은 딱딱하게 대답했다. 의자에 앉은 이후로, 그의 자세는 약간의 움직임도 없었다.

"왜 그러셨습니까."

"내가 그랬다고 확신하고 있는 것 같군, 자네."

현오는 부드럽게 미소를 지었다.

"아닐 수도 있지 않을까?"

이안은 대답 대신 주머니에서 총알 한 개를 꺼내 탁자 위로 던졌다. 그것은 유진이 그에게 건네준 것이었다.

"알아보시겠죠. 선배가 제가 데리고 있는 녀석에게 맡겨놓으신 겁니다. 마우저 탄이라고 가르쳐 주셨더군요."

총알은 탁자 위를 한참이나 굴러가다가 아래로 떨어지지는 않고 가까스로 멈추었다.

이안은 가만히 그 총알을 바라보다가, 이내 고개를 들어 현오를 바라보았다.

"사실은 7.62mm 토카레프 탄인데 말입니다."

"그걸로는 부족해."

현오는 빙긋 웃으며 고개를 내저었다.

"만약에 내가, 내가 한 짓이 아니라고 끝까지 오리발을 내밀면 어쩔 작정이지? 그 정도로는 증거가 부족해."

"제집에 있는 녀석에게 밥을 차려 달라고 하셨다더군요. 마우저 탄에 맞아 죽은 사람이 있으니 마우저를 쓰는 사람이 범인일 확률이 높지 않겠냐는 식으로 말씀하셨다던데, 비슷한 이야기로 제가 아는 한 사신이라는 족속 중에 맨밥에 날계란을 얹어서 간장과 참기름을 뿌려서 먹는 건 선배뿐입니다."

이안은 묵묵하게, 별로 흔들림 없는 목소리로 대답했다.

"이 일은 명부에서도 제법 심각하게 다루고 있는 사안입니다. 제가 집에 없는 동안에 누군가가 나와서 이 일에 관한 이야기를 하고 갔다고 하는데, 저는 그때 명부에 들어가 조사를 받고 있는 중이었습니다. 그렇다면 그 사실에 대해 아는 건 그 일을 저지른 사람밖에 없겠지요."

이안과 현오의 시선이 탁자를 사이에 두고 한 번 마주쳤다 떨어졌다.

"한 가지 결과를 설명하는 다양한 원인이 있다고 하면, 그중 가장 간단한 것이 대개는 답인 법이니까 말입니다."

현오는 대답 대신 미소를 지었다. 그는 주머니를 뒤져 담배 한 개비를 꺼내 물고는, 이안에게도 한 개비를 권했다.

"괜찮습니다."

이안은 굳어진 목소리로 대답했다. 그러나 현오는 미소를 지은 얼굴로 다시 한 번 담배를 권했다.

"나야말로 괜찮아. 이제 자네와 나는 아무 사이도 아니지 않나? 나는 치외사신이지. 자네가 아직도 강력계에 있었다면 잡아 처넣었어야 하는 몸이야. 예의 같은 건 이젠 별로 차릴 필요가 없어."

"……."

"혼자 피우기 객쩍어서 권하는 거니 그렇게 얼어있지 않아도 돼."

거기까지 말이 나온 후에야 이안은 마지못해 담배 한 개비를 집었다. 이안이 담배에 불을 붙이고 첫 모금을 빨아 연기를 뱉는 그 수초의 순간 동안 진공과도 같은 침묵이 두 사람 주변을 감쌌다.

"이런 건 사실 다 필요 없는 얘기입니다."

이안은 중얼거리듯 말했다.

"집에 있는 녀석에게서 날계란을 얹은 밥 이야기를 듣고 선배라는 걸 알았습니다. 그냥, 그게 다였습니다."

이안은 착잡한 목소리로 물었다.

"한두 명이 아니라고 들었습니다. 도대체, 왜 그러신 겁니까."

"다른 사람도 아닌 자네가 할 말은 아닌 것 같군."

현오는 웃었다. 그는 손을 뻗어 길게 자라난 담뱃재를 느긋하게 재떨이에 털어내었다. 군데군데 탄 자국이 난 플라스틱 재떨이의 한 귀퉁이에는 오래전 이 근처에 있었던 다방의 전화번호가 아직도 희미하게 남아 있었다.

"자네는 어떤가. 왜 인간을 죽였지?"

"……."

"그리고 집에 있는 그 아가씨도 그렇지. 그 아가씨는 분명히 죽음에 가까이 갔을 테고, 자네가 그걸 구해준 거 아닌가? 예전에 죽을 때가 안 된 인간을 죽인 적도 있었으면서 그 아가씨는 왜 구해준 거지?"

이안은 대답을 하지 못했다. 현오는 웃음기가 가신 얼굴로, 조금은 쓸쓸한 눈빛을 한 채 자신의 후배를 바라보았다. 두 사람은 잠시 아무 말도 하지 않았다.

"좋습니다. 질문을 바꾸겠습니다."

"취조인가?"

"아닙니다."

이안은 고개를 저었다.

"그냥, 질문입니다. 선배를 존경했었던 후배로서 드리는."

아주 잠깐의 사이를 두었다가, 그는 물었다.

"왜 저를 찾아오신 겁니까?"

"내가 왜 명부를 떠났는지, 혹시 알고 있나."

이안의 질문에 현오는 질문으로 답을 대신했다. 이안은 천천히 고개를 저었다. 아주 오래전의 일이지만, 그는 강력계에서도 가장 유능한 사신이었다. 아직 신참이라 격발 라이센스가 떨어지지 않아 단독으로는 총기를 격발하는 것은 고사하고 소유하는 것조차도 불가했던 그때, 그가 일하는 모습을 곁에서 지켜볼 수 있다는 것은 굉장한 특권이었다.

그러나 어느 날 갑자기 그는 책상 위에 자신의 사이즈를 놓아둔 채로 사라졌다. 그러고는 영영 나타나지 않았다. 그에 대해 풋내기가 할 수 있는 일은 별로 없었다. 노후기종으로 분류되어 폐기될 위기에 처한 현오의 사이즈를, 갖은 떼를 써가며 자신이 받아오는 것밖에는.

"임무 중에 한 원혼을 잡는 일이 있었다."

현오는 천천히 이야기를 시작했다.

"스무 살이 조금 넘는 여자였는데, 한 남자에게 들러붙어 끝도 없이 괴롭히고 있었지. 그 원념이 너무나 강해서 명부로 압송할 방법이 없을 정도였다. 사살 밖에는 수가 없었지. 그러나 자칫 잘못하면 원혼이 씐 인간까지 해치게 되는 수가 있기 때문에 쉽지만은 않은 일이었다."

현오는 고개를 돌리고 길게 담배 연기를 뿜어냈다.

"원혼을 사살할 준비를 하면서, 나는 원혼이 품은 한의 정체를 알게 되었다. 원혼은 생전에 스무 살도 되기 전에 놈에게 강간당했고 그 충격을 이기지 못해 자살했던 거다. 그 당시에 강간당한 여자는 자살하는 거 말고는 할 수 있는 일이 별로 없었으니까. 지금도 크게 다르지는 않지만 말이지."

이안의 미간이 아주 미세하게 찌푸려졌다. 현오는 물끄러미 그런 그를 바라보았다.

"그런데 놈이 저지른 악행은 그게 다가 아니었다. 심지어 같은 집에 살고 있는 한 살 터울 나는 자신의 친여동생한테까지 손을 댔어. 도대체가, 내가 하는 일이 저런 쓰레기만도 못한 인간을 구제하기 위해서인가 하는 생각에 회의가 치밀었지만 그놈의 남은 수명이 고작 2년 정도여서 일단 참았다. 어쨌든 나는 사신이고, 원념이 강한 원혼을 계속 이 세상에 있게 해서는 안 되니까."

이안은 입을 다문 채 현오의 이야기를 들었다. 이야기의 어느 부분 때문인지, 그의 표정은 어딘가 흔들리고 있었다.

"그 일은 그 후로 한동안 나를 괴롭혔다. 도대체 내가 왜 그런 쓰레기 같은 인간을 구제해야 했는가에 대한 의문이 떠나지를 않았어. 그래서 2년 후에, 그 인간의 집을 다시 찾아가 봤다. 정말로 죽었는지를 확인하기 위해서. 그때 내가, 그놈을 구하기 위해 강간당해 스스로 목숨을 끊은 여자의 원혼을 사살한 것이 정말로 잘한 일이었는지를 확인하기 위해서."

현오는 미소를 지으며 고개를 내저었다.

"어찌 됐을 것 같나? 놈은 정말로 죽었더군. 다행이다 싶었다. 어차피 저런 식으로 천벌을 받을 놈이니까, 굳이 내가 놈을 징벌할 필요는 없었던 게 맞다고 생각하고 안심했지. 그렇게, 2년 동안 가슴 한구석에 꺼림칙하게 남아있던 얄팍한 회의를 그런 식으로 날려버렸다. 거기까진 좋았지."

"그런데, 무슨 일이 또 있었습니까?"

"아까 얘기하지 않았나? 그놈의 여동생 이야기 말이야."

현오는 담배 연기인지 한숨인지 모를 것을 뱉어 놓고 잠시 아무 말도 하지 않았다.

"불행하게도 그 아가씨의 수명은 남들보다 훨씬 길었어. 그리고 그 2년 동안, 끊임없이 자살을 기도하고 실패하기를 반복하고 있었더군. 불을 켜 두지 않으면 잠들지 못했고 한여름에도 옷을 세 겹 네 겹씩 껴입지 않고는 버티지를 못했지. 잘 먹지도 못해서 피골이 상접했고 정신은 피폐해질 대로 피폐해져서 이미 반쯤 미친 상태였다. 그런데도 부모는 동네 부끄러운 일이라면서 딸을 방에 가두어놓고 집 밖으로 한 발짝도 나가지 못하게 했지."

현오는 다 타들어 간 담배를 재떨이에 비벼 껐다. 이안은 그런 그를 물끄러미 바라보았다.

"그래서, 설마."

"죽여 줬다."

현오는 조용히 대답했다.

"죽고 싶어도 죽을 수 없는 목숨, 내가 대신 끊어 줬다는 말이다."

이안의 표정은 그다지 놀라는 것 같지도 않았고 분개하는 것 같지도 않았다. 그저 입을 다문 채 아주 묵묵하게, 마주 앉은 사람의 이야기를 듣고 있을 뿐이었다.

"그때 깨달았지. 나는 인간의 목숨을 거두는 일 같은 걸 하기에는 쓸데없는 감상이 너무 많다는 걸. 지금이 아니라 그 언제라도, 나는 또 이런 식으로 일탈할 수 있는 존재라는 걸. 결국 사이즈를 남겨두고 명부를 떠나는 것밖에는 할 수 있는 일이 없었다."

여기까지 말을 마치고, 현오는 다시 담배 한 개비를 꺼내 물었다.

"이 세상은 인간의 것이지 사신의 것은 아니다. 그런데 말이지, 인간의 목숨도 인간의 것이지 사신의 것은 아니지 않나. 목숨이 정말로 인간의 것이라면 더 이상 살고 싶지 않다는 생각이 들 때 죽을 자유도 있어야 하는 게 아닐까."

"그렇다면."

"명부에서 어디까지 듣고 왔는지는 모르겠군. 그렇지만 한두 건이 아니라는 말은 아마 맞을 거다."

현오는 조용히 대답했다.

"인간의 세상은 우리가 아는 것보다 훨씬 더 복잡하다. 그리고 그 속에서 지치고 상처받아 너덜너덜해진 인간도 우리가 파악하고 있는 것보다 훨씬 더 많아. 그래서 그런 일을 하고 있지. 더 이상의 삶을 원하지 않는데도 단지 수명이 다하지 않았기 때문에 죽지도 못하고 억지로 살고 있는 인간들이 죽을 수 있도록 도와주는 일을."

"그럼, 지금껏 죽기를 원하지 않는 인간을 죽인 적은 한 번도 없다는 얘기십니까?"

"없다."

현오는 천천히, 그러나 완강하게 고개를 저었다.

"먼저 인간의 이야기를 듣는다. 그리고 그 인간이 정말로 죽어도 될지를 생각해 보지. 아까 이야기한 그 아가씨 정도의 사연이 아니라면 기각이다. 그리고 설령 그런 경우라고 해도 세 번 정도 말린다. 그러나 그래도 마음이 변하지 않으면 죽여 준다. 그게 내가 하고 있는 일이지."

현오는 머쓱한 듯 미소를 지었다.

"자선사업이라도 하고 있는 양 할 생각은 없다. 내가 하고 있는 일은 엄연한 불법이지. 이 세계를 좀먹는 일일지도 모르고. 그렇게 죽은 인간의 영을 단 한 번도 내 마음대로 취한 적이 없다는 말 정도로 변명이 될지는 모르겠지만."

"그런 말씀은 하실 필요 없습니다."

이안은 무거운 목소리로 대답했다.

"제집 앞에서 인간이 죽었다는 것, 그리고 그 일을 저지른 사람이 선배라는 걸 눈치챈 순간부터 한 번도 선배가 인간의 영혼 따위를 노리고 그런 짓을 했으리라는 생각 같은 건 해 보지 않았으니까요."

"무르군."

"그럴지도."

이안은 짤막하게 대답하고는 고개를 숙였다.

"하지만 말입니다. 왜 하필이면 제집 앞에서 그러신 겁니까? 저야 아무래도 좋습니다만, 집에 있는 그 녀석은."

"망자의 소원이었다. 그 백화점에서 죽는 것."

현오는 나직하게 대답했다.

"망자의 아버지는 그 백화점의 소유주였지. 세 번째인가 네 번째 소유주였다고 하더군. 건물을 일단 사들이기만 하면 그 몇 배나 되는 돈을 벌 수 있다는 꼬임에 넘어가 건물을 인수했다가 엄청난 빚더미에 앉게 되었고 결국은 죽어 버렸어. 어머니는 집을 나가 연락도 되지 않고, 이제 겨우 스물 서넛쯤 먹은 망자는 날이면 날마다 사채업자들의 협박과 폭력에 시달리다가 마지막 결심을 한 거지. 아버지의 백화점에서 죽고 싶다고 하더군."

"그게 다입니까?"

"솔직히 말하자면, 아니다."

현오는 이안을 바라보았다.

"그냥, 자네에게 좀 알려주고 싶었다고나 할까. 세상은 넓고, 명부가
아니라도 사신이 있을 수 있는 곳은 많다는 걸. 복무규정에 얽매이고, 매
일매일 물러터진 자신의 심장을 채찍질해 가며 살지 않아도 살 수 있다는
걸. 자네와 나는 어쩌면 제법 닮았는지도 모르지. 마우저와 토카레프가
같은 총알을 쓸 수 있는 것처럼."

현오는 주머니에서 총알 하나를 꺼내 이안이 던져놓은 총알 옆에 세워
놓았다. 그것은 진짜 7.63mm 마우저 탄이었다. 이안의 시선은 한동안
두 총알 사이의 중간쯤 어딘가에 머물렀다. 그는 한참 동안 아무 말도
하지 않았다.

"예. 어쩌면 그럴지도 모르겠습니다."

마침내 그는 조용히 대답했다.

"저 또한 필요 이상으로 인간을 동정한 일이 있었고, 그 때문에 부자연
사를 저지른 일이 분명히 있으니까 말입니다."

이안은 현오가 세워놓은 마우저 탄 옆에, 자신이 던져 놓은 토카레프
탄을 조심스레 세워놓았다.

"그 일로 저도 꽤 많은 걸 잃었습니다. 그 일이 그렇게나 잘못한 일인
지, 아직도 가끔은 납득이 되지 않기도 합니다. 선배 말씀처럼 치외사신
으로 산다면 그런 일은 없겠지요. 하지만 거절하겠습니다."

"그 아가씨 때문인가?"

이안은 대답을 하지 않았다. 현오는 그런 그를 바라보며 알 듯 모를 듯한 미소를 지었다.

"그렇기도 하고 아니기도 하다는 말이군. 그거면 충분하지. 내게 자신의 죽음을 부탁하러 왔다가 그냥 돌아가는 인간의 대부분은 많지도 않은 단 한 명의 타인이 자신을 위해 슬퍼할 것을 염려해서 포기하니까. 그거면 충분해."

"충분하시다고 하니 말입니다만."

이안은 입을 열었다.

"선배의 말씀은 잘 알겠고 그럴 만했으리라 생각합니다. 하지만 제집에 있는 그 녀석은 이번 일로 적지 않은 충격을 받은 것 같습니다. 그렇지 않아도 죽을 때 별로 좋지 않은 기억이 있는 녀석이라 그런 기억은 더 이상 만들어주고 싶지 않습니다만."

현오는 말없이 일어나 가게 안쪽으로 들어갔다. 잠시 후에 돌아온 그의 손에는 작은 갈색 유리병이 들려 있었다.

"뭡니까?"

"그 날, 망자가 죽기 전에 현장을 만들면서 엘리베이터에 뿌렸던 거다. 단순한 색소지. 젊은 아가씨를 겁주는 데는 그 정도로 충분하니까."

현오는 대답했다.

"가져가서 보여줘라. 그리고 알아서 적당히 말해."

이안은 유리병 뚜껑을 열어보았다. 냄새를 맡아보고 손끝으로 액체를 만져 본 그는 조금은 복잡한 표정을 지었다.

"이 정도로 괜찮을까요."

"일체유심조(一切唯心造)라고 하지 않나."

현오는 미소를 지었다.

"인간의 마음은 생각보다 강하지. 그리고 그 아가씨라면 자네가 하는 말을 꽤나 깊이 믿고 있으니까 자네가 말만 잘한다면 의외로 잘 수습될 수도 있을 거다."

이안은 복잡한 표정으로 현오가 준 유리병을 챙겨 넣었다. 그는 할 말이 남은 표정으로 말을 잇지 못하다가 변명하듯 말했다.

"굳이 선배님의 사이즈를 제가 가져온 것은, 언젠가 다시 뵙게 되면 돌려드릴 생각으로 그랬던 겁니다."

그는 중얼거렸다.

"그런데 그 사이즈가 지금 제 손에 없군요. 돌려드리지 못해 죄송합니다. 아끼시던 물건인데."

"아니, 그건 이제 자네 사이즈다."

현오는 고개를 저어 보였다. 그 표정은 담담했고, 그지없이 평온해 보이기까지 했다.

"일어난 일은 일어났으니까."

∞

그게 뭐냐 하면, 네가 본 핏자국의 정체다. 그냥 색소야. 자세히 보면 별로 진짜 인간의 피 색깔하고 비슷하지도 않지. 그냥 벌건 색일 뿐이다. 너 정도를 속여 넘기는 데는 그 정도로 충분했지만.

대충 그러리라 생각은 했지만 역시나. 너 같은 인간 여자애 따위를 속여먹는 건 어처구니없을 정도로 쉽거든. 사람 형체 비슷한 걸 하나 던져놓고 그 주변에 이런 걸 죽 부어놓으면 그걸로 끝이야. 덤불 속에 고개를 처박은 새 새끼처럼 부들부들 떨기나 하고 있을 테니까 진짜 인간을 죽이는 것보다 훨씬 간단하지. 그 사람의 말마따나 굳지도 않을 테고. 네가 본 건 첫 번째나 두 번째나 다 가짜였다는 말이다. 상식적으로 생각해도 그런 난장판을 한 번 벌였다가 치우고 다시 인간을 죽인다는 건 보통 귀찮은 일이 아니지. 어차피 너야 그 꼴을 흘끗 한 번 본 것만으로도 방구석에 처박혀 꼼짝도 하지 않으려고 할 테니까 그걸 가지고 무슨 말을 어떻게 하든 넌 진짜 그런 건지 아니면 그냥 말일 뿐인 건지 알 도리가 없지. 그런 거다.

글쎄. 누가 나를 골탕먹이는 김에 너까지 좀 곯려주고 싶었던 모양이지. 나도 나지만, 따지고 보면 너도 본의 아니게 꽤나 이놈 저놈을 엿 먹이고 다녔으니까. 일전의 그 할멈이라든지.

　믿기 싫어? 그럼 말고. 이거야 원, 앞으로 엘리베이터 탈 때마다 사시나무 떨 듯이 떨겠구나 싶어 잠잘 것까지 미뤄놓고 명부까지 가서나 알아온 사실인데 말이야. 말해주지 말까 하다가 큰 인심 써서 이야기해 주는 건데 별로 믿고 싶지 않은 모양이지? 그럼 말고.

Episode13 | Once In A Blue Moon

Once In A Blue Moon

요즘 젊은 애들은 밤에 일찍 자는 법을 몰라서 큰일이라고, 집에 있을 때 늘 어머니에게서 잔소리를 들었던 기억이 있다.

아닌 게 아니라 대학에 가서는 새벽 2시 이전에 잠자리에 들어본 기억이 별로 없었다.

리포트가 있는 날은 리포트를 쓰느라고, 시험이 있는 날은 시험공부를 하느라고, 딱히 할 일이 없는 날도 책을 읽는다든지 인터넷을 한다든지 극히 드물게는 친구와 수다를 떤다든지 하면서 그 시간까지 잠들지 않았다.

그러나 이안은 한술 더 뜨는 편이었다.

그는 늦게 잠들어 늦게 일어났다. 새벽 두 시가 넘어가면 급격히 눈꺼풀이 무거워지는 유진이 저도 모르게 꾸벅거리고 있으면 턱짓으로 방문을 가리키며 도대체 어디 잘 보일 데가 있어서 그렇게 졸면서도 거기 그러고 앉아 있느냐고, 들어가 자라는 말을 툭 내뱉듯 하곤 했다. 결국 유진이 하품 섞인 목소리로 먼저 잔다는 인사를 건네고 방으로 들어와 불을 끄고 눕는 그 순간까지도 그는 졸린 기색 하나 없이 긴 다리를 탁자에 걸친 채 살생부를 뒤적이거나 깊은 생각에 잠겨 있었다.

오래 깨어 있다 보면 배가 고파 오게 마련인 것은 인간이나 사신이나 매한가지인 듯 아침에 일어나 거실로 나가보면 간밤에 먹은 빵 봉지나 감자 칩 통, 맥주 캔 나부랭이가 탁자 위에 널브러져 있었다. 그것들을 모아서 치우며 제발 좀 뭘 먹었으면 쓰레기통에 버리라고 투덜대는 것이 보통 유진의 첫 번째 일과였다.

∞

"빵 좀 사다 놔야겠네요."

유진이 빵 봉투를 뒤적이다 말고 중얼거렸다. 그 봉투 속에는 손가락만한 마들렌 두 개와 표면이 뻣뻣하게 굳어가기 시작하는 머핀 하나밖에 없었다.

"이참에 근처 다른 빵집을 좀 알아보는 게 어떨까."

이안은 들여다보고 있던 살생부에서 고개도 들지 않은 채 대꾸해 왔다.

"설마 이 근처에 빵집이 거기 하나밖에 없는 건 아닐 테고 말이야."

"왜요, 빵 별로예요?"

"별로나마나 가게 보는 사람이 너무 심하게 아는 척을 해 대서 말이야. 너한테는 안 그러나 보지?"

"글쎄요? 갈 때마다 사람이 달라서 누구 얘긴지 모르겠는데요."

"어이, 이봐. 그 빵집에 빵 사러 다닌 세월이 얼마인데 거기 주인이 누군지를 몰라?"

"주인이 주인이라고 명찰 달고 있는 것도 아니고 어떻게 알아요?"

"글쎄다, 누가 주인일까?"

이안은 심드렁한 목소리로 대꾸했다. 순순히 가르쳐 줄 것 같은 분위기는 아니어서, 유진은 턱을 괴고 앉은 채 곰곰이 생각해 보았다.

빵집에는 총 네 명이 돌아가며 가게를 지키고 있었는데, 그중 주인일 것 같은 나이의 사람은 두 명의 아주머니였다.

한 명은 깡마르고 혈색이 좋지 않은 편에 가끔 계산을 실수해서 당황하는 모습을 보일 때가 있었고, 한 명은 그와는 반대로 목소리가 크고 조금 살이 찐 얼굴에 늘 가게 전화로 누군가와 수다를 떨고 있었다.

가끔 빵을 많이 사는 날에는 한 개쯤 덤으로 빵을 더 줄 때가 있었는데 전자는 새로 나온 빵을, 후자는 많이 남아 있는 빵을 주곤 했다.

"음, 하긴 아침에 가면 있는 여자애랑 오후쯤 가면 있는 남자는 주인은 아니겠네요. 주인이라기에는 나이가 어려서. 그럼 마른 아줌마랑 퉁퉁한 아줌마 둘 중 한 명이죠?"

"아르바이트생은 걸러냈다 그거군. 그럼 그 둘 중엔 누가 주인이지?"

유진은 한참을 고민하다가 조심스럽게 대답했다.

"퉁퉁한 아줌마?"

"근거는?"

"제가 빵을 사러 가 보면요, 한 열 번 중에 일곱 번 정도는 가게 전화로 수다 떨고 있더라고요. 가끔 문 잠가놓고 어디 갔다 오고 그럴 때도 있고요. 자기 가게니까 그럴 수 있는 거 아닐까요?"

"너 알바 같은 거 제대로 해본 적 없지?"

"네? 네, 뭐."

유진은 천천히 고개를 끄덕였다. 고등학생 때까지만 해도, 대학교만 가게 되면 무슨 아르바이트든 꼭 해서 내 손으로 돈을 벌어봐야겠다는 생각을 했었다. 그러나 1학기는 익숙지 않은 학교 공부를 따라가느라 정신이 없었고 여름방학은 가족끼리 다녀온 어설픈 바캉스에다 이런저런 이유로 결국 아무것도 하지 못하고 지나가고 말았다. 겨울방학이 돌아오면 꼭 무슨 아르바이트든 해 보려고 생각하고 있었는데.

"그러니까 그런 생각을 하는 거지."

이안은 가볍게 어깨를 으쓱거렸다.

"가게를 보고 있는 사람이 주인인가 아닌가는 장사를 어떻게 하는 지를 보면 된다. 주인은 매출이 얼마만큼 나느냐에 관심이 있고 가게 보는 사람은 말 그대로 가게를 보는 사람에 불과하니까 그냥 시간 때우는 데 관심이 있지. 전화 같은 걸 막 쓰는 것도 자기 것이 아니 니까 그러는 거고. 실제로 가게 같은 걸 하나 운영해 보면 워낙에 이 것저것 드는 돈이 많기 때문에 전기세 한 푼에 벌벌 떨고 전화요금 한 푼에 설설 기게 되는 거다. 주인이면 가게에 앉아서 전화 붙들고 수다나 떨 시간에 바닥이라도 한 번 닦고 먼지라도 한 번 털게 마련 이지."

"그렇지만 마른 아줌마는 서비스라고 새로 나온 빵을 주고 통통한 아줌마는 서비스라고 많이 남은 빵을 주는데요?"

"새로 나온 빵을 줘야 사람들이 먹어보고 사러 오겠지. 많이 남은 빵은 맛이 없거나 손님들이 많이 찾지 않는다는 뜻이니까, 차라리 팔 다 남겨서 내일 계속 팔면 팔았지 그런 걸 서비스로 줬다가는 오히 려 욕먹기 딱 좋지 않겠나?"

"아."

유진은 멍한 표정으로 고개를 끄덕거렸다. 그런 그녀를 바라보며 이안은 고개를 절레절레 저었다.

"그렇게 요령이 없나? 모르겠거든 커닝이라도 좀 잘하던가."

"커닝이요?"

"내가 처음에 말했잖아. 가게 보는 사람이 자꾸 아는 척을 해 대서 난처하다고. 주인이라는 짧은 말 놔두고 굳이 가게 보는 사람이라고 말하는 이유는 그 사람이 주인이 아니기 때문이지. 그러니까 둘 중 어느 쪽이 나한테 아는 척을 했을까를 생각해 보면 답이 좀 쉽게 나오지 않나?"

"아."

유진은 다시 한 번 고개를 끄덕거렸다. 그러고는 피식 웃으며 이안을 바라보았다.

"그러니까, 그 아줌마가 당신한테 친한 척 엄청 한다 그거죠? 나한테는 인사도 잘 안 하던데. 은근히 아줌마들한테 먹히는 타입인가 봐요?"

"재밌나?"

"네. 재밌는데요."

"나이 한 갑자도 넘게 차이 나는 노인네 희롱하면 못 쓴다."

이안은 보던 살생부를 덮어놓고 길게 기지개를 켰다.

"쪽지 시험을 틀렸으면 거기 그렇게 멀뚱하게 앉아있지 말고, 빵 없으면 뭔가 대신 먹을 거라도 좀 내놔 봐. 이건 뭐 가끔은 맞추기라도 해야 문제 내는 재미가 있지."

∞

"이건 뭐라는 거냐?"

정도의 차이가 있긴 하지만 대부분의 빵을 만들기 위해서는 흰자에 설탕을 넣고 거품을 내는 소위 머랭 내는 작업을 먼저 해야 했다.

유진은 요령이 없는 탓인지 익숙하지 않은 탓인지 쉽게 꺼지지 않으면서도 제 형태를 유지할 정도의 머랭을 내기 위해서는 15분 정도 설탕을 넣어가며 거품기로 볼을 휘저어야 했는데, 오늘은 도저히 그럴 엄두가 나지 않았다. 그래서 집에 있는 핫케이크 가루에 계란과 우유를 넣어 대충 섞은 후 머그컵에 붓고 계란을 하나씩 깨 넣어 전자레인지에 돌렸다. 예전에, 어머니가 집에 계시지 않을 때 수진과 가끔 만들어 먹던 계란빵이었다.

"계란빵이에요. 예전에 가끔 만들어 먹던 건데, 생각이 나서."

"하려면 좀 큼직하게 하던가. 이걸 누구 코에 붙이라고."

"음식을 코에 붙이라고 하는 사람이 어딨어요? 먹으라고 하는 거지. 어, 그거 뜨거운데!"

"뭐가?"

전자레인지에서 4분이나 돌려 막 꺼낸 머그컵은 유진으로는 맨손으로 건드리기도 힘들 만큼 뜨거웠다. 그러나 이안은 김이 모락모락 오르는 머그컵을 대수롭지 않게 덥석 집더니 포크로 빵을 떠먹기 시작했다.

"안 뜨거워요? 그거 레인지에 4분이나 돌린 건데요."

"뭐, 별로. 일전에 네 동생이 뿌린 소금 뒤집어썼을 때에 비하면 이 정도야."

"무딘 거예요, 아님 둔한 거예요?"

"둘 다이기도 하고 둘 다 아니기도 하다. 이까짓 거 뜨겁다고 호들 갑 떠는 건 하나면 족하지 않나?"

"먹을 만은 해요?"

"반죽이 좀 질기고 계란이 퍽퍽하고 덕분에 목이 좀 메는 거 말고는."

"맛없다는 말 그렇게 뱅뱅 돌려서 말할 필요는 없지 않아요? 먹기 싫음 내놓던지."

"맛없다는 말은 안 했는데?"

그때 바깥에서 벨이 울리는 소리가 났다. 그 소리에 유진은 화들짝 놀라 들고 있던 머그컵을 떨어뜨릴 뻔했다. 이안은 딸그락 소리를 내 며 포크를 머그컵 속에 꽂아 탁자 위로 내려놓았다.

"오늘도 수명 빨리 못 깎아 안달 난 인간이 있는 모양이군. 문 좀."

그러나 이안은 잠시 입을 다물었다가 가볍게 고개를 저었다.

"아니, 뭐 됐다. 그냥 앉아 있어. 문이야 여기서도 열 수 있는 거 니까."

유진이 그냥 제가 나가서 열겠다고 말할 틈도 없이 문은 이안의 손짓 한 번에 어처구니없이 쉽게 열렸다. 고작 한 뼘 정도로 살짝 열 린 것이라 문 뒤의 사람이 누구인지까지는 보이지 않았다.

"안 들어올 건가? 뭐 그것도 그리 나쁜 생각은 아니긴 하지."

그 너머를 향해, 이안이 말을 던졌다.

"되도록 빨리 결정해 주지 않겠나. 들어오고 문을 닫을 건지, 아니 면 문을 닫고 돌아갈 건지. 바람 들어오는데 말이야."

그 말을 듣고서야 결심이 섰던지, 낯선 인기척 하나가 문을 열고 집 안으로 들어섰다.

들어선 사람은 30대 정도 되어 보이는 남자였다. 꽤나 오래 입어 팔꿈치와 무릎이 해져 반질반질하게 윤이 나는 낡은 정장을 입고, 구겨진 데는 없으나 이상하게도 매듭이 반듯해 보이지 않는 짙은 파란색의 넥타이를 매고 있었다. 한쪽이 표가 나게 처진 어깨에는 검은색 가방을 대충 걸쳐 메고 있었는데 크기나 모양으로 봐서 노트북 가방인 것 같았다. 남자의 행색은 딱히 허름해 보이는 데는 없으나 이상하게도 반듯하다거나 말끔하다는 인상은 주지 못했다.

"아, 저."

그는 선뜻 입을 열지 못하고 눈치를 보듯 이안의 얼굴을 바라보았다. 그 자세는 조금은 구부정했고 주눅이 든 듯한 기색마저 있었다. 유진은 시큰둥하기 그지없는 표정으로 그를 바라보고 있는 이안을 보며, 남자가 저렇게 주눅이 드는 것도 무리는 아니리라는 생각에 한숨을 내쉬었다.

"일단 좀 앉으세요. 밖이 좀 춥죠?"

그 말에 남자가 반색하듯 안도를 하며 얼른 대답했다.

"그렇죠, 뭐. 겨울이니까요."

남자가 소파까지 와서 자리에 앉는 사이, 유진은 자리에서 일어섰다. 이안의 컵을 싱크대 속에 밀어 넣은 후 다른 새 컵에 방금 전에 내린 커피 한 잔을 새로 따라 손님의 앞에 가져다주었다. 그는 입속으로 웅얼거리듯 고맙다는 인사를 하고, 일단 커피 한 모금을 마셨다.

이안은 언제나처럼 소파에 파묻힌 채 그런 그를 관찰하는 듯한 눈으로 바라보고 있었다.

"자, 그럼 이제 용건을 말씀해 보실까."

이안은 묵직하게 가라앉은 목소리로 입을 떼었다.

"고등교육깨나 받았다면서도 의외로 육하원칙에 맞게 방문 목적을 설명하지 못하는 인간이 많으니, 오늘은 보기를 줘 보도록 하지. 1번, 로또 번호를 알고 싶어서 왔다. 2번, 죽은 사람을 살리러 왔다. 3번, 떠나간 옛사랑을 다시 붙잡아 놓고 싶어서 왔다. 4번, 저지른 잘못을 없었던 걸로 하고 싶어서 왔다. 5번, 정답 없음."

이안은 깊이 가라앉은 눈으로 상대를 바라보았다.

"어느 쪽이지?"

"굳이 그중에서 골라야 합니까?"

"그럴 필요는 없어. 하지만 골라준다면 얘기가 쉬워지겠지. 번호만 듣고도 당신이 어떤 사정으로 여기 왔는지를 대충은 알 수 있으니까."

"그런가요."

그는 애매한 미소를 지었다.

"그런데, 안타깝지만 5번인 것 같군요."

"그런가? 유감이군."

"예, 방금 보기를 듣고 1번에 조금 혹하긴 했지만, 아무래도 5번으로 하는 게 좋겠다는 생각이 듭니다."

"로또 번호의 유혹을 물리칠 정도의 용건이라는 건가."

"그렇죠."

사내는 고개를 끄덕였다. 그는 코를 훌쩍이고는 손끝으로 안경의 코받이가 닿는 부분을 몇 번 눌렀다.

"로또라는 건 물론 좋은 거긴 하지만, 그게 사람을 인정받게 해 주지는 못하니까요."

"인정이라."

이안은 생각에 잠긴 듯 입을 다물었다. 남자는 그런 이안을 물끄러미 바라보다가 이윽고 마음을 굳힌 듯 바닥에 내려놓았던 가방을 열고 그 속에서 명함 한 장을 꺼냈다.

"그거라면 여기 이 녀석에게 줘. 난 인간의 이름 같은 것에는 별로 관심이 없어서."

"그렇습니까."

사내는 어색한 미소를 지으며 유진에게 명함을 내밀었다. 길거리에서 홍보 전단 수준으로 돌려대는 헤어 디자이너나 클럽 웨이터들의 명함이 아닌 소위 「직장인」의 명함을 받아 보는 것은 처음이어서, 유진은 두 손으로 공손하게 상대가 내미는 명함을 받았다. 하지만 명함을 받고 그녀는 기겁했다.

"스포팅…… 라이프?"

그녀를 경악하게 만든 것은 회사의 이름이 아니라 「이선규」라는 이름 옆에 적힌 직함이었다. 「기자」라는.

"기자세요?"

"네."

"그럼 여기 오신 목적이, 설마 취재……를?"

"아뇨, 아닙니다. 그런 건 아니에요."

선규는 고개를 저었다. 그러나 유진은 의혹이 가득한 눈으로 그를 바라보았다.

실은 늘 궁금했다. 목숨과 바꾸어 과거로 돌아가려는 인간의 방문이 끊이지 않는데, 이 사실이 과연 기자나 방송의 귀에는 들어가지 않는 것인지가. 물론 제정신이 박힌 사람이라면 허무맹랑한 도시 전설쯤으로 치부해 버리겠지만, 행여 그중에 단 한 명이라도 그렇지 않은 사람이 있다면 여기는 도대체 어떻게 되는 것인가 하고.

"그걸 어떻게 믿어요?"

유진은 가시 돋친 목소리로 되물었다.

"기자가 하는 말 같은 걸 어떻게 믿냐고요."

"아니, 아가씨, 저는……."

"진정해라."

옆에서 두 사람의 대화를 듣고 있던 이안이 느긋하게 말했다. 그는 언제나처럼 탁자 위에 놓인 담뱃갑에서 담배 한 개비를 끄집어내 우선 입에 물었다.

"기자 아니라 기자 할애비라도 기사보다 소중한 건 자기 목숨이니까."

그 말이 떨어진 순간, 두 사람은 누가 먼저랄 것도 없이 이안을 돌아보았다. 이안은 불이 잘 붙지 않는 라이터로 느긋하게 담배에 불을 붙였다.

"거기, 기자 양반."

이안은 고개를 들어 긴장한 티가 역력한 선규의 얼굴을 바라보았다.

"여기가 저승사자 소굴인 건 알고 온 건가?"

그 말을 들은 순간 유진은 그만 웃음을 터뜨릴 뻔했다. 이안이 그 「저승사자」라는 말에 얼마나 거부반응을 보이는지를 익히 알고 있기에, 그가 저승사자라고 자칭하는 것은 몇 번을 보아도 여전히 낯설었다. 그러나 선규의 얼어붙은 표정에 시선이 닿는 순간 그녀는 어깨를 움츠리고 터져 나오려는 웃음을 꿀꺽 삼켜 버렸다.

"저승……사자요?"

선규는 덜덜 떨리는 목소리로 물었다.

"그런 게 진짜 있다는 얘깁니까?"

"그럼, 진짜 있지. 그것도 아주 많이. 당장 당신 눈앞에도 하나 있잖아."

선규는 꿀꺽 마른침을 삼켰다. 그는 천천히 고개를 돌려 유진을 한 번 보고는 시선을 돌려 이안을 바라보았다. 이안은 필터를 깨문 채 그런 그를 향해 씨익 웃어 보였다.

"설마 거기 있는 메추리알만한 녀석이 저승사자일 거라고 생각하는 건 아니겠지?"

미소 짓는 얼굴을 보기 어려운 것은 비단 도유만은 아니었다. 그래도 아주 가끔, 희미하게나마 반듯하게 웃는 모습을 보이는 도유와는 달리 이안이 웃는 모습은 정말로 보기가 힘들었다. 하지만 그 희귀한 그의 미소는 기분이 좋다는 의미보다는 오히려 마주 앉은 상대에게 싸움을 거는 것처럼 보일 때가 대부분이었다. 그리고 지금이 꼭 그랬다.

"어디서 무슨 이야기를 주워듣고 여기까지 온 건지는 모르겠지만."

너무 기대앉아 허리 쪽이 불편했던지 이안은 천천히 몸을 일으켰다. 선규는 그 크지 않은 동작에 놀랐는지 화들짝 놀라 목을 움츠렸다. 이안을 찾아온 사람들은 그의 정체를 알고 대부분 겁을 먹긴 했지만, 그 두려움이 이렇게나 적나라하게 드러나는 사람은 또 드물었다.

"시간을 되돌리는 건 장난도 아니고 공짜도 아니야. 당신의 남은 인생을 걸어야 한다는 거다. 인간에게 주어진 시간은 한정되어 있기 때문에 과거로 돌아가려면 그만큼을 남은 수명중에서 깎아야 해. 여긴 그런 거래를 하는 곳이야. 그래도 상관없나?"

선규는 착잡한 듯 손끝을 비비며 안절부절못했다. 어째 좀 딱하다는 생각이 들었지만 이안의 경고는 그럴만한 이유가 있었으므로 유진은 일단 입을 다문 채 두 사람의 대화를 가만히 지켜보았다.

"아닌 게 아니라 당신을 취재해서 기사를 쓰는 편이 더 큰 특종일지도 모르겠군요."

"진심으로 충고하지만 그런 짓은 하지 않는 게 좋아."

이안은 미소 지었다.

"이 세상에는 인간이 굳이 알 필요가 없는 얘기들이 있다. 하지만 인간이라는 존재는 어떻게든 그런 사실들을 알고 싶어 하지. 거기까지는 인간의 자유지만, 정작 그 사실을 알게 된 순간에 생각보다 큰 대가를 치러야 하는 것들이 더러 있다. 나, 여기 이 녀석, 그리고 이곳의 존재도 그런 것들 중 하나지."

"하지만 저 또한 다른 누군가에게서 당신의 이야기를 듣고 찾아왔습니다만."

"그것과는 이야기가 다르지. 믿어도 그만 안 믿어도 그만인 괴담이 하나 늘어나는 것과 명색 기자라는 인간이 취재까지나 해서 확인 기사를 쓰는 것은 이야기가 다르지 않나."

"이를테면 엠바고[1]라는 말입니까?"

"엠바고라는 건 어디까지나 기자들에게 구하는 협조 같은 거지. 이건 천기누설이야. 범하는 즉시 당신은 죽어. 아까 한 말은 그 뜻이다."

선규는 천천히 고개를 끄덕였다. 그 표정을 보고 있자니 슬쩍 불안해졌다. 기자라는 이 사람에게 이대로, 시간의 계약에 관한 이야기를 계속해도 되는 것일까.

"수명을 깎는다면, 얼마나요?"

"당신이 되돌리고 싶은 만큼. 저승사자는 사채업자가 아니니까 연이율 49%의 고금리 같은 건 취급하지 않는다. 하루 전으로 돌아가고 싶으면 하루, 1년 전으로 돌아가고 싶으면 1년이 당신의 남은 인생에서 사라진다."

선규는 유진이 보기에도 뚜렷하게 알 수 있을 만큼 커다랗게 한숨을 내쉬었다. 그는 안경을 벗어서 셔츠 소맷자락으로 대충 문질러 닦고는 다시 썼다. 정말로 안경의 렌즈가 흐려져서라기보다는 일종의 습관과 같은 동작인 것 같았다.

"납득할만한 이야기군요, 그 정도라면."

---

1) 엠바고 : 어떤 뉴스 기사를 일정 시간까지 그 보도를 유보하는 것

선규는 대답했다.

"그런 페널티도 없이 과거로 무조건 돌아갈 수 있게 해 주면 영원히 사는 것도 가능하지 않겠습니까."

"뭐, 그렇지."

이안은 고개를 끄덕였다. 그는 대답을 재촉하는 눈으로 선규를 바라보며 조용히 입을 다물었다. 짧은 순간이었지만, 팽팽한 침묵이 그들 사이에 흘렀다.

"수용할 수 있습니다. 세상에 공짜는 없으니까요."

"필요한 날짜는?"

"일주일입니다."

"일주일이라."

이안은 몇 번 고개를 끄덕였다.

"일주일이라는 시간은, 오천 원짜리 한 장 정도의 가치와 비슷하다고 할까. 당장 쓰는 순간에는 아주 잠깐 아깝다는 기분이 들지만 지나고 나면 어디에 어떻게 써버렸는지조차 기억나지 않는 법이지. 한 달만 되어도 두 번 세 번 생각해 볼 것을, 일주일에 그치게 되면 아무래도 좋다는 기분으로 낭비해 버리게 마련이고."

이안은 잠시 입을 다물었다가, 곧 내뱉듯이 말했다.

"하지만 인간은 일주일 만에 충분히 죽을 수가 있다."

"무슨 뜻입니까?"

"말 그대로지. 인간의 죽음에는 생각보다 그리 긴 시간이 걸리지 않아. 일주일 전으로 돌아가는 건 당신의 자유지만 그 돌아간 과거에 간

혀서 죽어버릴 수도 있다는 이야기다. 인간은 대개가 자신이 7, 80년 정도는 살 거라는 근거 없는 믿음을 갖고 있지. 하지만 실제로는 이 나라에서 인간이 80세까지 살아남을 확률은 남자의 경우 절반이 겨우 넘을 뿐이다. 당신의 경우는 어떨지 모르겠군."

이안이 계약을 청하러 온 사람에게 그다지 친절하지 못한 것은 어제오늘의 일은 아니었지만 어쩐지 오늘은 좀 더 시큰둥한 모습이었다. 이래서야, 이건 마치 협박을 잔뜩 늘어놓고 이래도 계약을 하겠느냐고 을러대는 거나 마찬가지 아니냐고 유진은 생각했다.

"어쩔 수 없겠지요."

선규는 미소를 지었다.

"특종이라는 건 그렇게 쉽게 잡을 수 있는 게 아니니까요."

"특종이요?"

유진이 물었다.

"아, 그러니까 일주일 전에 일어난 사건 현장에 미리 가 있다가 취재를 하시려는 거예요?"

"아뇨, 아닙니다. 그런 거라면 굳이 취재를 하러 나갈 필요도 없겠죠. 동료 기자가 써놓은 기사 정도나 읽어보고 그 일시나 기억해 뒀다가 그 시간 맞춰서 송고를 하면 될 테니까요."

"그럼요?"

"며칠 전에 일어난 사건을 취재하려는 생각인 건 맞습니다. 하지만 그 사건의 진상을 아는 사람이 거의 없는 사건이라는 점이 좀 특이하다면 특이할까요."

"인간의 세상에서 일어나는 일들의 대부분은, 그 인과관계를 정확히 알고 있는 사람이 아예 없거나 거의 없는 법이지. 게다가 더욱 나쁜 건, 그 매우 드물게 존재하는 사건의 인과관계를 정확히 아는 사람은 자신이 아는 사실이 진실이라는 걸 모르는 채 지나가는 경우가 더 많다는 점이고."

"네, 그렇지요. 정말 그렇습니다."

선규는 열심히 고개를 끄덕였다.

"이 일의 경우는, 엄밀히 말을 하자면 사건의 진상을 아는 사람이 전혀 없지는 않을 겁니다. 그런데 하나같이 입을 다물고 앉아서는 꿀먹은 벙어리 흉내를 내고 있죠. 시간을 되돌려서 그 장소에 잠복이라도 해 있지 않은 이상은 그 일은 파낼 수가 없을 겁니다."

"도대체 무슨 일인데요?"

유진이 물었다.

"무슨 살인 사건이나 권력형 비리라도 캐러 가시는 건가요?"

유진의 그 말에 이안은 피식 웃음을 지으며 고개를 모로 돌렸고 선규는 얼굴을 붉히고는 잠시 말을 잇지 못했다. 그는 한참이나 유진이 가져다준 커피잔의 손잡이 부분을 만지작거릴 뿐 다음 이야기를 할 엄두를 내지 못했다.

"아닙니다. 그런 거창한 이야기는."

마침내 그는 숨을 크게 한 번 들이쉬었다. 그것은 식품 첨가물이 많이 들어간 싸구려 과자를 사 먹기 위해 어머니의 손지갑에서 동전 몇 개를 몰래 가져간 아이가 그 사실을 추궁당할 때 지을 법한 표정이었다.

"이주……에 관한 기사를 쓸 생각이거든요."

이주(李奏)라는 이름을 듣는 순간 유진은 선규가 쓰려고 하는 기사가 어떤 것인지를 정확히 알아차렸다. 그리고 그와 동시에 그녀의 머릿속에는 실망감과 경멸, 혐오감 같은 그다지 유쾌하지만은 않은 단어들이 스쳐 지나갔다.

"저기, 이주라면."

"예, 이주지요."

선규는 계면쩍은 듯한 표정을 지었다.

"털어서 먼지 한 점 안 난다는, 그 이주 말입니다."

이주라는 여배우는 유진이 이안의 거처에서 지내기 몇 년 전부터 급작스레 주목을 받기 시작한 인물이었다.

그녀의 유명한 점은 몇 가지가 있었지만, 그중 가장 유명한 것은 그녀의 알 수 없는 과거였다. 그녀의 프로필은 그녀의 기획사에서 공개한 짤막한 몇 줄이 전부였다.

연예계 데뷔 전 그녀가 어디에서 태어나 어느 학교에 다녔고 성적은 어떠했으며 어떤 성품이었는가 하는 점에 대해서는 아는 사람이 단 한 명도 없었다.

심지어 여자 연예인이 대중의 주목을 받기 시작하면 흔히 나돌게 마련인 성형의혹 관련한 졸업 사진 한 장 폭로된 바가 없었다.

그러면서도 그녀는 보는 사람에 따라 청순하다고도 혹은 농염하다고도 할 수 있는 미모나 5개 국어를 자유롭게 구사하는 남다른 지성미, 외국 어느 나라의 왕자가 해외 영화제에 출품된 그녀의 영화를 한 번 보고 홀딱 반해서 그녀를 사적으로 왕궁으로 초대한 일화나 웬만한 연예인의 1년 벌 돈을 주리고 헐벗은 사람들을 위해 쾌척하는 남다른 선행 등으로도 유명했다.

마치 보티첼리의 그림에 등장하는 비너스가 그러했듯이, 어느 날 갑자기 그 완전무결한 미모와 지성, 우아함까지를 모두 가진 채 하늘에서 뚝 떨어진 셈이었다.

"그러니까."

유진은 얼굴에 떠오른 실망감을 채 숨기지도 못한 채 물었다.

"연예인 뒷조사나 하시려고 시간을 되돌리겠다는 거예요?"

"실망하셨나 보군요. 이해합니다."

선규는 머쓱한 표정으로 안경다리를 만지작거렸다.

"저도 고시원 쪽방에 틀어박혀 신문사 시험을 준비할 때는 일단 기자가 되기만 하면 세상을 바꾸기 위해 뭔가 큰일을 할 수 있을 줄 알았으니까요."

그 말에는 무언가에 절망해 본 사람만이 알아들을 수 있는 쓸쓸한 기색이 배어 있었다. 그 모습이 조금은 딱하기도 했지만, 유진 또한 이주라는 여배우에 대해 막연한 환상을 품고 있는 대중 속의 한 명이었던지라 쉽사리 굳어진 표정을 풀지 못했다.

"이상한 얘길 하는군."

이안은 곁눈질로 유진을 바라보았다.

"이 나라에는 여배우가 어떤 색깔의 속옷을 입는지, 어떤 담배를 피우는지, 어느 성형외과에서 어느 부위를 얼마나 들여 어떻게 고쳤는지,

밤참으로는 김밥을 먹는지 샌드위치를 먹는지 같은 걸 알기 위해서라면 돈 몇만 원 정도 쓰는 것쯤은 아무렇지도 않다고 생각하는 인간들이 널려 있지. 무슨 일에든 수요가 있으니 공급도 있는 법이다."

"네, 네. 알아요. 그렇지만."

유진은 조금은 통통 부은 목소리로 대꾸했다.

"이주라는 배우는, 뭐랄까 연예인이라기보다는 일종의 판타지 같은 존재거든요. 현실에 존재하지 않는 요정이나 여신이라고 해야 하나? 그 과거를 궁금해하는 사람도 많이 있겠지만 저같이 별로 알고 싶지 않은 사람들도 많이 있을 텐데요."

"글쎄다."

이안은 가볍게 고개를 저었다.

"인간은 환상을 갈구하는 동시에, 그 환상을 현실로 끌어내어 잔혹하게 짓밟아 버리고 싶어하는 이상한 습성도 가지고 있으니까. 이주인이 하는 그 여자가 어느 정도로 유명한지는 모르지만 하루에 화장실을 몇 번 가는지까지 캐보고 싶어서 안달이 난 사람들이 적지는 않을걸."

"아뇨, 이 아가씨의 말씀이 맞습니다."

선규는 고개를 저었다. 그의 표정은 어두웠고 목소리는 풀이 죽은 기색이 역력했다.

"이주는 말이 연예인이지 연예인이라고만 하기가 힘든 사람이죠. 오죽하면 조선 시대 왕족의 딸이라는 소문이 다 있었겠습니까."

유진은 고개를 끄덕였다.

그것은 이주의 신분에 대한 많고 많은 루머 중의 하나였는데, 그녀의 할아버지가 조선 황실의 피를 받은 사람이라는 것이었다. 그것은 본명인지 예명인지도 명확하지 않은 그녀의 이름과, 엄격한 가풍에서 교육받고 자랐음을 보여주는 그녀의 사소한 몸가짐과 행동거지 등과 맞물려 꽤나 널리 퍼졌다. 그리고 그 루머를 들은 사람들 중에는 그것이 사실일 것이라고 확신하는 경우도 없지 않았다.

"공주 정도가 아니죠."

유진이 한 마디 덧붙였다.

"어디 왕자하고 이미 결혼까지 약속한 사이라는 소문도 있었잖아요. 재벌이니 정치인이니 하는 집안의 며느리로 들어갈 거라는 소문은 이젠 가십거리도 못 되는 수준이고요."

"소문 한번 거창하군. 한낱 연예인에게 따라다니는 것치고는 너무 거창한데."

이안은 희미하게 웃었다.

"공주라. 그거 꽤나 오래전에 이 나라에서 없어진 신분 아닌가? 그런 루머까지 가진 여자라니. 그 뒤를 캐는 게 가능하긴 한 건가?"

"쉽진 않겠죠, 물론."

선규는 가만히 한숨을 내쉬었다.

"하지만 지금의 저로서는 상황을 반전시킬 만한 특종은 그것뿐입니다."

"반전이라."

이안은 조금은 흥미가 생긴 듯한 눈으로 선규를 바라보았다.

어째서인지, 그의 표정은 아까 선규의 목적을 알지 못했을 때보다는 훨씬 누그러진 것 같았다. 유진과는 정반대로.

"뭘 잘 알아보지도 않고 터뜨려서 명예훼손 고소라도 당한 건가?"

"아뇨. 그 반대죠."

선규는 피식 웃었다.

"아는 걸 제때 이야기하지 않아서 책상을 **빼야** 되게 생긴 겁니다."

"그게 무슨 얘긴가요?"

"인턴 시절 이야기입니다. 정식으로 기자 달아도 문전박대당하기가 일쑤인데 인턴 시절이야 말할 나위도 없지요. 미리미리 인맥이나 좀 쌓아놓자 싶어서 유명한 기획사들 주변에 죽치고 앉아서 연습생 애들하고 노가리나 까면서 지냈어요."

선규는 이미 다 식어버린 커피 한 모금으로 입을 축이고는 말을 이었다.

"별별 애가 다 있어요. 정식으로 오디션 봐서 들어온 애도 있고 친구랑 길 지나가다가 명함 한 장 받고 들어온 애도 있고. 심지어는 가출해서 술집에서 일하다가 기획사 사람 눈에 띄어서 들어온 애도 있었죠."

"술집요?"

"뭘 그리 놀라? 이미 한 명 봤잖아."

유진은 이안의 말에 흠칫 놀라 그의 얼굴을 바라보다가, 곧 아 하고 탄성을 내질렀다.

지금은 사라져버린 「아사」라는 가수의 존재.

유진은 자신이 그녀의 일을 방금 전까지 까맣게 잊어버리고 있다는 사실에 새삼 놀랐다.

"집 나와 갈 데 없는 여자애가 흘러들 만한 장소는 정해져 있고, 얼굴이 좀 반반하다면 더 그렇겠지. 그 기획사의 과잉방어에 가까운 태도도 그래서였을 테고."

이야기를 하다 말고, 이안은 고개를 돌려 선규에게 손을 내저어 보였다.

"아, 아니. 당신이 신경 쓸 얘기는 아니야. 지금은 없는 사람의 이야기니까."

"아."

선규는 마지못한 듯 고개를 끄덕였다. 그의 얼굴에는 궁금해하는 기색이 역력했지만 이안은 더 이상 그 일에 대해 설명을 해 줄 마음이 없는 것 같았다.

"연예인이라는 게 정말 못해먹을 짓이라는 걸 그때 알았지요. 연습생들은 어리면 초등학교 고학년, 나이가 많아 봐야 고등학생들이에요. 껍데기만 어른이지 어린애들이지요. 그런 애들을 잡아다 모아놓고는, 진짜 입에서 단내가 나게 굴려요. 노래에, 춤에, 운동에, 성형에……. 그뿐입니까? 요즘 방송은 하나만 잘해서는 명함도 못 내밀잖아요. 애들한테 정말 별의 별걸 다 가르치더군요. 그렇게 혹독하게 굴리면서 먹을 거라도 잘 주면 좋은데, 또 몸매관리 한다고 그 한창 때 애들한테 밥을 새 모이만큼씩 줘요. 요즘 세상에 배가 고파서 우는 애들이 있다면 믿겠습니까? 그런데 거기 애들이 그래요. 처음엔

말 한마디 붙이기도 어렵던 애들도, 몰래 떡볶이 몇 번 사주고 햄버거 몇 번 사주면 금방 아저씨, 오빠 하면서 따라요."

그것은 자랑을 하려는 표정이 아니었다.

그는 자신의 여동생 이야기라도 하려는 것처럼 정말로 씁쓸한 표정을 짓고 있었다. 그 표정은 어느 모로 보나 진심이어서 유진은 조금 표정을 누그러뜨렸다.

"그렇게 알고 지내던 애 중에, 걔가 있었어요. 세라."

"세라요? 루나 걸(Luna Girl)의 세라?"

"네. 그 세라요."

"와."

유진은 저도 모르게 탄성을 내뱉었다.

"루나 걸의 세라라면 요즘 걸 그룹 중에서도 제일 잘 나가는 애 아니에요? 걔랑 친했다고요?"

"친했죠."

선규는 쓰디쓰게 웃었다.

"걔가 한 번은, 도저히 못 해먹겠다고 기획사에서 도망 나온 적이 있었어요. 그 기획사가 워낙에 애들 혹독하게 돌리기로 유명한 곳인데다가 걔가 원래 성격이 좀 까칠한 편이라 매니저한테 대들다가 몇 대 맞았나 보더군요. 그래서 죽었으면 죽었지 그 짓 못하겠다고 기획사에서 도망을 나왔더라고요. 그걸 제가 달래서, 다시 들여보냈죠. 이왕 시작한 거 끝을 봐야 하지 않겠느냐고. 그 일이 있고 나서 몇 달 후에 데뷔를 하더군요. 그러고는 대박이 났죠."

"세라 정도면 좋은 기삿거리 아니에요? 굳이 이주를 캐지 않아도요."

"네가 이주인가 하는 그 여배우를 그렇게 좋아하는 줄은 몰랐는데."

듣고 있던 이안이 끼어들어 한 마디 던졌다.

"아까는 연예인 뒤를 캐는 건 마치 죽을죄를 짓는 것인 마냥 까칠하게 굴더니, 세라인가 하는 걔는 되고 이주는 안 되는 거였어? 그런 이중 잣대는 곤란하다."

"그런 게 아니라요."

유진은 발끈해서 대들었다. 그러나 한편으로는 조금 뜨끔하기도 했다. 아주 틀린 지적은 아니었기 때문이었다. 어쨌거나 거의 속옷이나 다름없는 짧은 핫팬츠에 가슴이 깊이 파인 탑 차림으로 무대에 나와 엉덩이를 흔들어대는 세라보다는 영화 이외에는 방송 출연도 잘 하지 않고 노출 연기도 거의 없는 이주 쪽에 훨씬 호감이 있는 것은 사실이었으니까.

"그러니까 제 말은, 이 분이 이전부터 세라랑 친했다고 하니까 말이에요. 기삿거리를 얻기에 훨씬 좋지 않으냐 그 말이죠."

"그 뜻이 아닌 것 같은데."

"기삿거리 얻기에 더 좋았던 게 맞죠."

선규는 희미하게 웃었다.

"세라하고 저는 정말로 좀 친했습니다. 아무리 피곤해도 제 인터뷰에는 꼭꼭 응해 줬고 그 덕분에 좀 데스크한테 덜 까이고 살 수 있었지요. 어쨌거나 세라는 팔리는 기사를 만들어내는 아이였으니까요."

그는 생각을 정리하듯 잠시 입을 다물었다가 말을 이었다.

"그런데 어느 날, 본의 아니게 좀 곤란한 사실 하나를 알게 되었습니다. 그 녀석, 연애 중이었어요. 같은 연예인도 아니고, 지극히 평범한 남자애하고."

"같은 연예인끼리 스캔들 나는 게 더 큰 일 아니에요?"

"아니죠. 어느 정도 급이 맞는 연예인끼리 사귀는 건 요즘 같은 세상엔 오히려 플러스입니다. 그런데 상대가 일반인이라면 얘기가 좀 달라지죠. 특히나 여자애라면 더욱 그렇고요. 세라는 저에게 비밀을 지켜 달라고 했습니다. 정말로 좋아하는 사람이라고, 이 은혜는 반드시 갚을 테니까 제발 발설하지 말아 달라고 울면서 애원하더군요."

선규는 짐짓 쓰게 웃었다. 그것은 매우 신산해 보이는 표정이었다.

"어째야 될지 알 수가 없었습니다. 터뜨리기만 하면 그건 제 평생 최고의 대박이 될 판이었어요. 그렇지만 차마 그럴 수가 없었습니다. 내 손으로 그 얘기를 까발려서 그 후에 벌어질 일들을 감당할 자신이 없었어요. 제가 물렀던 거죠."

"그래서 결국?"

"네, 뭐. 저는 결국 그 일을 묻었습니다. 그런데."

"다른 놈이 터뜨렸군."

이안이 중얼거렸다. 선규와 유진은 거의 동시에 누가 먼저랄 것도 없이 이안을 바라보았다.

"어떻게 아셨습니까?"

"세상에 「너랑 나만 아는 비밀」 같은 건 원래 없는 법이니까."

이안은 가볍게 어깨를 들썩거렸다.

"기침과 가난, 그리고 연애질은 숨길 수가 없는 거라고 하지. 그렇게나 유명한 연예인이라면 뭐 좀 뜯어먹을 건수 없나 근처에 잠복해서 일거수일투족을 매의 눈으로 감시하는 기자들이 한 트럭은 될 테지. 연애질에 눈이 먼 인간은 누구나 주위가 허술해지기 마련이고, 그러다 보면 낌새채는 인간이 생기는 건 당연한 거고."

유진은 반사적으로 선규를 바라보았다. 그는 계면쩍게 웃으며 고개를 끄덕였다.

"네, 그렇게 된 겁니다. 한 달도 채 못 되어서, 다른 놈이 아주 보기 좋게 터뜨렸죠. 1면 톱기사로다가."

"아주 입장이 난처했겠군."

이안은 담담하게 말했다.

"세라인지 하는 그 연예인이 그래도 당신한테는 인터뷰를 잘해준 편이었고, 그 덕에 데스크에게 욕먹는 걸 면하고 있었다면 아마 그 아이에 관한 한은 당신만 믿고 있으면 된다고 생각을 했을 텐데, 그런 새치기를 당했으니."

"그렇죠. 그렇게 된 겁니다."

선규는 힘없이 웃었다.

"데스크가 하는 말이 이번 주 내로 그 일을 묻어버릴 만한 특종을 찾아오지 않으면 책상을 빼 버리겠다고 하더군요. 일주일은 그리 긴 시간이 아니죠. 그 정도의 특종을 찾아오기에는요."

"남의 돈 먹는 건 항상 어렵긴 하지. 그렇지만 고작 그 정도 일로 사람을 자르는 게 가능한가?"

"원칙적으로는 불가능하겠죠. 하지만 이 일이 생각보다 여파가 커서 말입니다. 월급쟁이 목숨은 늘 파리 목숨이니까요."

"그건 그렇지."

이안은 천천히 고개를 끄덕였다.

"그래서, 고작 일주일만 있으면 그 이주인가 하는 여배우의 뒤를 캐 볼 수 있다는 거야?"

"뒤를 완벽히 캐는 건 무리겠죠."

선규는 푹 한숨을 내쉬었다. 그는 망설이다가 재킷 주머니에서 담뱃갑을 꺼냈다. 그는 그 속에 든 담배 한 개비를 꺼내려다 말고, 어색하게 웃었다.

"얼마 전에 담배를 끊었습니다. 그런데 어떤 선배가 그러더군요. 끊었어도 한 갑은 가지고 다니라고요. 안 피고는 견딜 수가 없는 순간이 올 텐데 그 순간에 담배가 없으면 미칠 것 같을 거라고. 그럴 일 없을 거라고 했었는데, 그 말이 맞네요."

이안은 대답 대신 자신의 라이터를 그의 앞으로 밀어주었다. 그는 고개를 꾸벅 숙여 보이고는 고개를 돌려 담배에 불을 붙였다. 두 사람은 겉으로 보기에는 나이 차이가 그리 많이 나 보이지는 않았다. 그러나 이안에게는 마주 앉은 사람을 위축시키는 어떤 분위기가 있었고 선규도 그걸 느끼고 있는 모양이었다.

"이주는 정말 특이한 연예인입니다. 이 여자의 스케줄은 오직 영화를 찍는 것뿐입니다. 다른 연예인들처럼 광고를 찍거나 화보를 찍거나 하는 일도 없어요. 인터뷰도 안 합니다. 영화 이외에 참석하는 곳이라고는 영화 시사회나 연말의 영화 관련 시상식 두어 군데 정도가 고작이에요. 그때 이외에는 도대체 어디서 뭘 하면서 지내는지 아무도 모릅니다."

"그런 게 가능해?"

이안은 시큰둥하게 물었다.

"그렇게나 인기 있는 여자라면 필경 누군가가 뒤를 밟았을 텐데."

"물론 뒤를 밟습니다. 그렇지만 소용이 없어요. 이 여자의 거처는 서울 시내 안에만 해도 열 군데가 넘습니다. 그 중 어느 곳에서 칩거하고 지내는지는 알 방법이 없어요. 게다가 그 중 어디에서 얼마나 지내느냐 하는 것도 대중이 없습니다. 담을 타고 기어들어가 CCTV 카메라라도 달아놓지 않고서는요."

이주의 사생활에 대해 알려진 것이 거의 없다는 사실 정도는 유진도 알고 있었지만 기자조차도 사는 곳을 정확히 모를 정도라니.

그녀는 이주의 출신성분에 대한 많고 많은 루머 중에 모 재벌의 사생아 설도 있다는 사실을 떠올렸다. 저러니까 그런 소문이 나는 거구나.

"아무튼 그 정도로 철저한 이주인데, 며칠 전에 좀 재미난 해프닝이 하나 있었죠. 강남의 어느 바에서 어떤 여자가 술에 취해 난동을 부리다가 경찰서에 연행되어 갔는데, 그 여자가 이주였다는 겁니다. 그런데 불과 서너 시간 사이에 그 일이 묻혀버렸어요. 주인도 경찰들도 하나같이 이주가 아니라 이주와 좀 닮은 다른 여자였다고 말을 바꾼 겁니다. 단 한 명의 예외도 없이 말이죠."

"그래서, 그 일을 캐 보겠다는 거군? 일주일 전으로 돌아가서."

"그것밖에는 방법이 없는 것 같아서요."

그는 겸연쩍게 미소를 지었다.

"요즘은 세상이 좋아서 완전한 비밀이 생기기가 힘들지요. 이 일은 이미 알음알음 소문이 퍼져서 많은 사람이 궁금해하고 있습니다. 그 일을 캐 간다면 책상 없어지는 건 면할 수 있겠죠."

여기까지 말을 해 놓고, 그는 눈치를 살피듯 흘끔 이안을 바라보았다.

"이 정도로는, 빈약한가요? 시간을 되돌리는 이유로."

"그럴 리가 있나."

이안은 선선히 대답했다.

"어제 친 시험 결과가 마음에 들지 않는다는 대수롭지 않은 이유만 가지고도 시간을 되돌리러 오는 인간도 있으니까. 직장에서 짤리게 생겼다는 건 그와는 비교도 할 수 없을 만큼 큰일이지. 그리고 어떻게 들을지는 모르지만 시간을 되돌리는 것에는 본래 이유 같은 건 필요 없어. 그에 따른 모든 책임은 어차피 자신이 지는 거니까."

그는 이를 드러내며 웃었다. 저 말이 실은 얼마나 무서운 말인지를 제대로 아는 인간이 몇 명이나 될까 하는 생각에 유진은 저도 모르게 절레절레 고개를 내저었다. 이제 자신이 해야 할 일을 대충은 알아챈 그녀는 방으로 들어가 멎어 있는 회중시계 하나를 가져다 이안의 앞에 놓았다.

"그럼, 당신이 당신의 직장을 무사히 보존하기 위해서 잊지 말아야 할 사항을 몇 가지 얘기해 두도록 하지. 첫째로 다른 사람의 수명에 변화를 초래하는 일은 해서는 안 된다. 둘째로 계약이 끝날 때까지 시계를 반드시 지니고 있어야 한다. 그리고 세 번째, 계약 기간 중에 무슨 짓을 하는지는 당신의 자유지만 그 일로 인해 일어나는 모든 일은 당신의 책임이라는 것."

"그게 다입니까?"

"그게 다야. 가혹하리만큼 지나친 주의사항이지?"

이안은 시계를 되돌려 감으며 지나는 말 비슷하게 선규에게 물었다.

"뭐 이렇든 저렇든 계약과는 관계없는 이야기고 답하지 않아도 상관없긴 하지만 놀고 있는 입이 객쩍으니 하나만 묻지. 당신, 처음부터 스포츠지 기자를 하려고 했던 게 아닌 건가?"

"예? 그걸 어떻게?"

"아까 당신이 당신 입으로 말했잖나. 쪽방에 틀어박혀 신문사 시험 준비를 할 때는 뭔가 크고 중요한 일을 할 수 있을 줄 알았다고."

"아. 그랬었나요, 제가."

선규는 얼굴을 붉혔다. 그는 다시 한 번 안경을 벗어 소맷자락에 대충 렌즈를 문질러 닦았다.

"네. 사실입니다. 원래는 유명 일간지 기자가 되고 싶었었죠. 두세 번 떨어지고 부모님께 책값 받아가며 공부하는 짓을 몇 년 하다 보니 제 주제를 파악하게 되더군요. 그래서."

"인턴 때 연습생 애들이랑 친하게 지냈다고 했지. 그건 다른 기자들도 다 그러나?"

"그런 사람도 있고 아닌 경우도 있습니다."

선규는 이안의 속을 알 수 없는 질문에 나름대로 최선을 다해 대답하고 있는 것 같았다.

"저같이 붙임성도 없고 줄도 없는 경우는 그렇게 굴러야 하고…… 수완이 좋은 친구들은 인턴 때부터도 어떻게든 제법 굵직한 기사를 써내서 한 두어 달 만에 인턴 떼는 경우도 있죠. 저는 못 그랬지만요."

"그렇군. 이제 여섯 바퀴 남았나."

이안은 무덤덤한 표정으로 시계를 되감았다. 그는 잠시 입을 다물었다가 다시 물었다.

"마지막으로 한 가지. 이왕 시간을 되돌릴 거라면 일주일 전이 아니라 조금 더 앞으로 돌아가서, 세라인가 하는 그 애의 일을 제대로 터뜨리는 게 당신에게는 더 도움이 되지 않을까?"

"뭐 그럴까 생각도 해봤습니다. 안 해봤다면 거짓말이고."

그는 어색하게 웃었다.

"그런데 그 짓은 차마 못 하겠더군요. 이렇게까지 몰린 지금도, 그게 제가 한 짓이 아니어서 다행이라고 생각하고 있으니 제가 무르긴 좀 많이 물러터진 모양입니다."

"그렇게 남 생각을 하는 사람이 이런 짓까지 하게 되다니, 안 됐군."

이안은 딱 소리가 나게 혀를 찼다. 그리고 다 감긴 시계를 선규의 앞으로 밀어 보냈다.

"조심하는 게 좋을 거야. 사람이 안 하던 짓을 하면 사흘 안에 죽는 법이니까."

∞

그래도 이번에는 제법 관심을 가지고 이것저것 묻는 것 같았지만, 이안의 선규에 대한 관심은 계약이 끝나자 언제나 그랬듯이 증발해 버렸다. 유진은 복잡한 표정을 한 채 선규가 돌아간 후 언제 무슨 일이 있었느냐는 듯 살생부를 들여다보고 있는 이안을 바라보았다.

"무슨 뜻이에요?"

"뭐가 말이냐?"

"아까 한 그 살벌한 말이요."

"내가 하는 말 중에 네 기준에서 살벌하지 않은 말도 있나?"

"사람이 안 하던 짓을 하면 사흘 안에 죽는다 어쩌고 한 그 말이요."

"그게 왜?"

이안은 살생부를 들여다보는 시선을 들지도 않은 채, 대수롭지 않게 대꾸해왔다.

"그 말은 인간들도 잘하는 말이잖아."

"그렇긴 하죠. 그런데 사신이 그런 말을 하는 건 좀 이야기가 다르잖아요."

유진은 잠시 입을 다물었다가 조심스레 물었다.

"설마 아까 그 아저씨, 정말로 수명이 3일밖에 안 남은 거 아니에요?"

"그럴 수도 있고 아닐 수도 있다."

이안은 무덤덤하게 대답했다.

"이 나라에서 태어난 인간이 별 탈 없이 80세까지 살 확률은 남자가 절반이 조금 넘고 여자가 70%가 조금 넘는다. 그것도 아주 최근에야 그렇게 됐지. 아까 왔다 간 그자는 서른은 넘어 보였으니까, 30년 전에 태어난 인간이 80세까지 살아남을 확률을 묻는 거라면 도유에게 전화를 하는 편이 빠를 거다."

"그런 얘기가 아니잖아요."

유진은 짐짓 이안을 향해 눈을 흘겼다.

그는 가끔 이런 식으로 뻔히 알아들은 말에 엉뚱한 대답을 해 올 때가 있었다.

그것이 단순한 변죽인지, 아니면 굳이 알 필요가 없는 일이라 정확한 대답을 해 주지 않는 것인지는 알 수 없었다.

"아까 그 아저씨, 설마 여기 소문내는 건 아니겠죠?"

유진은 짐짓 물었다.

"천기누설이니 뭐니 이야기는 해뒀지만, 안 믿고 확 질러버릴 수도 있잖아요."

"안 됐지만 스포츠 신문 기자다."

이안은 피식 웃었다.

"너는 아마 잘 모를지도 모르겠지만 몇 년 전에 「썬데이 서울」이라는 싸구려 가십 잡지가 있었지. 거기에 실리면 딱 알맞을 이야기다. 인간은 누구나 자기 목숨이 걸린 일엔 신중해지게 마련이고, 설령 그렇지 않더라도 그 이야기를 믿을 사람이 그리 많지는 않을 테니까 너무 걱정할 필요는 없다."

"그런가요. 뭔가 어설퍼 보이는 사람이라서."

유진은 가만히 입을 다물었다. 어설프다. 선규에 대한 유진의 인상은 한 마디로 그것이었다. 저런 사람이 기자라니. 그는 기삿거리를 따내기 위해 몸싸움을 하고 악다구니를 쓰며, 갖은 폭언을 당하면서도 마이크를 들이대는 그런 식의 취재라는 것을 할 수 있는 위인 같지가 않았다.

"그 아저씨 좀 물러 보이던데, 일주일이나 수명을 깎은 값을 할 수 있을까요?"

"쉽지는 않겠지."

이안은 살생부를 덮었다. 그는 새 담뱃갑을 집어 능숙한 손놀림으로 비닐 포장을 뜯어내고는, 손마디에 툭툭 때려 첫 개비를 끄집어냈다.

"사람이 안 하던 짓을 하면 사흘 안에 죽는다는 말은, 그냥 인간이 제 천성을 거스르고 살기가 그만큼이나 어렵다는 뜻일 뿐이다. 네 말마따나 퍽이나 어설픈 작자인 걸로 보였으니 이미 벌어질 일의 육하원칙을 전부 알고 되돌아간다고 해도 쉽지는 않을 거다."

"그럴까요."

그녀는 가만히 입을 삐죽거렸다.

"아저씨 일은 좀 안됐지만, 이주의 사생활 같은 건 밝혀지지 않았으면 좋겠어요. 별일도 아닌데, 그 술집 난동 이야기를 듣고 나서 별로 기분이 좋지는 않거든요."

"그래서 쉽지는 않다는 이야기다."

이안은 불이 붙은 담배를 손에 든 채 긴 담배 연기를 뱉어냈다.

"영화를 찍는 것 말고는 대중의 눈앞에 일체 나타나지 않는 연예인이라니. 요즘 세상에 그런 게 가능하다고 생각하나? 두 가지 점에서 불가능해. 첫째로 그렇게 남의 눈에 띄는 걸 꺼려하는 여자라면 인기를 얻을 수가 없어. 둘째로, 일단 인기가 있다면 그렇게 남의 눈에 띄지 않는 것이 불가능해."

"같은 얘기 아니에요?"

"아니. 전혀 다른 이야기다. 첫 번째는 그 여자의 뒷배경이 예사롭지 않다는 뜻이지. 좀 더 좋은 배역이나 프로그램을 따내기 위해 감독이나 PD에게 몸을 파는 연예인들 이야기는 너도 들은 적이 있겠지? 그 여자는 최소한 그런 짓을 할 필요가 없는 출신이라는 얘기다. 어쩌면 계약자의 말마따나 정말로 공주라던가 그 비슷한 것일지도 모르지."

예전에 이주가 공주일지도 모른다는 루머를 듣고 차라리 재벌의 사생아라는 쪽이 더 설득력이 있다고 생각한 적이 있었다. 지금 생각하니 양자의 차이점이라는 것은 생각보다 그리 크지 않을지도 모르겠다 싶었다.

"두 번째는, 누군가가 돈과 시간과 수고로움을 아끼지 않고 그 여자의 뒤치다꺼리를 하고 있다는 뜻이다. 나는 그 이주라는 여자를 한 번도 본 적이 없지만, 아무리 예뻐 봐야 인간은 인간이야. 인간인 이상 밥을 먹고, 밥을 먹으니 화장실도 가겠지. 술을 마시면 술주정도 할 테고 이유 없이 짜증이 나서 다른 누군가에게 신경질을 부리는 날도 있을 거다. 여자니까 생리도 할 거고, 나이가 몇 살인지는 모르지만 적어도 너보다 나이가 많다면 처녀가 아닐 확률도 매우 높다. 그리고 그 상대가 누구든, 그 여자가 연예인인 이상은 필요 이상으로 시끄러워질 공산이 매우 크지."

이안은 눈동자를 굴려 흘끗 유진의 얼굴을 한 번 바라보았다.

"그런데 뭐 그런 것과 관련한 소문이 일체 없다지? 그건 그 여자가 하늘에서 떨어진 천상의 피조물이 아닌 이상은 다른 누군가가 열심히 그 여자가 저지른 짓을 덮고 치우고 가리고 있다는 뜻이다."

그는 담배를 입에 문 채 길게 기지개를 켰다. 그는 왼손을 들어 목 뒤를 주무르며, 나른한 목소리로 말을 이었다.

"어느 쪽이든 승산은 없어. 그런 얼치기 기자 나부랭이가 저렇게 가릉빈가(迦陵頻伽)[2] 수준으로 관리받고 있는 여자의 뒤를 무사히 캐낸다는 건 로또 1등까지는 아니라도 2등쯤은 맞는 확률이랑 비슷할 거다."

"그럼 아까 그 아저씨는 시간만 낭비하는 건가요?"

---

2) 머리와 팔은 사람의 모습이고 몸은 새의 모습을 한 상상의 새로서, 극락정토에 있으며 소리가 매우 아름답다고 함.

"아마도."

그는 덮었던 살생부를 다시 폈다. 그러고는 중간에서 조금 못 되는 페이지를 펼치고는, 몇 장을 앞뒤로 뒤져가며 뭔가를 찾았다. 무엇이 적혀있는지 보이지는 않았지만 그의 행동으로 보아 선규의 남은 수명을 찾아보고 있으리라는 것을 짐작할 수 있었다. 곧 그의 얼굴에 심상치 않은 기미가 떠올랐다.

"이것 참."

이안은 신음하듯 중얼거렸다.

"아까 그 친구, 그냥 순순히 신문사를 잘렸어야 했을 팔자인가."

"그게 무슨 말이에요? 설마."

매우 좋지 못한 예감이 들었다. 유진은 몇 번이고 눈동자만을 좌우로 굴리며 빨리 말을 잇지 못했다. 말이라는 것은 생각보다 대단한 힘을 가지고 있어서, 입을 열어 바깥으로 꺼내놓는 순간 말한 사람이 그 사실을 수긍하게 만들어버리기 때문이었다.

"설마 정말로 아까 그 아저씨 목숨이."

"모레까지다. 엄밀히 말하면 40시간쯤 남았어."

이안은 무덤덤하게 말했다. 그에게 한 인간의 수명이 다 되었다는 것은 그리 놀라운 일이 아닐지도 모르지만, 여전히 유진에게는 충격적이어서 그녀는 잠시 낮은 신음 소리를 내었다.

"급작스럽네요. 아직 젊은 사람이었고 별다른 병도 없어 보였는데요."

"내가 보기엔 너도 마찬가지다."

다시 한 번 심장이 철렁 떨어지는 기분이 들었다. 그러나 이안은 그런 그녀의 기분 따위는 아랑곳없다는 듯이 말을 이었다.

"병이라는 건 죽음에 이르는 많고 많은 이유 중의 하나일 뿐이다. 병 같은 것에 걸리지 않아도 인간은 얼마든지 죽을 수 있어. 너도 잘 알 거라고 생각하는데."

틀린 말은 아니었다. 그녀 또한 그 일이 있기 전까지는 자신이 그런 식으로 이승에서 떨려 나리라는 생각을 해 본 적이 없었다. 하지만 다른 사람도 아닌 자기 자신에게 닥친 일이 있음에도 나이가 젊은 사람의 때 이른 죽음은 여전히 낯설고 쉽사리 받아들일 수가 없었다.

"교통사고라도 당하게 되는 걸까요?"

"그럴 수도 있고."

이안은 여전히 별다른 감흥이라고는 없는 목소리로 말했다.

"그 세라인가 하는 애의 일로 받은 스트레스가 엄청나서 책상에 앉은 채로 뇌출혈이라든지 하는 걸로 죽을 수도 있다. 아니면 그 스트레스 때문에 욱하는 마음으로 신문사 옥상으로 올라가 뛰어내리지 말란 법도 없지. 또 데스크한테 된통 까이고 소주 한 잔 먹고 취해서 해롱거리면서 집으로 돌아가는 길에 퍽치기 같은 걸 당할 수도 있다. 혹은 네 말마따나 교통사고 같은 것일 수도 있지. 인간은 자신의 곁에 산재한 수많은 죽음의 확률을 배제해 나가면서 살아가고 있는 거다. 살아있는 인간은 살아있다는 그 자체만으로도 존경받을만한 가치가 있는 것이지."

유진은 말없이 고개를 끄덕였다. 멀리 갈 것도 없었다. 그녀 자신은 그 죽음의 확률을 배제하는 데 실패했고, 그래서 여기로 오게 되었으니까.

"그쯤에서 그친다면 참 다행이겠는데 말이야."

이안이 입맛을 다시며 중얼거렸다. 그 불길한 뉘앙스에 유진은 고개를 홱 돌려 이안을 바라보았다.

"그건 또 무슨 말이에요? 수명이 40시간 남았다면서요. 그보다 더 안 좋은 일이 생길 수도 있다는 건가요? 접때 그 치외사신 같은 작자들이 나타나기라도 하나요?"

"과거로 돌아갔다가 현재로 돌아오지 못하고 죽은 인간의 근처에 늘 치외사신이 나타나는 건 아니다. 그럴 가능성이 조금 더 높긴 하지만, 이 넓은 세상 위에 사는 많고 많은 인간 중에 어디에서 수명이 다해 죽어가고 있는 인간이 있는가를 찾아내는 건 치외사신에게나 정식사신에게나 똑같이 골치 아픈 문제니까. 그래도 정식사신은 살생부라는 게 있어서 대강의 가이드는 받을 수가 있지만, 정식으로 살생부를 지급받지 못하는 치외사신들은 죽기 직전의 인간을 찾는 것만도 보통 일은 아닌 거지."

"그럼, 예전에 경은이는……."

"아, 네 친구 말이냐."

이안은 흘끗 눈동자를 굴려 유진을 바라보았다.

"그 경우는 조금은 특수하다. 네 친구는 꽤나 자주 여기 찾아와서 시간을 되돌렸지. 그게 반복되면 누군가는 이상하다는 낌새를 채게 된다. 사신은 인간의 시간에 영향을 받지 않기 때문에 누군가가 자꾸만 시간의 계약을 반복하고 있다는 걸 알게 되는 거지. 그래서 신상이 노출되었을 가능성이 상당히 크다. 방금 왔다간 그 기자 양반의 경우라면, 글쎄. 보통의 경우처럼 반반이겠지."

그는 잠시 입을 다물었다가 쩝 소리가 나도록 입맛을 다셨다. 방금 전 떠올린 어떤 사실 때문에 그는 조금은 날카로워져 있는 것 같았다. 유진은 그런 그의 눈치를 살피다가 조용히 말을 꺼냈다. 솔직히 그녀는 왜 이안이 이런 반응인지 아직도 이해가 가지 않았다.

"그러니까, 그런 일을 방지하려고 제가."

"그 점부터가 고민이다."

"네?"

"이번에도 널 보내서, 그자의 시계를 가져오라고 해야 하는지 아닌지."

"왜요?"

유진은 당황해서 물었다.

"제가 그때, 무슨 실수라도?"

"아니."

"그럼요?"

"어쩌면 말이지."

이안은 고개를 돌려 유진을 바라보았다.

그 시선은 언제나처럼 묵직했고 무슨 생각을 하고 있는 것인지 알아채기가 쉽지 않았다.

"그 기자 양반의 죽음이라는 게 좀 시끄러운 일에 휘말려든 결과물일지도 모르기 때문이다."

무슨 말을 하려면 혼자 아는 말만 떠들어대지 말고 좀 알아듣기 쉽게 얘기해 줄 수는 없는 거냐고 물어볼 참이었다. 그러나 그런 그녀의 생각을 눈치챈 것인지 아니면 처음부터 그렇게 할 생각이었던지 이안은 담배를 한 대 피워 물고는 순순히 이야기를 시작했다.

"아까 그 사람이 일주일 전으로 돌아간 이유가 뭐랬지?"

"이주의 뒤를 캐보려고요."

"내가 아까, 이주라는 여자는 뭔가 수상하다고 했지?"

이안은 담배 연기를 깊숙이 빨아들인 후 길게 내뱉으며 물었다.

"아무리 생각해도 같은 결론이야. 그 여자는 보통의 범상한 연예인이 아닐 것 같거든. 인간의 기호는 까다롭지. 숭배할 수 있는 여신을 바라지만 그 여신이 자기 앞에서만은 창부처럼 굴어주기를 바라기도 하는 거야. 도대체가 연예인이라면서 자기가 할 일만을 하고 그 외의 것에 대해서는 대중에게 일말의 봉사도 하지 않는 그런 여자가 인기가 있다는 건 어불성설이지. 뭔가 대단한 유력자가 배후에서 물심양면으로 그 여자를 밀고 있을 거다."

유진은 천천히 고개를 끄덕였다. 거기까지는, 어렵지 않게 납득할 수 있었다.

"그런데 그 여자가 사고를 쳤지. 술에 취해서 난동을 부리고 주사를 피운 거다. 말이 쉬워서 주사고 난동이지, 그 과정에 무슨 일이 있었는지는 아무도 모르는 거다. 외간 남정네들 눈앞에서 옷을 훌렁 훌렁 벗어 던졌을 수도 있고 생전 처음 듣는 육두문자로 욕설을 퍼부어댔을 수도 있지. 아무튼 그 여자의 패트런(patron)[3]은 어떤 방식으로든 그 사건을 무마하는 데 성공했을 거다. 그게 지금까지의 사실인데, 이 딱한 계약자는 지금 그 사실을 뒤엎으러 간 거지."

"그러니까, 이주의 뒤를 봐주고 있는 사람이 무슨 해코지를 할지도 모른다는 얘긴가요?"

"대충 그런 뜻이지."

이안은 입을 다물었다. 그리고 아주 천천히 말했다.

"인간은, 사실은 사신을 겁낼 필요가 없어. 인간의 적은 인간이니까."

유진은 입을 다물었다. 이안이 한 말은 생각보다 깊고 무겁게 그녀의 마음에 울려왔다. 목숨이 40시간밖에 남지 않았다는 것도 억울한데, 그는 캐어내려던 사실조차 캐지 못하고 죽게 될지도 모르는 것이다. 몹시 착잡한 기분이 들었다.

"그런데, 도대체 이주라는 여자가 어떻게 생긴 여자야? 사진 같은 거라도 좀 보여줄 수 있겠나."

유진은 자리에서 일어나 이번 달 영화잡지 한 부를 꺼내 들었다. 몇 장을 뒤지자 이주가 얼마 전에 출연했던 영화의 특집 페이지가 나왔다. 그러고 보니 그 페이지에 실린 사진들조차도 인터뷰를 위해 따로 찍은 것은 없었다. 시사회장에서 찍힌 사진과 영화에서 뽑아낸 스틸 컷 정도가 고작이었다.

---

3) 후원자

물론 그렇다고 해서 이주의 미모가 가려질 정도는 아니어서, 유진은 고전적인 스타일로 머리를 틀어 올리고 등이 깊게 패인 검은 드레스를 입은 그녀의 얼굴이 크게 클로즈업된 사진 페이지를 펼쳐 이안에게 내밀었다.

"미인이군."

이안은 일단 그렇게 말했다. 그러고는 꽤나 오랫동안 그 사진을 가만히 들여다보았다.

그 시선은 아름다운 여자를 본 남자로서의 호기심 같지는 않았지만, 이안이 여자의 사진을 그렇게나 오래 들여다보고 있는 것은 유진으로서는 처음 보는 광경이었다.

"역시나 사신에게도 통하는 미모인가요?"

"그런 게 아니고."

이안은 고개를 갸웃거리며 잡지를 든 팔을 쭉 펼쳐 사진을 눈에서 멀리 떨어뜨렸다.

"어째 낯이 익은 얼굴인데."

"그럴 수도 있죠. 워낙에 유명한 여자니까요."

유진은 흘끗 눈을 돌려 이안을 바라보았다.

"아무리 사신이라고 해도 지나다니면서 한 번쯤 얼굴 정도는 보지 않았을까요?"

"알고 있는지 모르겠는데 너한테는 사람이 시답지 않게 하는 말은 퍽이나 심각하게 받아들이면서 심각하게 하는 말은 또 아무렇지 않게 들어 넘기는 별로 좋지 못한 버릇이 있다."

이안은 못마땅한 기색을 숨기지도 않고 한마디 한 후, 잡지 속에 찍힌 이주의 사진을 다시 한 번 들여다보았다.

"인간 주제에 나하고 면식이 있다는 건 그다지 좋은 의미가 못 된다. 그건 너도 잘 알지 않나."

"아, 그럼 설마."

유진은 잠시 멍한 표정을 지었다.

"이주도 당신한테 계약을?"

있지 말란 법도 없을 이야기였다. 이주의 사생활이 비정상적일 정도로 폐쇄적이라는 것은 그녀도 익히 들어서 아는 사실이었고, 과거의 잘못을 덮기 위해 시간을 되돌리려고 이안을 찾아왔다거나 하는 일 정도라면 그럴 법도 하리라는 생각이 들었다. 이 집을 찾아오는 사람들은 도대체 다 어디서 이안의 이야기를 듣고 오는 것일까가 잠시 궁금해졌다.

"차라리 그런 거라면 좋겠는데 말이야."

이안은 고개를 절레절레 내저었다. 그는 뭔가를 생각하는 표정으로 손가락 끝으로 관자놀이를 툭툭 두들겼다.

"내가 기억하기로 저 여자는 나한테 계약을 청하러 온 적이 없어."

"뭐라고요? 확실해요?"

"그런 걸 너 따위한테 사실과 다르게 말할 필요가 있나?"

유진은 입을 다물었다.

뭐가 어떻게 된 건지 정확히 알 수는 없었지만, 왠지 소름이 오싹 끼치는 기분이 들었다.

"어디선가 한 번쯤 봤을지도 모른다고 하는데, 글쎄다. 난 드라마나 영화 같은 것에는 별로 관심이 없어. 인간이 영화나 드라마나 소설을 좋아하는 건 자신의 인생이 짧고 그래서 기껏해야 한 가지 인생 밖에는 살지 못하기 때문이다. 난 네가 어떤 드라마의 이야기를 꺼낸다고 해도 최소한 그와 비슷하거나 혹은 그보다 더 기가 막힌 실화를 끄집어낼 수 있거든. 그러니까, 내가 이 여자를 기억하고 있어야 할 이유는 거의 없다고 볼 수 있다. 그런데 이상하게도 이 여자는 낯이 익어."

"설마."

유진은 더듬거리며 물었다.

"이주도 사신이라던가 그런 건 아니겠죠?"

"그럴 리가."

이안은 고개를 저었다.

"정식사신이라면 저런 뻘짓을 하고 다니면서 무사할 리는 없을 테고, 치외사신이라면 굴을 파고 숨어다녀도 모자랄 판에 저런 식으로 나 여기 있소 하고 동네방네 소문을 내고 다닐 필요가 없다. 어느 쪽이든 말이 안 돼. 아마 사신 나부랭이는 아닐 거다."

"그럼 도대체 뭐란 말예요?"

"그래서 신경이 쓰인다는 거다. 왜 저 여자의 얼굴이 낯이 익은가 하고."

이안은 미간을 찌푸렸다.

그의 얼굴은 몹시 심각해 보였다.

"하지만 이렇든 저렇든 확실한 건, 이 여자의 주변에 몹시 위험한 냄새가 나고 있다는 거다. 그리고 방금 전 스스로의 명을 재촉한 계약자는 그런 여자의 뒤를 캐러 갔단 말이지. 도대체 무슨 엄청난 일을 당할지가 걱정인데. 그 과정에서 시계가 파손되기라도 하면 정말 큰일이고."

"가야겠네요."

유진은 불쑥 말했다. 이안은 흘끗 눈동자를 굴려 그런 그녀를 바라보았다.

"가다니. 시계라도 회수하러 가겠다는 의미냐?"

"그것밖에는 할 수 있는 일이 없잖아요."

"내가 방금 전까지 실컷 한 말은 다 어느 구멍으로 편리하게 흘려들은 건지 모르겠군. 이 일은 위험하다. 사신이 아니라 인간이 하는 일이고, 어쩌면 그래서 더 위험할 수도 있어."

"그럼 어떡해요? 그냥 그렇게 놔둬 버리면……."

"거두러 오는 사신이 없으니 기껏해야 원혼이 되거나, 그도 아니면 치외사신의 손에 들어가게 되겠지."

"그건 안 되는 거잖아요."

불쑥 한 마디를 일단 내뱉어 놓고, 유진은 잠시 입을 다물었다가 조용히 말을 이었다.

"아까 그 아저씨, 글쎄요. 세라하고 친하다고 했죠. 세라가 남자친구가 생긴 사실을 알고도 울면서 애원하니까 마음이 약해져서 기사로 써먹지도 못했다고요. 남을 위해서 그렇게까지 했는데 일찍 죽는 것도 모자라서 정작 자기 영혼은 명부에서 쉴 수도 없다는 건, 그건 안 되는 거라고 생각해요."

"잊었나 보군."

이안은 매우 무덤덤하게 한마디 거들었다.

"그자는 네가 꽤나 좋아하는 배우의 뒤를 파보겠다고 되돌아간 거다. 그리고 확정된 건 그자의 목숨이 40시간 정도 남았다는 것뿐이야. 그 40시간 안에 그자가 어떤 사실을 파헤쳐서 기사로 쓰게 될지는 아무도 모르는 거다. 그 덕분에 이주인가 하는 그 여자는 지금까지 쌓아놓은 걸 전부 잃고 파멸할지도 모른다. 그런데도?"

"알아요. 아까 그 말을 처음 듣고는 실망도 많이 했고요."

유진은 고개를 끄덕였다.

"그런데 예전에, 지은이 엄마가 그런 말을 하더라고요. 애를 버리고 결혼하면 지금보다야 편하게 살겠지만 지은이는 그 속마음 어딘가에 옹이처럼 남을 거라고. 아마 평생 지은이의 기억에서 벗어나지 못할 거라고요. 그게 자기가 자기 자신에게 주는 벌이라고. 그때 알았어요. 몇 시간 본 지은이를 불쌍해하는 마음 따위로 이 사람의 잘못을 탓할 수는 없는 거구나 하는 걸요."

옳지 못하다는 것을 알면서도 옳지 못한 일을 하려는 사람은 그 마음속에 그만큼의 빚을 지게 마련이라는 것을 그때 처음으로 느꼈던 것 같다. 세상의 비난보다 더 무서운 것은, 어쩌면 자신의 마음속에 남겨진 그 빚이 아닐까. 그리고 역시 그때 처음으로 생각해 보게 되었다.

남들이 탓하는 일인 줄 알면서도 해야만 하는 사람의 마음속에는, 그때마다 새 가지가 나지 않고 새 움이 트지 않는 옹이가 생긴다는 사실에 대해서.

"당신 말마따나 그 아저씨가 이주에 대해 좋지 못한 기사를 내서 그걸로 이주가 크게 타격받게 될 수도 있겠죠. 그렇지만 그걸 심판할 자격 같은 건 어차피 저한테는 없으니까요. 제가 이주를 좋아한다고 해도, 고작 그 정도의 마음만 가지고 나름 어린 여자애의 첫사랑을 보호해 주려다가 어렵게 잡은 직장에서 잘리게 생겼고, 궁여지책으로 그런 생각을 해낸 사람을 탓할 수 있는 건지 저는 잘 모르겠어요."

"거 참. 결국은 제삼자들의 일일 뿐이라는 사실을 깨달은 건 기특하다만 그걸 그렇게 뱅뱅 돌려서 말할 필요가 과연 있나? 그리고 내가 분명히 말했을 텐데. 제법 위험할 수도 있을 거라고."

"그거야."

유진은 고개를 들었다. 문득, 현오가 두고 갔던 그 총알의 금속 질감이 기억났다. 손바닥 안에 올려진 그 생경한 물체. 이런 것으로 사람을 죽일 수가 있구나 새삼 생각했던 기억이 났다. 지금껏 자신이 살아온 모든 인생보다도 더 길었던 그 이틀의 시간 동안 그녀가 깨달은 것은, 자신은 이미 이안을 믿고 있으며 또한 그래야만 한다는 사실 뿐이었다.

"당신이 전에 그랬잖아요. 제 수명은 이미 끝났고, 인간의 수단으로는 절대 저를 죽일 수 없을 거라고요."

∞

　"아무래도 모르겠는데. 이게 잘하는 짓인지."

　이안은 고개를 갸웃거렸다. 그는 몹시 회의에 찬 눈으로 선규의 수명이 끝날 시간에 맞추어 나설 준비를 하고 있는 유진을 바라보았다.

　"내가 네 관리사신이기를 포기하지 않는 이상 인간의 힘으로 너를 죽일 방법이 없다는 건 맞는 말이다. 그렇지만 그게 네가 무사하리라는 뜻이 되는 건 아닌데 말이야."

　"그건 또 무슨 말이에요?"

　"인간, 특히 그중에서도 여자가 죽지 않고 난처한 상황에 처하는 경우의 수란 아주 많지. 너 설마 그 정도도 생각해 보지 않고 지금 가겠다고 나서는 거냐?"

　유진은 잠시 입을 굳게 다물었다. 방금 한 이안의 지적은, 아닌 게 아니라 그다지 깊게는 생각해 보지 못한 부분이어서 약간 당황스럽기도 했다. 알 수 없는 위험이 도사리고 있을지도 모르는 곳으로 한 발을 내딛는 것은, 생각보다 큰 용기를 필요로 했다.

　"밥값은 해야 되지 않겠어요?"

　하지만 유진은 현오의 일을 겪으면서 한 가지 결심한 것이 있었다.

이안이 집을 비우고 없다는 이유만으로 이불을 뒤집어쓰고 덜덜 떠는 것밖에는 아무것도 할 수 있는 일이 없는 자신을 보면서 이제는 무엇이든, 좀 혼자서 할 수 있는 일을 만들어 보자고.

그녀는 아직까지도 도대체 이안이 왜 자신을 살려줬는지, 살려준 것으로 모자라 거처로까지 데리고 와서 망량을 거두는 것 같은 귀찮은 일을 하고 있는 건지 정확하게는 알 수 없었다. 그러나 그가 자신을 위해 상당한 수준의 귀찮음을 감수하고 있다는 것이, 자신이 그에게 의지한 채 아무것도 하지 않고 지내도 된다는 의미가 되어주지는 못했다.

"이런 일이라도 해야 제가 여기 눌러앉아 있는 것에 대해 말하는 사람들이 좀 줄어들지 않아요?"

"틀린 말은 아니긴 한데."

이안은 영 떨떠름해하는 표정으로 유진을 바라보았다.

"그렇게까지 말하니 내보내긴 한다만, 언제라도 네 힘에 부치는 일이라고 생각되면 지체 말고 집어치워. 시간계 사신의 종속망량이란 건 원래가 이런 일을 한다는 전제하에 명부로 인도되는 것을 미룰 수 있는 것이긴 하지만, 밥값을 하겠답시고 더 골치 아픈 일에 휘말려 드는 건 절대 사양이니 생각했던 것보다 훨씬 더 머리 아프다고 판단되면 그냥 돌아오도록 해. 나머지는 내가 알아서 할 테니까."

이안은 잠시 입을 다물었다가 중얼거렸다.

"그 여자 말인데, 아무리 생각해도 낯이 익어. 그래서 더 기분이 안 좋아."

"그렇게 내키지 않아 하는 이유가 그건가요?"

"네 생각에 별 게 아닌 것 같다고 해서 다 별 게 아닌 건 아니다."

이안은 건조한 목소리로 대꾸했다.

"인간의 얼굴 따위가 사신에게 낯익다는 건 여러 가지로 별로 좋은 징조가 아니야."

∞

선규가 일하는 신문사는 꽤 유명한 곳이어서, 이름을 정확하게 기억하는 것 정도만으로도 충분히 찾아갈 수 있었다. 사옥 인포메이션에 용건을 대고 5분 정도를 기다리자, 목에 사원증을 걸고 셔츠 소매를 팔뚝 중간까지 걷어 올린 품으로 뭔가를 하고 있던 선규가 부랴부랴 1층 로비로 내려왔다.

"웬일이세요?"

"갑작스레 찾아와서, 좀 놀라셨죠."

유진은 싹싹하게 웃으며 고개를 숙였다. 그러나 그런 한 편으로 그녀의 마음은 씁쓸하고 안타까웠다. 이 사람, 자신의 수명이 오늘 저녁쯤에 끝난다는 걸 짐작이나 할 수 있을까.

"여기서 이러지 말고 차라도 한잔 하시죠."

선규는 앞장서서 인포메이션 데스크에서 멀지 않은 자그마한 테이크아웃 카페로 들어갔다. 그 뒤를 따라 걸음을 옮기며 유진은 착잡하게 뺨 옆으로 흘러내린 머리칼을 쓸어 넘겼다. 그녀는 경은의 일을 떠올렸다. 그때도 쉽지 않았다. 큰소리를 치고 나온 것까지는 좋았는데, 과연 어떻게 저 사람에게 자신의 죽음을 말해줘야 하는 것일까.

"아, 그런데 정말 신기하네요."

선규는 묻지도 않고 카운터로 가서는 시럽을 넣지 않은 아메리카노 두 잔을 받아왔다. 그것은 상대에 대한 배려가 부족해서라기보다는 동료들과 자주 마시던 습관이 여과되지 못한 채 그대로 나온 것 같았다.

"정말로 시간이 되돌려질 줄은 몰랐어요."

"네, 좀 신기하죠."

유진은 애매하게 웃었다.

"찾아오는 분들 대부분이, 사실 확신이 없는 상태에서 찾아오는 것 같더라고요. 지푸라기라도 붙잡는 기분으로 왔다가 정말로 시간이 되돌려지니까 깜짝 놀라는 거죠. 대부분 그런 것 같았어요."

"그렇군요. 저만 그런 게 아니어서 다행입니다."

선규는 커피 한 모금을 마시고 눈치를 살피듯 유진을 넘겨다보았다.

"그런데 저기, 아가씨는 저승사자 같은 건 아닌 거죠?"

"네? 아, 네. 저는 그런 거창한 건 아니에요."

유진은 어색하게 웃었다. 어찌 보면 살아있는 사람에게 사신보다 설명하기 어려운 것이 망량이라는 존재 같았다.

"다행입니다."

"다행? 왜요?"

"아, 그분은 좀 무섭더군요."

선규는 어깨를 으쓱거리며 웃었다.

"아가씨는 뭐랄까, 대놓고 실망했다는 표시도 내고 이주에 대해 관심도 있고 하는 걸 보면서 사람이구나 하는 기분이 들었는데, 그분은 정말로 그 모든 것에 관심이 없더군요. 사람이 아닌 것을 대하는 기분이 들었습니다."

"사람이 아닌 건 맞으니까요."

"아, 그렇지요. 저승사자. 그런데 정말 오싹하던데요. 그날 표 안 내려고 애는 무진 썼습니다만 사실은 입속이 바싹바싹 타서 혼났어요."

애는 쓰셨는지 모르지만 표는 다 났어요. 그렇게 생각하며 유진은 미소를 지었다. 살아있는 인간이 사신을 두려워하는 것은 지극히 당연한 반응이다. 그러고 보면 이안에게 대들고 기어오르며 말대답하는 자신은, 그것부터가 이미 살아있는 인간이 아니라는 반증인 게 아닐까 하는 생각이 들었다.

"그런데 여긴 무슨 일로?"

"아."

유진은 저도 모르게 고개를 움츠렸다. 이제 슬슬 용건을 밝혀야 한다. 물론 지금은 곤란하지만.

"오페레타로 같이 좀 가주셨으면 해서요."

"지금요?"

"네, 지금."

"그건 좀 곤란하겠는데요. 오늘이 그 일이 터질 날이라서."

선규는 난처해하는 표정을 지었다.

"오늘 하루 보고 시간까지 되돌렸는데, 이 기회를 놓칠 수는 없잖아요. 내일 가면 안 될까요?"

유진은 입술을 깨물었다. 지난번 경은에게도 그랬지만, 당신은 오늘 저녁에 죽는다는 말을 하지 않고 계약자를 오페레타로 다시 데려가기는 쉽지 않았다. 그렇다면 방법은 하나뿐이었다.

"그럼 오늘 저녁에 그 바에 가시는 건가요?"

"네. 그럴 생각인데."

"저도 좀 데려가 주시면 안 될까요?"

아마도 선규의 죽음은 이주와 관계가 있을 것이다. 그러니 최소한 그 장소에 함께 있어야 한다. 여의치 않으면 뒤도 돌아보지 말고 돌아오라고 이안은 말했지만, 어쨌든 할 수 있는 최선을 다해야겠다는 생각은 변치 않았다.

"그 날 이야기 중에 느끼셨겠지만 저도 이주를 좀 좋아해요."

유진은 어색하게 웃었다.

"도대체 무슨 영문인지 저도 궁금해서 말이에요."

∞

　유진은 바 안에 들어와 자리를 잡고 앉고 나서야 이런 옷을 입고 나와서는 안 되는 거였나 하는 생각을 했다. 딱히 복장이나 행색을 문제 삼는 이는 없었지만, 어두운 바 한구석에 자리를 잡고 앉아 있는 것만으로도 충분히 위축되는 기분이 들었다.

　디트리히(Dietrich)라는 이름의 칵테일 바는, 역시나 이주 정도 되는 연예인이 들락거릴만하다는 생각이 들게 하는 곳이었다. 바텐더들을 비롯한 모든 종업원들은 성별을 불문하고 라인이 딱딱한 남성 정장에 작은 실크 햇을 쓰고 있었다.

　남자 종업원들이야 그렇다고 해도, 짙은 립스틱을 바르고 은은한 향수 냄새를 풍기는 여직원들의 남장에 가까운 정장 차림은 묘하게 관능적인 느낌을 주었다.

　"유니폼이 특이하네요."

　유진은 앞에 놓인 피나 콜라다 잔을 만지작거리며 말했다. 선규가 유진에게 묻지도 않고는 군이 바텐더에게 무알콜로 해 달라는 옵션을 붙여 주문한 칵테일이었다. 왠지 얕잡혀 보인 것 같다는 생각에 마음이 편하지는 않았다.

"아, 여기 유니폼 드레스 코드가 좀 유명하지요. 남장 말입니다. 이름 따라가는 거겠지만."

"이름요? 바 이름요?"

"네. 아, 하긴, 나이가 별로 안 많으시죠? 마를레네 디트리히 잘 모르시겠네요."

"예, 뭐."

유진은 어색하게 미소를 지었다. 이안에게서 어린애 취급을 당하는 것쯤이야 이젠 익숙하지만, 이안이 아니더라도 스무 살이라는 나이는 많은 편이 아니었다. 새삼 자신의 죽음이 퍽이나 때 이르게 찾아왔구나 하는 생각에 유진은 잠시 씁쓸해졌다.

"별건 아니고, 흑백영화 시절에 날리던 여배우죠. 마릴린 먼로의 선배 격이랄까. 아마 남장여자라는 게 얼마나 섹시할 수 있는지를 세상 사람들에게 처음으로 가르친 여자일 겁니다."

유진은 고개를 끄덕였다. 그러고 보니 이주도 예전에 찍은 영화에서 남장여자 역을 맡은 적이 한 번 있었다. 그 역을 위해 이주가 허리선을 넘게 기른 길고 탐스러운 머리칼을 싹둑 자른 것만으로도 이틀인가 사흘 동안 온 나라가 시끄러웠던 것을 유진은 기억하고 있었다. 아닌 게 아니라 그 영화에서 이주가 담배를 문 채 정장 재킷을 벗고 셔츠 단추를 풀어내리는 장면은, 정작 벗은 몸을 보여주지도 않았는데도 지금까지 그녀가 연기한 모든 장면 중 가장 섹시한 장면으로 꼽히고 있었다.

"일찍 올 거 같진 않으니 조금 기다려 보죠."

선규는 출입문 쪽을 흘끔 돌아보며 말했다.

"만취한 상태라고 했는데 아직 만취하기엔 이른 시간이니까요."

유진은 건성으로 선규의 말에 고개를 끄덕여 보이고, 탁자 아래로 주머니에서 시계를 꺼내 가만히 열어보았다.

선규에게 주어진 시간은 이제 세 시간 정도였다. 오차허용범위를 감안한다면 최대 네 시간 정도는 더 살아있을 수 있었다. 그리고 지금부터 두 시간 정도가 더 지나야, 선규에게 예정된 죽음을 통보할 수가 있을 것이다.

"그분은."

선규는 유진의 눈치를 살피고는 물었다.

"별다른 이야기 안 하시나요?"

"별다른 이야기요?"

"이주에 대해서요."

선규는 잠시 망설였다. 몹시 말을 고르고 있다는 느낌이었다.

"어떻게 들으실지 모르지만, 그 저승사자 운운하는 이야기를 처음 들었을 때 반사적으로 든 생각은 그거였습니다. 세상에 정말로 인간 아닌 존재가 인간처럼 살아가는 게 가능하다면 이주도 그런 종류가 아닐까 하는. 워낙에 알려진 것도 없고, 지나간 자리마다 티끌 하나 남긴 게 없다 보니까 말이죠."

그는 피식 웃었다. 그 얼굴은 어쩐지 좀 피곤해 보였다.

"도대체가 요즘 같은 세상에 밝혀진 나이가 진짜인지 아닌지, 쓰고 있는 이름이 가명인지 아닌지, 사는 곳이 어딘지, 어느 학교를 나왔는지 같은 사항이 하나도 알려지지 않은 연예인이라는 게 가능하긴 한 건지 모르겠습니다."

"별다른 이야기는 없었어요."

어쩐지 조금은 떨떠름한 기분이 되어 유진은 대답했다.

"그리고 기자님 입장에서도 차라리 적당한 스캔들이 편하시지 않아요? 사실은 그 얼굴이 몽땅 뜯어고친 거라든가 술버릇이 아주 고약하다든가 몰래 만나는 남자가 있다든가 하는 정도 말이에요. 말씀하신 대로 이주가 인간이 아닌 다른 어떤 존재라면, 그거 감당하실 수 있으시겠어요? 어차피 필요한 건 세라의 남자친구 급 기삿거리일 뿐이잖아요."

"뭐 그렇긴 하지요. 그리고 보니, 제가 잊고 있었군요. 이주에 꽤나 호의적이시라는 걸."

"꼭 그래서만이 아니고요."

유진은 고개를 저었다. 몹시 답답했다.

사건의 진상이 무엇이건, 심지어 이주가 진짜 사신이나 외계인 같은 것이라고 해도 당신에게는 그 사실을 밝혀서 기사로 쓸 시간 같은 게 거의 남아 있지 않다는 말이 입속 어느 구석을 안타깝게 맴돌고 있었다.

"아무튼 별다른 이야기는 없었어요. 그렇지만 어딘가 낯이 익다는 말 정도는 했었던 것 같네요."

"낯이 익다고요? 그분이요?"

"네."

"재밌군요."

선규의 눈동자가 무언가 생각에 잠긴 듯 안경 렌즈 뒤에서 천천히 좌우로 움직였다.

"제가 그분에게 말해서 시간을 되돌릴 수 있었다는 말은 이주 역시도 시간을 되돌릴 수 있었다는 말이 되는 거겠죠?"

"예, 뭐 그렇기는 한데."

유진은 어색하게 웃었다. 이 말을 해 줘도 될까 아닐까를 잠시 고민하다가, 그녀는 그냥 이야기를 해 주기로 했다. 어차피 오래 남아 있을 수도 없는 사람이니까.

"이주가 계약을 하러 온 적은 없었다고 해요."

"없었다고요? 정말인가요?"

"네. 저도 똑같은 질문을 했었으니까요."

"그렇군요."

선규는 고개를 끄덕였다. 그 얼굴에는 숨길 수 없는 실망의 기색이 떠올라 있었다. 그러나 그는 쉽게 포기하지 않았다.

"하지만 계약자가 아니라고는 해도, 뭔가 수상한 점은 분명히 있군요. 인간사 모든 것에 관심이 없는 분 같던데, 그분이 이주가 낯익다고 말했다는 건."

그는 잠시 입을 다물었다가 이내 물어왔다.

"혹시 이주와 닮은 사람을 아는 게 아닐까요? 부모라던가."

"그렇다고 해도 마찬가지 아닐까요."

유진은 가만히 고개를 저으며 대꾸했다.

"이주를 알 이유가 없다면 이주의 부모도 굳이 알 이유가 없겠죠. 부모가 계약을 했을 수도 있겠지만 그런 거라면 그건 이주랑은 상관 없는 문제잖아요."

"저기."

선규는 미소를 지었다. 그의 인상은 기본적으로는 퍽 선량해 보이는 편이었다.

"정말 저승사자 같은 건 아닌 거 맞으시죠?"

어쩐지 자신의 목적을 알고 던지는 질문인 것 같아 유진은 순간 뜨끔했다. 그녀는 힘주어 고개를 젓고는, 조심스레 물었다.

"왜요, 제가 그래 보이나요?"

"아뇨, 딱히 그런 건 아닌데, 그분하고 말투가 많이 비슷해서요."

선규는 흐릿하게 웃었다.

"진실이 상상 이상으로 커다랗다면 네가 감당이나 할 수 있느냐, 차라리 세라의 일과 통칠 수 있을 만한 적당한 기삿거리가 너에게는 더 절실하지 않으냐는 그 말이."

"어머, 죄송해요. 그런 뜻으로 드린 말씀은 아니었어요."

유진은 미소를 지으며 고개를 저었다. 그렇게까지 날카로운 의도는 아니기도 했고, 설령 그런 의도를 가지고 있었다손 치더라도 이제 몇 시간 상간에 죽음을 맞이해야 할 사람에게 굳이 그런 불친절한 말을 하고 싶지는 않았다.

"그냥 저는, 뭐랄까, 너무 터무니없는 이야기 같은 건 기사로 써내시기도 힘들 것 같아서요. 그래서야, 이런 고생까지 하시는 보람이 없잖아요."

"그렇긴 하지요."

선규도 미소를 지으며 고개를 끄덕였다.

"그곳에 가면 시간을 거꾸로 되돌려 주는 괴인(怪人)이 살고 있다 길래, 그걸 기사로 써보는 게 어떨까 하는 생각도 했습니다. 사실 그 이야기를 좀 더 파헤쳐 볼지, 아니면 당초 계획대로 이주를 물고 늘 어질지 그곳을 방문하기 전까지는 생각이 반반이었어요."

그는 잠시 입을 다물었다가 이야기를 계속했다.

"분명히 그랬는데, 그분이 첫마디 하시는 순간에 얼어버렸죠. 아, 이거 잘못 건드렸다간 정말로 죽겠구나 하는 감이 확 오더란 말입니다. 이 짓을 하면서 는 거라곤 눈치하고 어쭙지않은 관상 보는 법밖에 없지요. 순간 그런 사람하고 같은 집에 사는 분이 존경스러워졌습니다."

그 마지막 말이 가리키는 것이 다름 아닌 자신이라는 것을 깨닫고 유진은 어색하게 웃었다. 그녀는 선규를 향해 손을 내저어 보였다.

"그 정도는 아니에요."

"글쎄, 그런가요? 저 같으면 그런 사람 옆에 하루도 있기 어려울 것 같은데요."

"친절하거나 다정한 면은 확실히 없는 사람이기는 해요. 그렇지만 단지 그뿐이에요. 친절하지 않은 사람이 다 나쁜 사람이라는 말이 되 는 건 아니잖아요."

나쁜 사람이 아니면, 좋은 사람이라는 말일까. 제 말끝에 유진은 그만 피식 웃고 말았다.

　친절하지 않은 사람이 나쁜 사람이라는 말이 되는 게 아니라면, 나쁜 사람이 아니라는 말이 좋은 사람이라는 뜻이 되지도 않는 것이다. 그러나 어째서인지 이안이 뭐 그만하면 언제나는 아니라도 아주 가끔은 좋은 사람 비슷한 짓도 곧잘 하지 않느냐는, 조금은 무른 생각이 들었다.

　"그런데 두 분은 어떤 사이십니까? 아, 하긴 이런 건 물으나 마나 한 질문인가요."

　"네? 그건 또 무슨?"

　"과년한 나이의 남녀가 같은 집에 살고 계시잖습니까. 게다가 그분은 자칭 저승사자시고. 그런 분이 아무런 관심도 상관도 없는 여자를 집에 들여놓을 리가 없지 않나요?"

　물어오는 선규의 표정이 의미심장해 보여 유진은 소스라치게 놀라 열심히 손을 내저었다.

　"아뇨, 저는 그냥 식객이에요."

　"식객?"

　"네. 식객. 군식구, 혹덩이, 더부살이. 뭐 그런 거 있잖아요."

　"그분이 직접 그렇게 말하던가요?"

　"네?"

　"그러니까 그분이 직접 넌 그냥 식객이라고 말하더냐는 거지요."

　선규는 싱글싱글 웃으며 고개를 절레절레 내저었다.

　"대놓고 그렇게 말했더라도 실상은 그렇지 않은 확률이 절반쯤,

대놓고 그렇게 말하지 않았다면 아닌 거니까 결과적으로 아닐 확률이 훨씬 더 높습니다. 애초에 남자라는 건 자기에게 아무런 의미가 없는 여자를 그렇게 가까이 두지 않지요."

"아니 그건……."

그때 출입구 쪽에서 요란스레 문을 열어젖히는 소리가 났다. 그 소리는 제법 크고 날카로워서 잔잔히 흐르고 있는 재즈 음악을 비집고 구석 자리까지 넉넉하게 들려왔다. 유진은 반사적으로 몸을 틀어 뒤를 바라보았다.

"왔군요."

선규가 숨이 넘어가는 듯한 소리로 속삭이듯 말한 것이 먼저였는지, 대리석 재질의 바닥재를 디디는 하이힐 굽이 또각거리는 소리가 어째 불규칙하다는 생각이 든 것이 먼저였는지 몰랐다. 거칠고 새된 목소리로 무어라 곱지 않은 말이 한바탕 들리더니, 저쪽에서 몸가짐이 흐트러질 대로 흐트러진 한 여자가 모습을 드러냈다. 이주였다.

그녀는 이미 술에 잔뜩 취해 있는 것 같았다. 목 뒤로 매듭을 묶은 홀터넥 블라우스는 몸의 곡선을 적나라하게 드러내고 있었는데 흐느적거리던 통에 속에 입은 속옷이 틀어진 것인지 아니면 처음부터 아예 입지 않고 나온 것인지 블라우스 속으로 유두가 뚜렷하게 불거져 보여 유진은 저도 모르게 얼굴을 붉혔다.

그녀는 뭐라 알아듣지 못할 말을 하며 가까운 테이블에 아무렇게나 털썩 주저앉았다.

그러고는 혀가 풀린 목소리로 무어라고 중얼거리기 시작했다.

반쯤 틀어 올린 머리는 약간 엉클어져 부스스해져 있었는데 그 모습이 기묘한 퇴폐미를 풍겼다. 그 모습만으로도 유진은 오늘 이곳에서 벌어질 일이 예삿일은 아니겠다는 짐작을 할 수 있었다.

"저, 손님. 죄송합니다만."

저편에서 웨이터 한 명이 종종걸음으로 다가와 고개를 꾸벅 숙였다.

"미처 안내해 드리지 못한 것 같은데 영업장을 예약하신 손님이 계십니다. 오늘 영업은 여기서 마쳐야 할 것 같은데요."

순간 유진은 당황해 선규를 바라보았다. 하긴 디트리히는 강남에서도 연예인들이 많이 드나드는 것으로 유명한 곳이었다. 그들로서는 고객들의 치부를 철저히 보호해 줄 일종의 의무가 있을 터였다. 아닌 게 아니라 그들뿐만 아니라 다른 테이블에 앉아 있던 몇몇 사람들 역시도 비슷한 절차를 밟아 그만 나가줄 것을 종용당하고 있었다.

그러나 선규는 이 상황에 대해 크게 당황하거나 놀라는 것 같지는 않았다. 그는 고개를 끄덕여 보이고는 자리에서 일어섰다.

"그렇군요. 뭐, 어쩔 수 없네요."

"네? 저기 그럼?"

"화장실 정도는 좀 갔다 나가도 되겠지요?"

"물론입니다. 제가 안내해 드리겠습니다."

선규는 무덤덤한 표정으로 자리에서 일어나 웨이터의 뒤를 따라갔다. 유진도 뭐가 어떻게 된 건지 알지 못한 채로 그 뒤를 따랐다.

꽤 커다란 건물의 층 하나를 통째로 쓰고 있는 디트리히의 내부는 상당히 넓었다. 나 같은 촌뜨기는 화장실에 갔다가 원래 내 자리를 찾아 돌아갈 수나 있을지 모르겠다고 유진은 생각했다.

"어? 화장실은 저쪽……."

그러나 웨이터는 화장실 안내 팻말이 붙은 곳과 전혀 다른 방향으로 앞장서서 걸어갔다. 선규는 어안이 벙벙해 있던 유진을 돌아보며 입술에 손가락을 대며 조용히 하라는 사인을 보냈다.

그들을 안내해 온 웨이터가 주위의 눈치를 한 번 보고 사라져 버린 후, 뭔가에 홀린 듯한 기분으로 고개를 들어보니 그들의 앞에 버티고 선 문에는 「직원 탈의실」이라고 적힌 팻말이 붙어 있었다.

"직원 탈의실?"

"네, 직원 탈의실이죠. 이 안에는 홀 쪽으로 작은 쪽문이 하나 있습니다. 거길 조금만 열어 놓으면 홀에서 떠드는 말 같은 건 대충 다 들리죠."

"여길 어떻게 알고 온 거예요? 설마 답사라도?"

"당연한 거죠. 연예인 좀 쫓아다니다 보면 이런 노하우 정도는 생깁니다. 아무리 잘리기 일보 직전의 다 떨어진 기자 나부랭이라도 말이죠."

선규는 씁쓸하게 웃었다. 그는 반쯤 문이 열린 탈의실 안을 들여다보고 있었다.

"불같은 건 켜지도 못하겠고, 그냥 들어가야겠네요. 컴컴한 것이 꼭 무덤 같네."

∞

　직원 탈의실 내부는 깔끔한 것과는 거리가 멀었다. 그들이 숨어들어 간 곳은 남자 직원용이었는데, 탈의실 안 여기저기에서 오래된 재떨이에서나 날 법한 퀴퀴한 담배 냄새가 났다. 이안의 옷에서 나는 담배 냄새와는 그 농도가 느낌이 퍽 달랐는데, 아마 종류가 다른 담배 냄새가 한꺼번에 섞여서 나는 탓일 것이다.

　선규가 말한 쪽문은 애초부터 조금 열려 있었다. 이주의 모습은 조금 열린 쪽문 너머로는 아예 보이지 않았지만, 홀의 공기가 심상치 않다는 것 정도는 느낄 수 있었다. 이주는 이젠 숫제 고개를 파묻고 흐느끼고 있는 것 같았다. 늘 정갈하고 단아한 모습만을 보였던 그녀였기에 그런 모습은 유진에게는 적이 당혹스러웠다.

　"녹음이 잘 되어야 할 텐데."

　선규가 중얼거렸다. 유진은 퍼뜩 그를 돌아보았다.

　"녹음기요?"

　"네. 카운터 뒤에 있어요. 펜 녹음기."

　"아니, 그건 또 언제……."

　"아까 그 친구 봤잖아요. 부탁 좀 했죠."

그러니까 선규는 이미 이 일을 엿볼 장소와 증거자료를 확보할 방법까지를 미리 다 준비해 둔 셈이었다. 여느 때라면 치밀하다고 감탄을 했거나 남의 사생활 한 번 캐보려고 정말 갖은 짓을 다 하는구나 하고 실눈을 뜨고 흘겨보았을 터였다. 그러나 이 사람의 수명이 몇 시간 남지 않았다는 것을 아는 유진에게는 그 말조차도 몹시 씁쓸하게 들렸다.

"이주 씨."

남자의 목소리가 들렸다. 나이 든 중년 남자의 목소리였다.

"아 왜 또 그래? 술 생각이 있었으면 나한테 미리 얘기를 했어야지. 그랬으면 좀 조용하게……"

"……"

"이주 씨 이럴 때마다 내가 아주 수명이 10년씩 줄어드는 기분이야. 알아? 이러고 다니다가 누구 눈에라도 띄면 어쩌려고……."

"눈에 좀 띄면 어때서?"

말이 채 다 끝나지도 않은 남자의 목소리를 자르고 들어오는 여자의 음성은 술에 취한 사람답지 않게 또렷했고, 강단이 있었다. 그것은 방금 전까지 알아듣지 못할 말로 웅얼거리며 흐느끼던 그 음성이 아니었다.

"뭐야, 아주 떡이 됐다더니 술도 별로 안 취했네. 그런데 왜 여기서 이래? 이러다가 이사님 알게 되시면 나만 죽어나는 거 자기도 잘 알잖아."

"그러게."

이주는 웃었다. 그 웃음소리는 맑고 높았지만 어딘가 공허하게 들렸다.

"우리 실장님 그렇잖아도 싸가지 없고 까다로운 년 뒷바라지하느라 하루에도 머리가 한 움큼씩 빠지시는데."

"아는 사람이 이래? 나한테 이러는 거 아니다, 진짜."

남자는 딱 소리가 나게 혀를 찼다. 그는 마치 골이 난 아이를 달래는 듯한 말투로 이주를 달래려 애를 썼다.

"아니 술 먹고 싶다면 술집 빌려줘, 춤추고 싶다면 클럽 빌려줘, 기분 꿀꿀하다면 백화점 통째로 빌려서 기분 풀릴 때까지 쇼핑하게 해 줘, 세상에 어느 기획사가 연예인한테 이래?"

"공주잖아. 연예인 아니고, 공주."

이주는 낄낄대며 웃었다. 그녀의 목소리에서는 묘하게 새는 발음이 났다. 가끔 이안도 그런 식으로 새는 발음을 낼 때가 있었다. 아마도 담배를 입에 문 것이리라.

"우리 할머니는 순종의 숨겨놓은 첩실 중 하나였고 일제의 탄압을 피해서 우리 아버지를 숨겨서 빼돌렸잖아. 그래서 아버지는 출궁한 상궁 집으로 보내져서 평민처럼 컸고, 평범한 여자를 만나서 결혼해서 낳은 게 이주다."

"누가 들으면 진짜인 줄 알겠네, 씨발."

이주가 실장이라고 부른 남자는 피식피식 웃었다. 담배 연기를 뱉어내는 소리가 말꼬리에 묻혀 희미하게 들렸다.

"내가 참 이 바닥 밥 먹은 지가 10년도 넘었는데 회사에서 흘리지도 않은 소문이 그렇게 진짜같이 퍼져 나가는 건 또 처음 봤네. 요즘 사람들 영악하다 영악하다 해도 다들 순진해 빠졌어. 공주 같은 고리타분한 것에 아직도 향수 같은 걸 느끼나 봐."

"순진하긴 뭐가 순진해, 진짜 공주라니까. 공주 몰라? 공주? 내가 이선 기획 공주잖아. 나 없었어봐, 그 가진 거라곤 돈밖에 없는 양반이 미쳤다고 이까짓 허접한 기획사 차려서 당신들한테 월급 줄 거 같아?"

킥킥거리는 웃음소리가 났다. 그러나 별다른 대꾸가 없는 것으로 보아 남자는 그 말이 그다지 기껍게 들리지 않는 것 같았다.

"왜? 기분 나빠? 그런데 사실이잖아? 당신들, 당신뿐만 아니고, 사무실에 빌붙어 있는 그 밥벌레 같은 것들, 죄다 내 뒤꽁무니 닦아주는 대가로 월급 받고 사는 거잖아? 아냐? 아냐? 아니냐고?"

"왜 이래, 진짜."

한참 만에야 대꾸하는 남자의 목소리에는 역정이 가득했다. 이주는 약간 술기운이 도는 김에 반쯤은 농담이라고 건넨 말 같았지만 듣는 사람의 입장에서는 그렇게 생각이 되지 않는 모양이었다.

"그래. 말이 났으니 말인데, 그렇게 우리 밥 벌어먹을 거 다 만들어 줄 요량이면 좀 쉽게 쉽게 하면 안 돼? 왜 꼭 잊을 만하면 한 번씩 이런 사고를 쳐서 사람 기함하게 만들어? 자기 없어지고 나서 우리가 지금 이 시간까지 어쩌고 있었는지 알기나 해? 그리고 옷은 또 이게 뭐야? 속옷 안 입어?"

"갑갑해서."

이주는 짤막하게 대답했다. 엿듣고 있던 유진은 아까 본 그녀의 착 달라붙은 홀터넥 블라우스를 생각하고는 다시 한 번 얼굴을 붉혔다.

"아무리 갑갑해도 그렇지, 이러고 시내 한복판을 활보하고 다니면 어떡해? 이러다가 이상한 놈 손에 사진이라도 찍혀서 트위터 같은 데 퍼지기라도 해 봐. 난 그날로 병풍 뒤에서 향냄새 맡는 거라고. 그거 몰라? 몰라서 이래?"

"……."

"전에 기억 안 나? 놀면 그냥 놀지, 호스트바엔 왜 갔어? 갔으면 곱게 조용히 놀고 오지 왜 진상을 떨어가지고……. 내가 그거 기사 터지는 거 막느라고 기자 새끼 붙들고 우리 할아버지 똥구녕에도 안 하는 절을 수백 번은 했을 거야, 아주."

"뭘 그런 걸 가지고 그래? 내가 실장님 전력 모르는 줄 알아? 민예 리 좀 떴다고 기획사 옮기려고 하니까 순진한 애 클럽 보내서 이상 한 놈이랑 붙여놨잖아. 그래서 온갖 사진 다 찍히게 하고 소문 퍼지 게 만들어서 애 한 방에 훅 가게 만든 게 실장님 작품인 거 내가 모 르는 줄 알아? 그거 뒷수습한 수완 보고 이사님이 스카우트해 온 거 고. 이거 왜 이래, 선수가."

민예리라는 이름은 기억에 있었다. 지금은 사라져버린 아사가 인 기를 얻기 전, 그 비슷한 자리를 차지하고 있던 소녀 가수였다. 그녀 가 좋지 않은 소문으로 연예계에서 매장되고, 그 회사는 아사를 발굴 해 키웠다. 그런데 지금은 아사가 없으니, 그 회사에서 일하던 저 실 장이라는 사람은 이주를 뒷바라지하고 있게 된 것이다.

늘 이안이 말하던 한 사람의 인생에 걸린 무수한 인연이라는 것은 이런 것인가 하는 생각이 들었다.

청량하기까지 한 라이터 부싯돌 소리가 났다. 남자가 아무런 대꾸도 못 하는 사이 이주는 다시 담배를 한 대 더 피워 무는 것 같았다.

"좋겠네, 병풍 뒤에서 향냄새 맡는 걸로 끝나서."

제법 간절함이 묻어나는 남자의 목소리와는 달리, 이주의 목소리는 느긋했고 숫제 한가하게 들리기까지 했다.

"실장님은 그냥 이 회사 때려치우고 다른 데 가면 되잖아. 난 그러지도 못해. 알아?"

"이주 씨."

"난……!"

순간 이주가 새되게 목소리를 높이는 바람에 유진도 선규도 깜짝 놀랐다.

"인형이라고. 내 목숨이 붙어 있는 한, 영원히."

"배부른 소리 작작해."

말하는 사람은 제법 심각하게 말한 것 같았지만 듣는 사람의 귀에는 전혀 그렇게 들리지 않는 것 같았다. 실장이라는 남자는, 마치 나도 소싯적엔 잘 나갔다는 취객의 푸념을 대충 들어 넘기는 선술집의 여급처럼 조금은 퉁명스러운 말투로 쏘아붙였다.

"좀 떠보고 싶어서 바닥에서 배 깔고 엎드려 박박 기는 애들 앞에서 그런 소리 했다간 뒤통수에 칼 맞아 죽어도 할 말 없는 게 이 바닥인 거 몰라?"

"실장님, 난 있잖아."

"인형? 그래. 인형 맞지. 그런데 이주 씨는 이사님 인형인 덕분에 더러운 꼴은 안 보잖아. 안 그래? 자기는 그만하면 청정 1급수에 살잖아. 배 나오고 머리 벗겨진 아저씨들 술 시중을 들래, 속옷만 걸치고 사진을 찍으래, 감독 놈들 앞에서 속살 까고 아양을 떨래? 자기는 아무것도 안 하잖아. 아무것도 안 해도 우리가 다 알아서 하잖아. 자기 말대로라면 자기가 이사님 인형이니까 그런 특별 대접이 가능한 거라는 거 몰라? 자기 인형 더럽게 돌리는 사람은 없는 거잖아."

누구의 담뱃불을 붙이는 소리인지 다시 한 번 라이터를 켜는 소리가 났다. 남자는 담배를 입에 문 채로 중얼거리듯 몇 마디 덧붙였다.

"아 그래 물론, 자기도 나이 먹을 만큼 먹었고 자기 마음대로 할 수 있는 일 하나도 없이 남이 입으라는 거 입고 먹으라는 거 먹고 가라는 데 가고 있으라는 데 있는 거 힘들겠지. 나도 알아. 아는데."

남자는 후 하고 긴 한숨을 내쉬었다. 그 소리에는 어렴풋한 짜증이 배어 있었다. 아마 이런 식으로 이주를 어르고 달래는 일이 처음이 아닌 모양이었다.

"물 좋고 정자 좋고 반석까지 좋은 데가 어딨어? 사람 사는 게 다 그렇지. 하나 좋으면 하나 궂고, 열 개 좋으면 열 개 궂은 거야. 자기는 열 개도 아니고 한 백 개쯤 좋은데 그중에 한두 개 궂은 거라고. 텔레비전 안 봐? 진짜 저러고 어떻게 사나 싶은 사람들 많이 나오잖아. 그런데 그런 사람들도 사는데……."

"가."

이주는 짤막하게 내뱉었다. 순간 홀 안에는 짧지만 깊은 정적이 흘렀다.

"듣기 싫어. 가."

"이주 씨."

"꺼지라고, 새끼야."

이주의 목소리는 나지막했고, 동시에 기묘할 만큼 매혹적이었다. 유진은 마른 침을 꿀꺽 삼켰다. 그 욕지거리는 너무나 자연스러워서 평소 그녀의 말버릇이 그다지 고상하지 않다는 사실을 은연중에 증명하고 있었다.

유진은 지금 상황에서도 청순하고 단아하면서도 고혹적인 이주는 역시나 환상일 뿐이었구나 하는 생각이 들었다.

"너도 똑같아."

"뭐?"

"겁나냐?"

품 소리를 내며 그녀는 웃었다. 정말로 우스워서 웃는 것이 아니라, 목 안쪽에서 억지로 끌어내는 듯한 부자연스럽고 신경에 거슬리는 웃음소리였다.

"왜? 간만에 월급 좀 세게 받고 관리할 애들 없는 편한 회사 왔는데 이 일 때문에 잘릴까 봐 겁나? 내가 여기서 이렇게 널브러져 있는 거 하늘 같으신 이사님 귀에 들어가면 쥐도 새도 모르게 어디 으슥한 데로 끌려가서 온다간다 말도 없이 밥숟가락 놓을 거 같아서 겁나?"

남자는 대답을 하지 않았다. 그 침묵은 당황을 뜻하는 것 같기도 했고 분개를 뜻하는 것 같기도 했다. 이주는 손뼉을 치며 깔깔대고 웃었다. 하이힐 바닥으로 대리석 바닥을 구르는 소리가 둔탁하게 들려왔다.

"다리 사이에 그건 왜 달고 다녀? 쪽팔리게."

"뭐가 어째, 이 년아?"

"년? 지금 년이랬어? 나더러 지금 년이랬냐고."

"그래, 년이랬다. 왜? 네년한테 달라붙은 인간이 몇 명이나 되는지 아냐? 뭐? 여신? 공주? 씨발, 그렇게 달라붙어서 가꾸면 메주도 사람 돼. 알아? 여기저기서 이주 이주 하니까 네가 잘나서 이주인 줄 아냐?"

남자는 분이 식지 않는지 씩씩거릴 뿐 말을 잇지 못했다. 그리고 잠시 후 내뱉듯이 덧붙였다.

"남자 하나 잘 후려서 팔자 고친 기생충 같은 년이."

"뭐가 어째, 이 개새끼야?"

"왜? 맞는 소리 들으니 빡치냐? 니까짓 게 배우는 무슨 배우야? 한기영이 첩이지."

"너 말 다했어?"

"다 못했다, 어쩔래? 아, 씨발. 이년 한 대 패고 그냥 감방을 갈까. 내가 진짜 이 바닥에서 온갖 더러운 꼴 다 보고 진 땅 마른 땅 안 가리고 굴렀지만 너 같은 막장은 보던 중에 처음이야, 이년아."

"씨발 뭐라는 거야 이 개새끼가!"

"뭐죠, 지금."

저쪽 멀리서, 또 다른 남자의 목소리가 들렸다. 잔뜩 격앙된 두 사람의 목소리에 비해 그 목소리는 몹시 차분했고, 심지어 차갑게 들리기까지 했다.

"아, 이사님."

남자는 순식간에 아까의 격노는 싹 사라져 버린 조금은 비굴한 말투로, 몹시 머쓱해하며 대답했다.

"아 저기, 그…… 이주 씨가 술이 좀 취해서……."

"이 친구 밖에서 술 먹고 다니는 거 안 되는 거 아닙니까?"

"물론 안 되죠. 안 됩니다. 그런데 벌써 어디서 이렇게 취해 가지고 연락을 해서……."

"윤 실장님은 월급 받으시고 하시는 일이 뭡니까."

대꾸하는 목소리는 소름이 끼칠 만큼 차가웠다. 인간이 아닌 사신과 같은 집에서 살며, 일주일에 한 번꼴로 그 집을 드나드는 다른 사신도 있는 처지여서 차갑다고 할 만한 말투에는 꽤나 익숙하다고 생각했는데 별로 그렇지도 않은 모양이었다.

"우리 기획사에는 다른 연예인이 없죠. 오로지 이 친구 하나만 신경 써 주시면 됩니다. 그게 모시는 조건 아니었던가요. 그런데."

"아, 저, 이사님."

"이 친구 여기 왔을 때 여기 손님 몇 명이나 있었습니까."

"두세 테이블 있었습니다."

"그 사람들은 다 어떻게 했습니까."

"이 집도 나름 단골이라⋯⋯. 웨이터들이 대충 눈치 봐서 내보냈습니다."

"내보냈다고요?"

음성 하나 흔들리지 않고 짤막하게 대꾸하는 그 목소리는 제대로 되묻는 말투도 아니었다. 지극히 평이한 말투에, 끝만을 아주 희미하게 살짝 올렸을 뿐이었다.

"사진이라도 찍혔으면 어쩔 겁니까."

"⋯⋯."

"요즘은 트위턴지 그런 것도 많이 하죠. 누가 거기다 대고 벌써 떠벌렸으면 어떻게 수습할 생각이죠?"

침묵이 지나치게 오래간다는 느낌이었다. 그러나 그 침묵을 깬 건 홀 안을 가득히 울리는 남자의 짧은 비명과 낮게 신음하는 소리였다. 뭔가 때리는 소리가 제대로 나고 있지도 않은데 뭘 어떻게 하고 있는 것인지, 남자의 비명은 단발로 그치지 않고 잦아들었다 높아지기를 서너 번이나 반복했다. 그 비명이 멎자 원래도 조용했던 홀 안은 더욱더 조용해졌다.

"넌 해고야."

그 목소리에는 그 어떤 감정도 섞여 있지 않았다. 심지어는 일을 제대로 처리하지 못한 상대에 대한 분개나 역정마저도 없었다. 지극히 낮고 차분하고, 심지어 조곤조곤하게 들리기까지 하는 음성이었다. 그래서 더욱 섬뜩하고 소름이 끼쳐 유진은 어깨를 떨었다.

"한기영 이사군요."

선규가 속삭이듯 말했다.

"저 사람이 이선 기획 대주주거든요. 말이 대주주지, 거의 사장."

"아."

들키면 재미없겠다는 생각이 들었다. 유진은 선규의 소매를 끌어 당겨 말을 멈추게 했다. 다른 사람도 아니고 저기 저 사람한테 들킨 다면 곱게 돌아가지 못할 것 같은 기분이 들어서였다. 꼭 죽지 않아 도 처할 수 있는 위험은 많다던 이안의 말이 떠올랐다.

바깥쪽도 상황은 마찬가지인 것 같았다. 누군가가 발을 질질 끄는 듯한 위태로운 소리를 내며 저쪽으로 사라져버린 후, 홀 안은 살벌하 기까지 한 침묵이 감돌고 있었다. 아까 그렇게나 기세 좋게 욕지거리 를 쏟아내던 이주조차도 아무 말도 하지 못하고 있었다.

그 침묵을 깨고 기영이 아까와 다름없는 조용한 말투로 물었다.

"지금 뭐하는 거지?"

결코 젊은 사람의 것이 아닌 그 음성은 여전히 소름이 끼치는 느 낌이었다. 유진은 이 목소리의 주인이 도대체 어떻게 생긴 사람인지 가 몹시 궁금해졌다. 그녀는 여기서 무사히 돌아가게 된다면 반드시 인터넷에서 사진이라도 검색해 보아야겠다고 생각했다.

"술이 마시고 싶었으면 그냥 술 마시고 싶다고 말 한마디만 하면 좋았을 텐데."

"이 손 치워요."

"이 손 치우라니. 내가 성희롱이라도 하고 있다는 듯한 말투인데?"

"남들 보는 데서 자꾸 이렇게 하니까."

이주는 잠시 입을 다물었다가 결심한 듯 내뱉었다.

"제가 한기영이 첩이라는 말을 듣고 다니는 거잖아요."

"누가 그래, 윤 실장이?"

"아무도 그렇게 생각 안 하는데 그 사람만 그렇게 말할 리는 없지 않아요?"

"그래서 좀 밟아줬지 않나."

"저는 신비감 없어진다고 남들 보는 데서는 화장실도 못 가게 하면서, 남들 보는 데서 사람 정강이를 걷어차고 손등 밟아 짓이기는 짓은 참 스스럼없이 하시네요."

"보기에 불쾌했나 보군. 사과하지."

기영은 의외로 순순히 이주에게 사과했다. 그리고 그제야 이주의 목소리와 말투는 유진이 알던 본연의 모습으로 되돌아와 있었다. 아름답고 기품 있으면서도 어딘가 조금은 차가운.

"한기영의 첩이라. 그래서, 그게 불쾌한가?"

조금 전 실장이라는 남자와의 대화를 통해 들었을 때 「이사님」은 꽤나 이주에 대한 감시가 심한 것 같은 느낌이었다. 그래서 다짜고짜 뺨이라도 한 대 올려붙이지 않을까 생각했었지만 대화는 유진의 생각과는 다르게 비교적 평온하게 진행되고 있었다.

"이미 알고 있으리라 생각하지만 이 바닥에서 유력자와 모종의 관계가 있다는 소문은 그것 자체만으로도 날파리들이 꼬이지 못하게 하는 훌륭한 방충망이 되는 거지."

"그럼, 일부러 그런 말을 퍼트리셨다는 말인가요?"

"그럴 리가."

나직한 웃음소리가 들렸다. 뒤이어 들리는 목소리는 여유가 넘쳤고 심지어 나른하게 들리기까지 했다.

"이 바닥 인간들은 눈치가 빠르지. 어디에 붙어야 하는지, 어디에 줄을 서야 먹고 살 거리가 생기는지를 귀신같이 아는 인간들이라고나 할까. 덕분에 자기들이 알아서 피해 주는 것인데, 그런 거라면 오히려 고마운 일 아닌가."

라이터로 불을 켜는 소리가 났다. 그 뒤를 이어 길게 연기를 뱉는 소리도 났다. 그것은 홀 안이 조용하다는 의미이기도 했고, 동시에 그들이 숨어 있는 직원 탈의실이 두 사람이 앉아있는 장소에서 몹시 가깝다는 의미이기도 했다.

"신기해요."

"뭐가?"

"술이랑 담배 하는 건 터치 안 하시는 게 말예요."

이주가 대답했다. 그녀의 목소리는 조금은 맥이 빠진 것 같았다. 그녀의 말에 욕지거리가 섞여 나오지 않는 것은 좋았지만, 어쩐지 아까와 같은 생기는 없었다.

"알고 계시죠? 어느 정도는 반항이었다는 걸."

"그런가?"

"알게 되면 분명히 화를 내실 거라고 생각했는데."

"그 반대야. 스무 살이 될 때까지 술 담배에 흥미가 없으면 내가 가르칠 생각이었는데."

"그것도."

이주는 잠시 입을 다물었다. 그러고는 중얼거리듯 덧붙였다.

"완벽한 아름다움을 만들기 위해서인가요?"

"그런 셈이지."

기영은 순순히 대답했다.

"얼굴만 예쁜 여자는 세상에 널려 있지 않나. 그런 와중에 수도승 같은 여자는 더욱 매력이 없지. 청순하면서도 요염하고 관능적이면서도 성스러운 아름다움, 그것이 내가 꿈꾸는 이상향이지."

"그래서 어렸을 적부터 네다섯 시간 동안 화장실도 안 가고 참는 법도 가르치신 건가요?"

"그건 영국 왕실에서도 가르치는 거야. 공식 행사 중에 왕족이라는 사람들이 화장실에 간다고 들락날락하는 건 평민의 환상에 부합하지 않으니까. 요컨대 그건 공주들이나 받는 교육이란 말이지. 실제로도 꽤나 공주처럼 크지 않았나?"

"공주처럼 크지 않았다고는 말씀드리지 않았어요."

이주의 목소리 끝이 묘하게 갈라지는 느낌이 났다. 순간 어떤 감정에 북받친 것 같았다. 공주처럼 키우다니, 그럼 한기영인가 하는 저 사람이 이주를 키웠다는 얘긴가. 조각조각 던져지는 이야기들을 필사적으로 이리저리 끼워 맞추고 있는 유진의 귀에 다음 말이 들려왔다.

"저는 도대체 누구죠?"

"뭐?"

그 느닷없는 질문에 기영은 그만 웃음을 터뜨렸다.

"이것 봐. 그런 질문을 하기에는 이제 나이를 좀 많이 먹었다고 생각하지 않나?"

"아뇨. 그렇지 않을 거라고 생각해요. 아마도."

이주는 단호하게 대답했다.

"왜 저는 호적이 없죠?"

이게 또 무슨 소린가 싶어 저도 모르게 헉 소리를 낼 뻔해, 유진은 허둥지둥 입을 틀어막았다. 살짝 고개를 돌려보니 선규 역시도 퍽이나 놀란 표정으로 문틈으로 들려오는 이야기에 귀를 기울이고 있었다.

"유명하잖아요? 털어서 먼지 한 점 안 나는 이주라고요. 그런데 그거, 정말 제가 백옥 같아서 먼지 한 점 안 나는 게 아니잖아요. 그냥 털래야 털릴 과거 자체가 없기 때문 아닌가요?"

"……."

"저는 왜 주민등록증이 없죠? 제 본명은 뭔가요? 있긴 한가요? 제 진짜 나이는 몇 살인가요? 정말 저를 뺀 세상 모든 사람들이 알고 있는 대로 스물일곱인가요? 제 고향은 어디죠? 본적지는요? 부모님은 누구죠?"

"이봐."

"이미 모르는 척하기로 작정을 하신 것 같으니, 조금 다른 질문을 해볼까요. 도계진(都季秦)이라는 사람은, 도대체 누구죠?"

"도계진이 누구냐니."

그러나 이주의 격앙된 목소리와는 달리 대답하는 기영의 목소리는 차분하다 못해 한가롭기까지 했다.

"명색이 배우면서 정말 몰라서 물어보는 건 아니겠지? 30년쯤 전에 은막을 주름잡는 스타였지 않나. 그 당시엔 인터넷도 없었는데도 도계진이 어느 브랜드에서 무슨 옷을 사 입었다더라 하는 소문만 나면 순식간에 동이 나 버리곤 했었지."

"그게 전부인가요?"

"요즘은 인터넷이 좋지. 궁금하면 나중에 검색해 보던가."

"역시나 대답 안 해 주시네요. 뭐 크게 기대도 안 했지만."

이주의 목소리는 낮게 잦아들었다. 그 목소리는 이미 뭔가를 각오한 듯 가늘게 떨리고 있었다.

"그 사람이, 제 어머닌가요?"

이번에야말로 기영은 입을 다물었다. 그는 이주의 질문에 잠시 아무런 대답도 하지 못했다. 그는 잠시 입을 다물고 나직한 신음을 흘렸다.

"도대체."

기영은 갈라진 목소리로 물었다.

"뭘 알고 싶은 거지?"

"말씀드렸잖아요. 제가 누구인지 알고 싶다고요."

"그게, 중요한가?"

기영은 물었다. 액체를 잔에 따르는 소리가 났다. 술이라도 따르고 있는 모양이었다.

"사람이란 가끔 정말 어처구니없을 만큼 쉽게 자기연민에 빠진단 말이야. 그래서, 그게 뭐가 어떻다는 거야? 부모가 누구인지 본적지가 어디인지 진짜 이름이 뭔지 진짜 나이가 몇 살인지 그게 그렇게 중요해? 지금 이주의 인기와 미모와 지위 같은 것과 바꿀 수 있을 만큼?"

그는 입을 다물었다. 짧지 않은 침묵이 흐르고, 그는 내뱉듯이 말했다.

"충고 하나만 하지. 자기가 먹고사는 것과 직접적인 관련이 없는 문제에 과하게 신경을 쓰는 건 좋지 않아. 아는 게 병이라는 말이 괜히 있는 게 아니지. 알아서 상처를 받게 될 사실 같은 건, 굳이 캐려고 들지 않는 게 좋아."

"그건 경고인가요?"

"아니. 하지만 그렇게 들어도 상관없어. 그 일은 모르는 게 좋아."

술잔을 탁자에 거칠게 내려놓는 소리가 났다.

밖에서 무슨 일이 벌어지고 있는지는 정확히는 모르겠지만, 숨을 죽이고 바깥의 상황에 귀를 기울이는 것만으로도 등줄기에 식은땀이 맺혔다. 기영이라는 저 사람은 혹시 사신의 부류가 아닐까 싶은 생각이 들 만큼 그의 목소리는 낮고 음습했으며 차가웠다.

"너무 억울하게 생각할 건 없어. 도계진이라는 이름이 이주와 무슨 관계가 있는지를 처음부터 끝까지 다 알고 있는 건 세상에 나 혼자뿐이니까. 요컨대 이주의 과거를 모르는 건 이주뿐만이 아니라 세상 모두가 다 그러니까, 과거 운운하는 사춘기 소녀나 할 법한 고민은 이제 그만 넣어두시라고."

유진은 더럭 겁이 났다. 기영이라는 사람이 몇 살인지 어떻게 생긴 사람인지는 몰랐지만, 그의 목소리와 말투에는 낯설지만은 않은 위험한 느낌이 있었다. 유진은 이주가 그만 이쯤에서 자신의 궁금증을 캐묻는 것을 중지해 주기를 진심으로 바랐다.

"왜 그렇게 알려고 하지 말라고 겁을 주는 거죠?"

그러나 이주는 별로 물러설 생각이 없는 것 같았다. 조금 작아지기는 했지만 그녀는 또렷한 목소리로 대꾸했다.

"계속 내버려두면, 어머니뿐만 아니라 아버지까지 찾아낼까 봐 두렵기라도 하신 거예요?"

"아버지?"

"그래요. 아버지."

이주는 「아버지」라는 그 단어를 한 음절 한 음절 떼어가며 또박또박 발음했다. 또다시 잠시 침묵이 흘렀다. 목소리가 멈추자 느끼는 것만으로도 뒷목이 굳어져 오는 무거운 정적이 깔렸다.

"재미있군."

기영은 이죽거리며 되물었다.

"그럼, 어디 한 번 물어볼까. 도계진이 어머니면, 아버지는 누구지? 이미 거기까지 다 캐보고 하는 말인 것 같은데."

유진은 눈을 꼭 감았다. 제발, 그냥 아무 말도 하지 말기를. 과거가 어떻고 부모가 어떻고 하는 것이 먹고 사는 것과 아무런 관계가 없다는 기영의 말은 어느 정도는 사실이지 않은가.

부모가 누구든 과거가 어떻든 이주는 어차피 이주일 뿐이니까, 그냥 제발 이쯤에서 그만두기를 유진은 다시 한 번 간절히 바랐다.

"그래, 도대체 그 잘나신 아버지는 도대체 누구지?"

"……."

"대답해 봐. 도대체 누구지? 네 아버지는."

"당신이잖아요."

한참만이야 이주는 치를 떠는 목소리로 대답했다. 그 말에, 다시 한 번 유진은 헉 소리를 낼 뻔했다. 옆에 붙어있는 선규의 팔 또한 순간 긴장했는지 움찔 굳어졌다. 그러니까, 이주가 한기영의 내연녀가 아니라 숨겨둔 딸이었다는 얘긴가.

"웃기는군."

그러나 기영은 싸늘하게 비웃으며 이주의 말을 받아쳤다.

"내가 방금, 너에 관한 일을 처음부터 끝까지 다 알고 있는 건 세상에 나뿐이라고 했지? 그런데 딱 하나 예외가 있어. 그게 그 문제야. 네 아버지가 누구냐 하는 문제. 그건 나도 모른다."

"거짓말하지 말아요."

이주는 비웃듯 대꾸했다.

"우리 엄마는 배우였죠. 그리고 당신은, 그 당시엔 당신 아버지의 돈 가지고 노는 것밖에는 할 줄 모르는 철딱서니 없는 재벌 2세였을 거고. 그래서 그랬어요? 그래서 가지고 놀았어요? 실컷 가지고 놀다가 날 가지니까, 애 내세워서 귀찮게 들러붙을까 봐 우리 엄마를 버린 거예요?"

"닥쳐."

철썩 소리가 났다. 제대로 된 뺨 때리는 소리가 아니라, 살과 살이 부딪는 둔탁한 소리일 뿐이었다. 그러나 그 느리고 탁한 소리는 바깥의 공기를 완전히 바꾸어 놓았다. 그리고 숨어서 그 대화를 엿듣고 있는 두 사람의 심장 박동 수 또한 그에 따라 달라지기 시작했다.

"뭐가 어째? 가지고 놀아?"

기영은 듣는 사람이 깜짝 놀랄 만큼 크게 고함을 쳤다. 몇 분 전까지만 해도 견지하고 있던 그의 냉정과 침착은 순식간에 자취를 감추고 없었다.

"귀찮게 들러붙을까 봐, 버렸어? 내가? 내가?"

그는 짐승처럼 신음하며 일갈을 내질렀다. 끊어지는 말 사이사이 들리는 씩씩대는 숨소리는, 그의 흥분 상태가 극도에 달했다는 것을 말해주고 있었다.

"네 어미가 누구인지는 캐냈으면서, 네 이름의 유래는 캐내지 못한 모양이지?"

"……."

"네 어미는 자기 이름을 싫어했다. 아버지가, 그러니까 네게는 외할아버지 되는 사람이 딸을 낳고 작명소에 갔는데 이름을 두 개 주더라는군. 하나는 평범한 남자에게 시집가서 평범하게 살 이름, 하나는 천하를 치마폭에 싸 넣을 큰 기생이 될 이름. 계진이라는 이름은 두 번째 이름이었지. 아버지라는 사람이, 딸에게 기생이 될 이름을 지어줬다고 네 어미는 늘 속상해했다. 그리고 계진이라는 발음도 마치 「계집」처럼 들린다고 몹시 싫어했지."

"그게 무슨……."

"그래서, 내가 다른 이름을 지어줬지. 계(季)자 대신에 그 비슷한 이(李)자를 쓰고 진(秦)자 대신에 그 비슷한 주(奏)자를 써서, 이주(李奏)라고[4]. 네 어미를 도계진이라고 부르지 않고 이주라고 부른 건, 세상에 나 하나뿐이었다. 그게 지금의 네 이름이란 말이다."

이게 무슨 소리인가 싶어 유진은 흘끔 뒤를 돌아보았다. 그러나 선규는 문밖에서 들려오는 소리에 정신이 팔려 유진을 보고 있지 않았다. 유진은 팔이라도 잡아당겨 선규의 시선을 끌까 생각하다가 이내 그만두었다.

어차피 입을 열어 긴 대화를 나눌 수 있는 상황도 아니었다. 그저 혼자서, 불친절하게 던져지는 기영의 말들을 필사적으로 끼워 맞춰 사태를 파악해 볼 수밖에 없었다.

"네 아버지가 누구냐고? 그건, 나도 모른다. 나일 수도 있겠지. 하지만 아닐 수도 있다."

"무슨 말을 하는 거예요?"

반문하는 이주의 목소리는 심하게 떨리고 있었다.

"그러니까, 우리 엄마가 아무하고나 자고 다닌 더러운 여자였다는 이야기를 하려는 건가요? 나더러 그 말을 믿으라는 건 아니겠죠? 남자들은 늘 그런 식으로 말하잖아요."

---

4) 계진(季秦)과 이주(李奏)의 한자 모양이 비슷한 것을 이용한 일종의 말장난

"더럽다고는 말하지 않았다. 네 어미는, 그냥 아주 욕심이 많은 여자였지."

기영의 목소리는 어렴풋하게 흔들리고 있었다.

격한 말을 하려는 탓인지 갈라진 목소리가 가라앉아 둔하고 탁하게 들렸다. 유진은 마른침을 삼키며 바깥에서 들려오는 말에 귀를 기울였다.

"당시엔 나도 퍽이나 물렀지. 그래서 아버지와 사이가 좋지 않았다. 덕분에 회사의 경영권이 나 아닌 다른 사람에게 갈지도 모른다는 소문이 파다했지. 네 어미는 그걸 견디지 못해 했고."

주머니 속에서 시계가 가늘게 떠는 느낌이 났다. 그 진동에 바깥에서 들려오는 너무나 충격적인 이야기에 잠시 잊고 있었던, 선규의 목숨이 몇 시간 남지 않았다는 사실이 떠올랐다. 도대체 이 상황에서 어떻게 이 사람의 시계를 회수해서 여기를 빠져나갈 수 있는 걸까. 유진은 이맛살을 찌푸렸다.

"네 어미는 많은 유력자들과 알고 지냈다. 그 당시는 한낱 배우 따위는 힘 있는 사람이 부르면 가지 않을 수가 없던 시절이었지. 너도 나이가 있으니 그런 자리에 불려 간 배우에게 무슨 일이 벌어졌는가 정도는 짐작이 가능할 거다. 그땐 나도 꽤나 순진했기 때문에 내가 사랑하는 여자에게 그런 일이 벌어진다는 걸 견딜 수가 없었다. 그래서 모든 걸 다 버리고 멀리 떠나자고, 그런 부탁까지도 했었지. 하지만 네 어미는 듣지 않았다. 그 말을 듣기에는, 네 어미는 너무 욕심이 많았던 거지."

"그럼 저는, 그 말로만 듣던 유력한 정치인의 사생아쯤 된다는 건가요? 그것도 당신을 배신한 여자가 낳은?"

"그 정도뿐이라면 정말 좋겠군."

유진은 그 말을 듣는 순간 오싹 소름이 끼쳤다. 이제 기영의 목소리는 심하다 싶을 만큼 착 가라앉아 있었고, 동시에 몹시 차가웠다.

"어느 날인가, 아버지가 날 부르셨다. 새로 생긴 정부(情婦)를 소개시켜 주더군. 그게 네 어미였다. 알아듣겠나. 난 네 어미를 사랑했다. 네 어미도 날 사랑했어. 하지만 그걸로 만족하기에는, 네 어미는 내 아버지의 돈과 지위와 명예가 탐났던 거지."

"그, 그럼."

"그런데 그것도 그리 오래가진 못했다."

유리잔의 바닥이 탁자 위로 거칠게 부딪히는 소리가 났다. 알아듣기는 해도 받아들이기 힘든 이야기들을 유진이 열심히 되씹는 동안, 기영은 차가운 목소리로 다음 이야기를 계속했다.

"아마도 아버지는, 네 어미를 그리 오래 곁에 둘 마음이 없었을 거다. 네가 아까 말했지. 애가 생기니까 애 내세워서 귀찮게 굴까 봐 떼어내 버렸느냐고. 난 그런 적이 없다. 하지만 내 아버지는 그랬지. 애를 가지면서, 네 어미는 드러내놓고 질펀거리기 시작했다. 아버지의 다른 정부들에게 샘을 내고, 강짜를 부리고, 조강지처 행세를 하기 시작했지. 가뜩이나 누구 씨인지도 모르는 애를 밴 데다가 신경질과 히스테리만 늘어가는 네 어미는, 당연히 아버지 같은 사람에게는 귀찮은 혹덩이일 뿐이었다. 「근본도 모르는 천한 딴따라 년」

따위, 아버지에게는 아무런 의미도 없었던 거다. 처음부터."

기영은 한숨을 내쉬고는 수 초간 아무 말도 하지 않았다. 그 사이를 흐르는 침묵은 숨이 막혀올 정도로 깊고 짙었다.

"네 어미는 아버지에게서 쫓겨난 뒤 한동안을 술에 절어 살았다. 반쯤 폐인이 된 걸, 그래도 모른 체할 수는 없어서 내가 데려다가 별장에서 요양을 시켰다. 거기서 네 어미는 너를 낳고 죽었다. 자살이었지. 꼭 한 번, 네가 누구의 딸인지를 물어본 적이 있다. 내 딸인지, 아니면 내 이복누이인지, 그것도 아니라면 다른 누군가의 딸인지. 그런데 네 어미도 모르겠다고 하더군. 그런 것 따위, 이제 와서 무슨 의미인가 하는 생각에 나도 다시는 물어보지 않았다. 그래서 네 진짜 아버지가 누구인지는 모른다는 거다."

훌쩍거리는 소리가 흐릿하게 들렸다. 감정에 북받친 이주가 눈물을 흘리기 시작한 것 같았다. 잔인한 이야기였다. 두 사람 모두에게.

"아버지는 당연히 너를 호적에 올리는 걸 거부하셨다. 그렇다고 내 호적에 올릴 수도 없었지. 오랫동안 고민하다가 결심했다. 이왕 이렇게 된 거라면, 범상한 인간이라면 흔적조차 캘 수 없는 진짜 여신으로 키우겠다고. 배우가 된다는 건 세인의 관심 앞에 벌거벗겨진 채 내던져진다는 것과 진배가 없으니, 네 흔적은 이 세상 그 어디에도 남기지 않겠다고. 네 어미의 유언대로 말이다. 너를 세상에서 가장 아름다운 여자로 키워달라고 했던 건, 네 어미의 부탁이었다."

너무도 엄청난 이야기라 말이 나오지 않았다. 흘끗 고개를 돌려 뒤를 돌아보니 선규는 잔뜩 흥분한 표정으로 눈을 반짝이고 있었다.

그러나 그에게는 이 이야기를 기사로 써낼 기회는 주어지지 않을 것이다. 착잡한 마음에 유진은 저도 모르게 가만히 한숨을 내쉬었다.

"그래서 그런 거예요?"

이주가 울먹이는 목소리로 물었다.

"어려서부터 지금까지, 하루에 네 시간 이상을 자 본 적이 없어요. 아주 어려서부터 음식은 주는 것만 먹을 수 있었고, 연기에는 필요도 없는 바이올린이니 발레니 서예니 하는 것들을 하루에 열 시간 이상씩 배워야 했어요. 잠잘 때도 코르셋을 벗을 수가 없었고 구부정한 자세로 앉아있거나 세수를 하지 않거나 머리를 빗지 않은 채로 방 밖을 나가거나 남들 보는 데서 하품을 하면 멍이 들도록 두들겨 맞았죠. 근 30년 가까이 그렇게 살았어요."

이주의 목소리는 잔뜩 잠겨 있었다.

"그게 우리 엄마의 유언 때문인가요?"

"무슨 생각을 하고 그렇게 묻는 건지 모르겠군."

방금 전까지는 유진도 그런 생각을 했다. 사랑하는 여자가 남긴, 그것도 어쩌면 자신의 딸일지도 모르는 아이를 아름답게 키우기 위한 남자의 순정 정도로.

그러나 그런 다소 낭만적인 생각은 기영의 차가운 목소리를 듣는 순간 산산이 깨어져 흩어졌다. 그 목소리에는 그야말로 눈곱만큼의 감상도 섞여 있지 않았다.

"네가 나라면, 너를 배신하고 네 아버지와 붙어먹은 여자를 용서할 수 있겠나? 누구의 씨인지도 모르는 애를 배고서야 내게 돌아온 여자를 용서할 수 있겠나? 그리고 결국은 스스로 목숨을 끊어버린 여자 따위를 용서할 수 있겠냐고 묻는 거다."

"……."

"내가, 너를 사랑한다고 생각하나?"

유진은 꿀꺽 마른침을 삼켰다. 그 목소리는 이안의 차가운 목소리와 비교해도 별로 뒤짐이 없을 만큼 싸늘했다. 그녀는 이제껏 사신이 아닌 인간이 이렇게 차가운 목소리를 낼 수 있을 거라고는 한 번도 생각해 본 적이 없었다.

"누가 네 아버지인지 궁금해? 그럼 이건 궁금하지 않나? 내가 왜 유전자 검사 같은 걸 해 보지 않았는지를. 네가 내 딸이 아닐까 봐? 천만에. 혹시나 네가 내 딸일까 봐 검사해 보지 않은 거다. 만약에 그렇다고 한다면 너에게 쓸데없는 연민을 갖게 될지도 모르니까. 쓸 데없이 측은한 마음을 갖게 될지도 모르니까. 네 어미한테 그러했듯이 말이다."

"……."

"난 네 어미를 용서하지 않았다. 그리고 앞으로도 그럴 마음이 없어."

기영은 으르렁거리듯 말했다.

"너는 그 대신일 뿐이다."

유진은 눈을 내리감고 가만히 숨을 몰아쉬었다.

그 일을 겪기 전 평범했던 자신이었다면, 저런 이야기를 듣기만 하는 것으로도 비명을 지르며 바깥으로 뛰쳐나갔을 터였다.

그래도 이안의 곁에서 지낸 시간 동안, 많은 일을 겪어 조금은 차가워진 심장 덕분에 이만큼이라도 참고 견딜 수 있는 것이 아닌가 싶었다.

유진은 흘끗 뒤를 돌아보았다. 선규 또한 입을 다물지도 못한 채로, 눈을 휘둥그렇게 뜨고 그 자리에 굳어져 있었다. 그 얼굴을 보는 순간, 반사적으로 이 사람의 죽을 시간이 임박했다는 사실이 다시 떠올랐다. 이 사람은 도대체 어떻게 죽게 될지, 죽게 되어 무사히 시계를 손에 넣는다 해도 저 살벌한 바깥을 뚫고 어떻게 이곳을 빠져나갈 수 있을 것인지를 생각하니 순간 온몸의 피가 차디차게 굳어지는 것 같았다.

바깥에서는 꽤나 긴 순간 동안 아무런 말도 들려오지 않았다. 유진이 다시 열린 문 쪽을 바라볼 때까지도 이주는 아무 말도 하지 않고 있었다.

그러나 그 이야기를 들은 이주가 어떤 표정을 하고 있을지는 대략 짐작이 갔다. 자신의 과거가 저렇게나 참혹한데 그 사실이 아무렇지 않을 리가 없었다. 바깥의 침묵은 괴롭기까지 했다. 너무나 부담스러워서 사지가 다 굳어져 오는 감각이 일 분 일 초가 다르게 느껴질 정도였다.

"대신……이라고요."

실로 한참 만에야, 이주가 부들부들 떨리는 목소리로 간신히 묻는 소리가 들렸다.

"그러니까, 내가 우리 엄마 대신이라는 건가요?"

"네 어미는 내 통제권 밖에 있었다. 단 한 번도 내 말을 들은 적이 없었지. 작게는 허벅지가 다 드러나는 미니스커트 같은 건 좀 입지 말라는 말부터 크게는 이제 여기저기 불려다니는 배우 같은 건 그만 두고 어디 멀리 도망치자는 말까지, 정말 단 한 마디도 네 어미는 내 말을 들은 적이 없었어. 그때 알았다. 여자란 건, 이렇게 키워서는 안 되는 거라는 걸. 제멋대로 하게 내버려둬서는 안 되는 생물이라는 걸. 여자란 천사처럼 키우면 천사가 되지만 악마처럼 키우면 악마가 되는 존재라는 걸."

무거운 침묵이 흐르는 위로, 아주 흐릿한 훌쩍거리는 소리가 들려왔다.

"왜 울지? 충격이라도 받은 건가?"

기영은 이죽거렸다. 다음 순간 둔탁하게 뭔가를 때리는 소리가 나고 이주의 새된 비명이 들렸다.

그 뒤 크게 사람의 살갗을 때리는 소리와 제대로 된 비명조차 지르지 못한 이주의 억 하는 신음 소리가 났다. 그 사이로 무언가가 우당탕 넘어가는 소리가 섞여 있었다.

"이거 놔요."

"내가 분명히 경고했지. 모르는 게 좋은 이야기라고. 그런데도 어쭙잖은 시비를 걸면서 나로 하여금 이 이야기를 끄집어내게 만든 건 다른 사람이 아니라 바로 너 자신이야."

그는 나직하게 웃었다.

"왜, 충격이 심한가? 이 정도로 꼬인 이야기일 줄은 몰랐던 건가?

좋아. 오늘 저녁만은 특별히 용서해 주지. 이 가게, 어차피 통째로 빌려 놓은 거니 내일 해뜨기 전까지 마시고 싶은 술 갖다 마시고 마음껏 몸부림치며 울어 봐. 그리고 내일부터는 다시 여신 이주로 돌아가는 거지. 인간사 세속적인 희로애락 따위는 처음부터 없었던 여신 이주 말이야."

"꺼져요."

이주는 씨근덕거리며 말했다. 그러나 그 목소리는 몹시 심하게 흔들리고 있었다. 그녀는 차라리 치를 떠는 듯한 목소리로 물었다.

"순순히 그만 걸 다 말해주는 저의가 도대체 뭐죠?"

"네가 물어보지 않았던가?"

"빈정거리지 말아요!"

"네가 과연 뭘 할 수 있을까?"

기영은 낮은 목소리로, 대화의 내용을 알지 못하고 듣는다면 몹시 상냥하고 부드럽게 들릴 것 같은 목소리로 속삭이듯 말했다.

"네 말마따나 넌 호적이 없어. 그 말인즉, 너는 이 세상 사람이 아니라는 뜻이다. 물론 그까짓 호적 같은 거야 얼마든지 만들 수 있긴 하지. 하지만 어느 날 갑자기 내가 너를 놓아준다고 하면, 넌 너를 중심으로 살아가는 이 많은 사람들의 관심과 헌신이 없는 곳에서 살아갈 수 있을 거라고 생각하나?"

라이터로 불을 켜는 소리가 났다. 유진은 숨을 죽였다. 입속이 바싹 마르다 못해 혓바닥이 입천장에 들러붙어 떨어지지 않을 지경이었다. 어떤 의미로든, 이제는 정말 끝이 다가오고 있었다.

"내가 네 어미에게 복수하기 위해 너를 키운 건 사실이다. 그리고 그 사실은 앞으로도 변함이 없을 거다. 넌 나에게 네 어미 대신일 뿐이다. 난 네 어미에게서 상처받은 만큼 너를 상처 입힐 거고, 네 어미 때문에 괴로워한 만큼 너를 괴롭힐 생각이다. 부인할 마음은 없다."

"……."

"마침 좋은 타이밍이군. 기회를 주지. 네 인생을 찾고 싶다거나, 다시는 나에게 휘둘리지 않고 살고 싶다고 생각한다면 지금 일어나서 나가라. 잡지 않을 테니까."

"정말인가요?"

"그럼 정말이지."

기영은 웃었다. 그 음성은 몹시 낮고 탁했다.

"대신, 이제부터 너는 네가 하는 모든 일을 스스로 책임지고 살아야 할 거다. 오로지 너 혼자서, 스스로 말이지."

"그게 무슨 말이죠?"

"어렵게 생각할 건 없다. 그냥, 너 혼자서 할 수 있는 일 같은 건 없다는 말을 하고 있는 것뿐이지. 네 손으로 라면 하나 끓일 줄 모르고 통장 하나 만들어 본 적도 없고 돈을 벌기 위해 남에게 머리를 숙여 본 적도 없는 네가, 과연 이 자리를 박차고 나간들 뭘 하면서 살 수 있을 거라고 생각하지?"

"……."

"너는 너 혼자서는 아무것도 할 수 없다. 네 잘못은 아니지. 내가 그렇게 키웠으니까. 심지어 오늘 어떤 옷을 입을 건지, 어떤 음식을 먹을 건지 하는 것조차도 너 혼자서는 결정할 수가 없을 거다. 지금 네가 입고 있는 옷의 몰골만 해도 그렇다. 네가 할 수 있는 건 고작 해야 속옷을 벗어 던지는 소극적인 반항뿐이지. 그 스커트도, 그 블라우스도, 그 하이힐도 전부 내가 골라 너에게 사다 입힌 것이지. 네가 고른 건 흔한 귀걸이 한 짝도 없어. 아닌가? 그런 주제에, 네가 내 곁을 떠나 뭘 하면서 살 수 있다고 생각하는 거지?"

그만해요. 유진은 저도 모르게 조그맣게 중얼거렸다. 듣고 있는 사람이 오히려 괴로웠다.

기영의 행동은 얼핏 보아서는 이주를 괴롭히는 것이었지만, 실은 그 자신을 괴롭히는 일이었다.

끊임없이 집착하고 집착하고 또 집착해서 바꿀 수 있는 것 따위가 있을 리가 없었다. 그가 과거의 연인에게 택한 복수의 방법은 자신의 인생과 그녀의 딸을 함께 망쳐놓는 것이었고, 그것은 그녀에게나 그에게나 똑같이 잔인한 일이었다.

"5분 주지. 잘 생각해 봐. 네가 나를 떠나 혼자 설 수 있다고 판단되면, 일어서서 여기서 나가. 안 잡는다. 단, 나도 자선사업을 하려는 게 아니기 때문에 그 순간 너는 입은 옷 그대로 빈털터리인 채 쫓겨나게 될 거다. 그래도 상관없다면, 떠나라. 다시는 네 인생에 끼어드는 일은 없을 테니까. 그것만큼은 약속하지."

이주는 대답을 하지 않았다. 기영은 그런 그녀를 향해 비웃음 섞인 냉소를 흘렸다.

"내가 분명히 말했지. 아는 게 병이라고. 모르는 게 차라리 나을 거라고."

"……."

"그러리라 예상은 했지만, 이거 좀 실망이군. 그 정도 각오도 없는 주제에, 이런 식으로 내게 반항한 건가?"

다시 한 번 뺨을 올려붙이는 것 같은 소리가 났다. 그리고 그와 거의 동시에, 또다시 우당탕하고 뭔가가 바닥으로 떨어져 흩어지는 소리가 났다. 유진은 어깨를 움츠렸다.

"네가 내 딸일지도 모른다는 사실에 감사하는 게 좋을 거야. 그 알량한 가능성도 아니었더라면, 넌 벌써 내 노리개가 되었을 테니까."

그 뒤로 무어라고 낮게 속삭이는 소리가 들렸다. 너무 낮고 작은 소리여서 알아들을 수는 없었지만 그 말을 들은 이주는 울음을 터뜨렸다. 곧이어 나지막하게 비웃는 것 같은 남자의 웃음소리와 함께 차가운 대리석 바닥을 울리는 낮고 둔탁한 구두 소리가 점점 멀어져갔다.

그러나 상황은 거기서 쉽게 끝나주지 않았다. 잠시 후 제대로 알아듣기도 어려운, 찢어지는 듯한 여자의 악쓰는 소리와 남자의 일갈성, 그리고 매우 얇고 가볍고 예민한 것이 깨어져 부서지는 소리가 났다. 그 후로 살벌한 침묵이 수 초간 흘렀다. 다음 순간, 홀 안은 둔탁한 타격음과 욕지거리, 비명 소리, 악쓰는 소리, 울부짖는 소리로 가득했다.

유진은 고개를 움츠리고 몸을 떨었다.

한 인간의 집요한 악의에 소름이 끼치고 심장이 얼어붙는 기분이었다. 지옥은 멀리 있는 것이 아니라, 바로 한 발 건너 바깥에 있었다. 이내 다시 바깥이 조용해지면서 목소리가 또렷이 들려왔다.

"와인잔? 그런 걸 던져 봐야 사람은 죽지 않아."

기영은 웃으면서, 그러나 몹시 씩씩거리며 말했다. 이주는 대꾸를 하지 않았다. 흐느껴 우는 소리만이 어렴풋이 들릴 뿐이었다.

"날 죽이려고? 좋은 생각이야. 날 죽이지 않으면 넌 살 수도 죽을 수도 없을 테니까. 하지만 그러려면 어지간한 각오로는 시작도 하지 않는 게 좋을 거야. 개처럼 얻어맞기나 하게 될 테니까. 지금처럼 말이지."

기영은 순식간에 싸늘하게 식은 목소리로 주변에 명령했다.

"본의 아니게 남의 영업장에 민폐를 끼쳤군. 주인한테 연락해서, 깨진 집기들은 보상할 테니 연락하라고 해. 그리고."

시계의 진동이 점점 더 심해지고 있었다. 그에 따라 유진은 자신의 심장 박동이 점점 빨라지는 것을 느꼈다. 아주 두껍고 무거운, 한낱 인간의 힘으로는 멈출 수도 없고 되돌릴 수도 없는 거대한 톱니바퀴가 서서히 움직이기 시작하고 있다는 것을 느낄 수 있었다.

"저런 천박한 꼴은 한시도 더 보고 있기가 힘드니 탈의실로라도 끌고 가서 옷 갈아입혀."

유진은 선규를 돌아보았다. 선규도 유진을 바라보았다. 다행히 두 사람이 숨어 있는 곳은 남자 탈의실이었지만 안심하고 있어도 좋은 것일까.

"저기 왜 문이 열려 있어?"

바깥에서 사람 소리가 났다. 두 사람은 허둥거리기 시작했다. 숨을 공간은 없었다. 그리고 몸을 숨길 시간은 더욱 없었다. 순간 유진의 머릿속에 그지없이 복잡한 수십 가지의 생각이 일시에 스쳐 갔다.

"우선 사물함에라도……."

선규의 말은 끝을 맺지 못했다. 문이 열리는 소리가 났다. 바깥의 밝은 빛이 일시에 문 안쪽으로 쏟아져 들어왔다.

∞

홀로 끌려나가 차가운 대리석 바닥 위에 내던져지듯 내팽개쳐진 후로도 유진은 갑작스러운 조명에 눈이 부셔 고개를 제대로 들지 못했다. 조금씩 떨려오는 몸은 비단 대리석 바닥이 차갑기 때문만은 아니었다.

"그놈부터 뒤져. 여자애는 좀 있다가."

기영이 짤막하게 명령하자 덩치가 큰 남자들이 우르르 달려들어 선규를 강제로 일으켜 세웠다. 그들은 능숙한 솜씨로 선규의 재킷 주머니와 안주머니 등을 뒤져서 지갑을 꺼냈다. 지갑을 열어본 사내의 눈빛이 사납게 빛났다.

"기잡니다."

"기자?"

"스포팅 라이프 명함이 있습니다."

기영은 말없이 손을 내밀어 지갑에서 나온 선규의 명함을 받아갔다. 그러고는 차가운 눈으로 훑듯이 그 명함을 들여다보았다.

이주의 어머니와 연인관계였다는 기영은 그렇게까지 나이 들어 보이는 얼굴은 아니었다. 드문드문 보이는 희끗한 머리는 그저 새치 정도로 보일 만큼 젊어 보였다.

단순히 얼굴 생김만의 문제가 아니라 분위기도 한몫했다. 와이셔츠의 단추를 빈틈없이 채우고 넥타이를 맨 맵시는 지극히 세련되고도 도회적이었다. 앉은 채로 올려다보는 은테 안경의 안경 렌즈는 불빛에 반사되어 거울처럼 빛나고 있어, 선이 짙은 눈썹 아래 자리한 눈은 잘 보이지 않았다.

"기자라."

그는 곰곰이 중얼거렸다. 그 목소리는 너무나 차분하고 조용해서, 방금 전까지 그런 막말을 쏟아내던 사람이라고는 믿어지지 않을 지경이었다. 그는 흐릿한 미소를 지었다. 그러고는 팔을 결박당한 채 굳어진 선규에게로 한발 다가갔다. 적어도 지금까지는, 기영은 유진에게는 전혀 관심이 없는 듯 보였다.

"이선규 기자님."

기영은 부드럽고 은근하게 선규를 불렀다.

"여기서 뭘 하고 계셨던 겁니까?"

"……."

"저 친구를 쫓아다니는 극성 기자들이라면 저도 어느 정도 얼굴과 이름, 소속 정도는 알고 있는데, 기자님은 초면이군요."

"……."

"어지간하나 특종이 필요하셨던 모양입니다. 그렇지요? 하기야 기자라는 것도 사람 할 짓이 아닌 모양이더군요. 그러니까 남의 집 앞에서 차를 대 놓고 거기서 한 달씩 먹고 자고 하면서 감시하는 기자님들이 적지 않은 거겠지만."

당연한 말이지만 선규는 대답을 하지 못했다. 기영은 선규를 붙잡은 사내들에게 눈짓을 해 선규의 팔을 붙잡은 결박을 풀게 했다. 그러고는 매우 공손한 목소리로 미소를 지으며 말을 이었다.

"어디서부터 들으신 겁니까? 아, 하긴 이런 질문은 할 필요가 없던가요."

"……."

"다 들으셨을 테니 아시겠지만, 오늘 기자님이 들으신 이야기는 밖으로 새어나가면 제가 대단히 곤란해지는 내용입니다. 그건 이해하시겠지요?"

선규는 겁에 질린 얼굴로 고개를 끄덕였다. 유진은 마른 침을 꿀꺽 삼켰다.

"소정의 기사료는 지급할 테니, 이 일은 묻어주셨으면 합니다만."

"……."

"가능하시겠습니까?"

"예, 뭐…… 물론……."

"말귀가 통하는 기자님인 듯해서 다행이군요."

기영은 입꼬리를 끌어올려 싱긋 웃었다.

"1억, 아니 5억 입금하겠습니다. 별로 큰돈은 아닙니다만 신문사 때려치우고 닭집 하나 낼 정도의 돈은 되실 겁니다. 괜찮겠습니까?"

"아, 예…… 저는……."

기영은 흐뭇한 표정으로 고개를 끄덕였다. 그는 손을 뻗어, 수색을 당하느라 흐트러진 선규의 옷매무새를 바로잡고 선규의 명함을 윗주머니에 가볍게 꽂아 주었다.

"쓰레기 같은 놈."

"예……?"

"십 년이 지나도, 백 년이 지나도 하나도 변하지를 않는군. 기자라는 놈들은."

기영은 가볍게 어깨를 으쓱거렸다.

"예전에도 너 같은 쓰레기가 하나 있었지. 속옷만 걸친 여자의 사진을 찍었다고 돈을 요구하더군. 30년 전에 천만 원이라고 하면 보통 사람으로는 꿈도 못 꿀만큼 큰돈이었지. 그만큼을 갖다 안겼는데도, 그놈은 약속을 깨고 사진을 뽑아 신문사에 팔더군. 그때 알았지. 기자라는 직함을 달고 다니는 놈들은 사람 취급을 하면 안 된다는 걸."

기영은 차갑게 명령했다.

"쓰레기 내다 버려. 분리수거 잘해서, 불에 잘 타도록."

그 말이 매우 불길한 뜻을 포함하고 있다는 사실을 알아차리는 것에는 눈치까지도 필요하지 않았다. 선규는 기를 쓰며 무언가를 말하려고 했다. 하지만 팔을 붙잡은 사내에게서 뒤통수를 한 대 얻어맞고는 그대로 축 늘어져 버렸다. 그 순간, 유진은 자신의 주머니 속에 들어있는 회중시계의 진동이 싸늘하게 식은 것을 깨달았다. 그의 목숨은, 고작 여기까지였던 것이다.

너무 쉽게 숨이 끊어진 선규에게 남자들이 오히려 당황한 듯했지만 이내 그들은 선규의 시체를 끌고 나갔다. 유진은 차가운 대리석 바닥에 주저앉은 채 멍한 눈으로 멀어져가는 선규의 축 늘어진 다리를 바라보았다.

시계를 챙겨야 한다는 생각이 들지 않은 것은 아니었다. 그러나 그보다 더한 공포와 긴장에 사지가 굳어져 뜻대로 움직여지지 않았다. 누군가가 일어서지 말라는 명령이라도 내린 듯, 움직이기는커녕 말 한마디도 할 수가 없었다.

"저쪽은 처리됐고."

기영은 고개를 돌려 유진을 내려다보았다. 그의 시선은 딱히 차갑지도 않았고 적의에 차 있지도 않았다. 그 눈은 지극히 사무적이고 냉철했으며 차분해 보였다. 그런 점이 역설적으로 더욱더 유진을 두렵게 했다.

"거기 아가씨는, 도대체 정체가 뭐지?"

기자와 함께 있던 것을 들켰으면 보통은 같은 기자라고 여길 텐데 그는 그렇게 생각하지 않는 모양이었다.

유진이 선뜻 대답을 하지 못하자, 그는 노골적인 흥미가 담긴 시선으로 유진을 아래위로 훑어보았다.

"견습 기자 나부랭이 같은 거라고 하기에는, 아직 많이 어려 보이는데."

"저는."

어두컴컴한 곳에 꽤나 한참 동안 갇혀 있었던 탓에 목소리가 심하게 갈라지고 긁혀 나왔다. 유진은 헛기침을 해 목을 돋울 생각도 하지 않고, 작은 목소리로 간신히 대답했다.

"이주 씨의 팬이에요."

"뭐라고?"

"저기 있는, 이주 씨의 팬이라고요."

이곳에 온 목적을 액면 그대로 설명할 수는 없었다. 그러나 그렇다고는 해도 기영의 심기를 거슬러서 좋을 일은 없었다.

이안의 말마따나 이미 이승에서의 시간이 다해버린 지금 새삼스레 다시 죽을 일은 없겠지만, 그만큼의 고통은 충분히 당할 수 있는 것이기에.

"팬이라."

기영은 피식 웃었다. 그는 매우 공손하고 부드러운 태도로 유진의 손을 잡아 일으켜 세우고는 그녀에게 의자를 권했다. 유진은 덜덜 떨리는 턱을 수습하기 위해 힘을 주어 입을 다물었다. 어쨌든 기영은, 선규의 경우처럼 그녀를 즉시 「처리」해 버릴 생각은 아닌 것 같았다.

"요컨대 아가씨는, 내 작품의 감상자라는 얘긴가. 그런 거라면 실
례가 많았군."

기영은 저편에 물러서 있는 사내에게 손짓을 해 유진에게 물을 가
져다주었다. 목은 몹시 말랐지만 지금 섣불리 이 물을 마셔도 되는지
아닌지에 대한 판단이 서지 않아 유진은 컵에 손을 대지 못했다.

"도대체 어쩌다가 저런 쓰레기 같은 작자와 함께 여기까지 숨어들
었는지는 모르겠지만, 아름다운 작품이란 본래 감상하기 적절한 거
리가 있게 마련이지. 작품이 아름답다고 해서 너무 가까이 들러붙는
건 좋지 않아. 학교에서 가르쳐 주지 않던가?"

"그렇게 작품을 아끼는 분이라면 작품을 저렇게 다루면 안 되는
거 아닌가요?"

이주는 아직도 바닥에 버려지듯 내팽개쳐져 있었다. 원래도 조금
은 부스스했던 머리칼은 엉클어져 엉망으로 흐트러져 있었고 울어서
번진 화장은 눈물 자국을 따라 빗물처럼 턱 쪽으로 흘러내리고 있었
다. 더구나 광대뼈 아래에는 희미하게 부은 흔적이 있었다. 아마 한
숨 자고 일어나면 멍이 들 것이다

"건방지군."

기영은 미소를 지었다. 더없이 냉랭한 미소였다. 소름이 끼쳤다.
이런 사람을 앞에 놓고 무슨 이야기를 얼마나 더 할 수 있을까.

"아까 동행이 어떻게 되는지를 봤을 텐데."

"그렇지 않아도 물어보고 싶었어요."

유진은 힘겹게 떨리는 호흡을 가다듬었다.

이제 인간의 손에는 죽지 않는다. 그녀가 믿을 것은 그 말 한마디 뿐이었다.

"저를 어떻게 하실 건가요?"

"전적으로 아가씨의 태도에 달렸지."

기영은 유진의 옆에 놓인 유리컵을 채어가 몇 모금을 마시고는 내려놓았다.

"동행의 일은 유감이군. 나도 보통 때라면 그렇게까지 심하게 굴진 않았을 거야. 돈푼이나 쥐여 주고 쫓아버리는 정도로 끝이지. 보통 기자들은 약간의 돈만 있다면 아주 다루기가 쉬운 족속들이니까. 하지만 지금의 경우는 그럴 수가 없었어. 그 점은 아가씨도 이해할 거라 생각해."

그는 매우 낯선 것을 관찰하는 듯한 눈으로 유진을 바라보았다.

"그런데 아가씨는, 모르겠어. 어떻게 처리해야 할지 진심으로 헷갈린단 말이야."

"그래서요?"

"날 설득해 봐."

기영은 짤막하게 대꾸했다.

"듣지 말아야 할 이야기를 숨어서 들어버린 것은 여전히 불쾌하군. 하지만 날파리처럼 꼬여 드는 기자 놈들과 내 작품의 팬을 똑같이 취급하는 것도 곤란하니까."

유진은 가만히 주머니 속에 손을 넣어 시계를 한 번 쓰다듬어 보았다.

괜찮아. 그녀는 입속으로 중얼거렸다. 이미 내 목숨은 저 사람이 어떻게 할 수 없는 곳에 있기도 하고, 여차하면 시계가 도와줄 테지.

유진은 용기를 내어 기영의 눈을 쳐다보았다. 사신 종류는 아닌 것 같아 그 점도 다행스러웠다.

유진은 천천히 자리에서 일어났다. 긴장한 탓에 전신에 힘이 들어갔던 탓인지 일어서자마자 다리가 저리는 느낌이 났다. 그녀는 뚫어져라 자신을 바라보는 기영의 시선을 뒤통수로 받으며, 저만치 바닥에 널브러진 이주에게로 다가갔다. 놀라움에 굳어진 이주의 시선이 유진에게 머무르고 있었다.

"괜찮으세요?"

"……."

"혹시, 다치신 데 없어요? 꽤 요란한 소리가 나던데요."

불안한 표정으로 유진을 보는 이주의 눈빛과 표정은 몹시 복잡해, 보는 사람의 마음을 심란하게 만들었다. 그리고 그 시선은 아주 빠르게, 유진과 유진의 등 뒤 저편에 앉아있는 기영 사이를 오락가락했다.

"저기, 이거."

유진은 주머니에서 손수건을 꺼내 이주에게 내밀었다. 백마 탄 왕자는 아무나 만나는 게 아니라던 단주의 말을 들은 이후로 갖고 다니기 시작한 손수건이었다. 그녀는 의표를 찔린 표정으로 유진을 바라보았다. 유진은 미소라도 지어주고 싶었지만 아무래도 웃음은 잘 나오지 않았다.

"화장이 많이 번졌어요."

이주는 선뜻 손을 내밀지 못했다. 그녀는 고개를 숙여 유진의 시선을 피했다. 유진은 그런 이주의 손에 반쯤은 억지로 손수건을 쥐여 주었다.

"괜찮아요. 말 안 할게요. 아무한테도."

크게 숨을 들이마시는 소리가 났다. 이주는 바닥에 손을 짚고 일어서려다가 다리에 힘이 풀렸는지 다시금 주저앉고 말았다. 부축이 필요한가 싶어 한 걸음 앞으로 다가섰다가, 유진은 가만히 그 자리에 섰다.

그녀는 소리를 죽여 흐느껴 울고 있었다.

∞

이주의 흐느낌은 생각보다는 빨리 멎었다. 그녀는 천천히 바닥에 손을 짚고 몸을 일으켰다. 짧은 치마와 몸에 달라붙는 블라우스를 입고 하이힐까지 신은 채 바닥에 널브러졌다가 일어선다는 것은 어지간해서는 우아하게 할 수가 없는 동작이지만, 그녀는 놀랄 만큼 아름다운 움직임으로 흐트러진 몸을 수습해 그 자리에서 일어섰다.

"고마워요."

이주는 낮으나마 또렷한 목소리로 말했다. 흐느껴 운 직후여서 잔뜩 잠기고 갈라진 목소리였지만, 그 목소리에는 아까와 같은 불안정한 흔들림이 사라지고 없었다.

그녀는 눈을 감고 길게 숨을 들이쉬었다가 내뱉었다. 얼굴 여기저기에 손찌검을 당한 흔적이 있었고 옷매무새가 심하게 흐트러져 있었지만, 그래도 그녀는 여전히 아름다웠다.

"몰골이 엉망이네요. 화장이라도 좀 고쳐야겠어요."

한 발을 내딛는 그 걸음이 위태로워 보여 유진은 저도 모르게 손을 뻗어 이주의 팔을 잡았다. 그러나 이주는 흐릿한 미소를 지으며 그런 유진의 손에서 자신의 팔을 빼냈다.

"괜찮아요."

"그렇지만 아까……. 탈의실까지라도 부축해 드릴게요."

그러나 이주는 부드러운 미소를 지으며 고개를 저었다.

"변신장면을 들키면 곤란해지는 건 마법 소녀나 배우나 마찬가지예요."

그것은 유진이 망량이 되기 전 마지막으로 보았던 그녀의 영화 속에 나오는 대사였다. 실제와 똑같이 많은 사람에게 사랑받는 여배우로 분했던 그녀는, 그 영화 속에서 라이벌 여배우의 계략으로 애써서 준비한 의상과 소품이 모두 망가진 상태에서 테이블보와 커튼으로 만든 드레스를 입고 커튼콜에 나갔다. 불안해하는 매니저를 향해 미소를 지으며 던졌던 그 대사는, 몇 달간 꽤나 여기저기서 패러디될 만큼 유명했다.

유진은 멍한 표정으로 멀어져 가는 그녀의 뒷모습을 가만히 바라보고만 있었다. 굽이 높은 구두를 신은 그녀의 발걸음은 사실은 꽤나 위태로워 보였지만, 다가가서 부축하는 것 자체가 그녀에게 대단한 실례를 범하는 꼴이 되어 버릴 것 같아서였다.

"멋진 팬이군."

등 뒤에서 착 가라앉은 기영의 목소리가 들렸다. 아주 잠시 동안 잊고 있었던 위기감이 다시금 신경 속으로 스며들었다.

그녀는 천천히 몸을 돌려 자신이 앉아있던 의자로 돌아갔다. 탁자 위에는 새 잔이 놓여 있었고 그 속에는 물이 따라져 있었다. 급작스레 목이 말라 그녀는 잔을 들어 목을 축였다.

"아울러, 매우 대담한 아가씨이기도 하고."

기영은 여전히 속을 읽을 수 없는 무덤덤한 목소리로 말했다.

"지금이 어떤 상황인지, 실감이 나지 않아?"

"아뇨. 그럴 리가요."

유진은 작은 목소리로 간신히 대답했다.

"예전에, 학교에 밤늦게 남아서 공부를 하다가 집에 가려고 지하철을 기다리고 있는데, 어떤 이상한 놈에게 떠밀려서 선로 아래로 떨어진 적이 있었어요. 뭐가 어떻게 된 건가 하고 어안이 벙벙해 있는데 차가 들어온다는 방송이 나오더라고요. 그때랑 비슷한 기분인데요."

"요즘 세상이 험하니 더러 그런 미친놈이 있는 모양이군."

기영은 안경을 고쳐 쓰며 말을 이었다.

"하지만 아가씨 앞에 앉아 있는 나도 결코 정상은 아니야. 저 안에서 다 듣지 않았나? 어쩌면 내 쪽이 더 질이 나쁠지도 모르는데."

순간 반사적으로 "알고 계시네요."라는 말이 튀어나올 뻔했다. 유진은 꿀꺽 마른침을 삼켰다.

"그래서, 그땐 어떻게 살아난 거지?"

"누가 구해줘서요."

유진은 엷은 미소를 지었다.

"어떤 지독하게도 할 일 없는 사람이요."

당신 말을 듣는 게 좋았을까요. 유진은 생각했다. 할 줄 아는 거라곤 아무것도 없는 주제에, 괜히 잘난 척하고 나서지 않았다면 이런 말도 안 되는 이야기의 한복판으로 끌려오지도 않았을 텐데.

무서웠다. 새삼 그런 생각이 들었다. 인간은 자신의 곁에 산재한 수많은 죽음의 확률을 배제해 나가면서 살아가고 있는 것이고, 살아 있는 인간은 살아있다는 그 자체만으로도 존경받을만한 가치가 있는 것이라고 이안은 말했었다. 그러나 우습게도 이렇듯 위험한 상황에 처해서야 온전하게는 아니나마 살아있다는 것이 얼마나 소중한지를 깨닫게 되곤 했다. 그것은 돌이켜보면, 지금뿐만이 아니라 언제나 그랬던 것 같았다.

"그래서 요컨대, 그건가? 미친놈한테 떠밀려서 지하철에 치여 죽을 뻔하다가도 살아났을 만큼 운이 좋으니까 지금 이 자리도 무사히 빠져나갈 수 있을 것 같다는."

기영은 아무런 감정도 섞이지 않은 목소리로, 중얼거리듯 말했다.

"아가씨의 태도는, 솔직히 말하자면 아주 기분이 나빠. 방금 동행이 험한 꼴을 당한 걸 직접 지켜봤으면서 뭘 믿고 그렇게 태연한 거지? 별것도 아닌 인간이, 특히나 나보다 나이가 어린 여자가 나를 무시하는 걸 참고 넘길 만큼 난 그렇게 성격이 너그러운 인간이 못 돼."

"태연한 걸로 보이세요?"

유진은 천천히 대꾸했다. 그녀는 잠시 입을 다물고 숨을 골랐다. 기영은 그런 그녀를 뚫어지라 바라보았다.

"말씀하신 대로 방금 동행이 끌려나갔지요. 여긴 제 편이 아무도 없고요. 조금 전에는 한 사람이 다른 사람의 인생을 어디까지 제멋대로 뒤틀어버릴 수 있는지에 대한 이야기를 들었어요. 태연할 수 있다면 그게 오히려 이상하겠죠."

"무섭나?"

"네."

유진은 짤막하게 대답했다. 기영은 물끄러미 그런 그녀를 바라보았다. 탁자 위에는 담배와 라이터가 나와 있었지만, 어째서인지 그는 담배를 피우지 않고 있었다.

"무섭다면서, 자기 목숨을 구명할 생각은 하지 않고 다른 사람 걱정을 하고 있는 건가?"

"이주 씨 말인가요?"

"그래."

기영은 고개를 모로 기울였다.

그러고는 관찰하는 듯한 표정으로 유진을 들여다보았다.

"내가 내 손으로 내 작품을 부서뜨릴 일은 없어. 있을지도 모르지만, 최소한 그것보다는 여기서 아가씨를 없애 버릴 확률이 조금은 더 높을 거야. 그렇게 생각하지 않나."

유진은 또다시 마른 침을 꿀꺽 삼켰다. 처음부터, 나이도 훨씬 많은데다가 차갑고 잔혹하기까지 한 이런 사람을 그녀 혼자서 상대할 방법 같은 것이 있을 리가 없었다. 식은땀이 등줄기를 타고 흘러내렸다. 그녀는 저도 모르게 주머니 위를 더듬어 시계를 만져 보았다.

"아까부터 도대체 뭘 하는 거지?"

기영은 예민하게 반응했다. 안경 렌즈 뒤로 충혈된 눈동자가 차갑게 빛났다.

"그러고 보니 잊은 게 있군. 기자라는 놈들이 남의 뒤를 캘 때는 카메라나 녹음기를 가지고 다니는 게 일반적인데, 그걸 아직 찾아내지 못했군."

"저는 기자도 아니고…… 그런 건…….."

"안 됐지만 내게는 그 말을 믿을 이유가 없어."

기영은 차갑게 내뱉었다.

"여긴 여자의 몸을 조용히 뒤지기만 할 젠틀한 사람이 없어. 저기 있는 놈들은 내 말이라면 죽는시늉까지도 하는 놈들이긴 하지만 아주 막돼먹은 놈들이지. 내가 아가씨에게 베풀어줄 수 있는 호의는 지금 몸에 지닌 물건을 알아서 꺼내놓을 시간을 주는 것뿐이야."

"녹음기라면 아까 카운터 뒤에 있다는 말을…….."

"좋아. 녹음기는 거기 있고. 다른 건 어디 있지?"

"다른 거라뇨? 저는 정말······."

"저기 저 녀석들과 화장실로 가서 몸수색 좀 당해 볼 용의가 있는 건가?"

기영은 차갑게 웃었다.

"이곳 화장실, 가 봤나? 아주 깨끗하지. 유사시에 침대 대용으로 충분히 쓸 수 있을 정도로 말이야. 아, 하긴 등을 대고 누울 여유도 없을 테니 그런 건 필요가 없으려나."

순간 차디차게 피가 식는 느낌이 났다. 인간, 특히 그중에서도 여자가 죽지 않고 난처한 상황에 처하는 경우의 수란 아주 많다던 이안의 말이 떠올랐다.

유진은 입술을 깨물었다. 이제는, 정말 도리가 없었다. 어차피 시계니까, 보여준다고 해도 별문제는 없겠지. 지금으로서는 그렇게 생각할 수밖에 없었다. 그녀는 주머니 속에서 회중시계를 꺼내 탁자 위에 놓았다.

순간 기영의 얼굴이 격렬하게 일그러졌다. 그는 잡아채듯 유진의 시계를 집어 들고 뚜껑을 열더니 한참을 들여다보았다. 그 얼굴에 새겨지는 변화는 너무나 극적이어서, 이 사람이 아까까지 감정이라고는 털끝만큼도 섞여 있지 않은 목소리로 자신을 협박한 그 사람이 맞나 싶을 지경이었다.

"이건······ 도대체 네가 왜 이걸 가지고 있지?"

"네?"

"너 혹시, 계약을 한 거냐?"

이번에는 유진이 놀랄 차례였다. 그녀는 눈을 휘둥그렇게 뜬 채로 기영을 바라보았다. 이 사람이야말로, 이 시계를 어떻게 알아보는 거지? 계약이라는 말은 또 어떻게 알고 있는 거고?

"웬만하면 거 좀 돌려주고 이야기 계속하면 안 되겠나."

저쪽, 출입구 쪽에서 낯익은 목소리가 들렸다. 유진이 격하게 고개를 돌리는 순간, 반쯤 열어젖혀진 문에 삐딱하게 기대선 긴 그림자 하나가 보였다.

"그건 그 녀석에게는 산소호흡기 같은 거거든."

반갑다기보다는 몹시 놀랐다.

유진은 저도 모르게 의자의 팔걸이를 꼭 붙잡고는 숨넘어가는 소리를 냈다. 무릎 아래쪽이 후들거려 똑바로 서 있기가 힘이 들었다.

지독한 긴장 상태를 억지로 견디고 있던 신경의 경직이 툭 끊어지는 순간, 험한 꼴이라 할 만한 일은 아직 딱히 당하지도 않았음에도 시큰하게 코끝이 매워 왔다.

"당신, 여긴 어떻게?"

"아, 그게 말이지."

출입문 주변에는 이안만큼이나 키가 크고 덩치는 조금 더 좋은 사내들이 즐비했다.

그러나 그는 그런 것쯤은 아랑곳없다는 태도로 출입문을 통과해 안으로 들어섰다. 기영은 핏기가 가신 얼굴로 이안의 발걸음을 따라 시선을 옮겼다.

"원래는 귀찮은 일 따위는 종자에게 시켜놓고 낮잠이나 좀 자려고 했더니 이 녀석이 생전 안 하던 알림 시계 흉내를 내면서 얼른 가보라고 채근을 해 대서 말이지."

"시계……가요?"

"너무 감격하진 마라. 네가 이런 일을 혼자서 처리할 만한 놈이 아니라는 걸 시계까지도 안다는 뜻이니까."

뒤늦게야 이곳에 무단침입한 자를 물끄러미 보고만 있어서는 안 된다는 사실을 깨달은 듯한 사내 몇몇이 달려와 이안의 앞을 막아섰다. 그러나 기영이 손짓을 해 나가 있으라는 신호를 보냈다. 느긋한 걸음으로 홀 안을 가로질러 온 이안은 테이블 위에 놓인 유진의 시계를 집어 그녀에게 건네주었다. 그제야 그가 와 주었다는 것이 실감이 났다.

"이건 네 목숨줄이라고, 이걸 떼 놓으면 몇 시간 안에 죽는다는 이야기 내가 분명히 했을 텐데."

"아니, 그게……."

"변명이라면 나중에 해. 네까짓 놈이 하는 설명 따위는 들으나 안 들으나 똑같으니까."

이안은 그 한 마디로 터지려는 유진의 말문을 막아 버렸다. 그러고는 그녀의 손목을 잡아끌어 자신의 등 뒤에 세우고는 기영을 향해 섰다. 덕분에 유진의 시야 대부분은 이안의 등과 어깨로 가려졌다.

"오랜만이군. 30년 만인가."

"……."

"어쩐지, 그간 별로 잘 지낸 것 같지 않군."

기영은 낮은 신음 소리를 냈다. 이안에 가려져 잘 보이지 않았지만, 그는 몹시 당황하고 있는 것 같았다. 말로 할 수 없는 무엇인가가, 이 자리에서 기영을 제외한 다른 사람은 누구도 갖고 있지 못했던 그 무언가가 서서히 이안에게로 쏠리고 있는 것을 유진은 느낄 수 있었다.

"설마하니, 정말 저승사자였던 건가."

한참 만에야 기영은 잔뜩 잠긴 목소리로 한 마디 던졌다.

"30년이 지났는데, 당신은 하나도 얼굴이 변하질 않았군."

"이거야 원."

이안은 피식 웃었다.

"오래 살고 볼 일이지? 사신이 인간에게 인정을 받고 다니는 세상이라니. 하긴 그러고 보니 자네는 나한테서 시계를 세 번이나 받아 가고도 끝까지 내가 사신이라는 걸 인정하지 않았었지. 늦게나마 알아봐 줘서 고맙군."

"뭐라고요?"

유진은 넋이 나간 목소리로 되물었다.

"저 사람, 계약자였어요?"

"세상은 넓은 듯하면서도 좁지. 시간에게 제 목숨을 팔아먹은 흔하지 않은 바보 두 사람이 한 자리에 존재하는 이런 일이 다 생기다니."

이안은 중얼거렸다. 그 말은 유진에게 하는 말인지 아니면 기영에게 하는 말인지 불분명했다.

"세 번째 계약 이후로 다시는 찾아오지 않기에 이제 어지간한 미련은 접어놓고 잘살고 있는 줄 알았는데 말이야."

"잘살고 있어, 이만하면."

기영은 대답했다.

"난 가진 게 많아. 내 말 한마디에 엎드려 설설 기는 인간이 아주 많지. 난 당신 같은 저승사자는 아니지만, 이 세상에 발을 붙이고 살아가는 인간 몇 명의 목숨쯤은 내 마음대로 할 수 있어. 이렇게 살 수 있는 인간은 그리 흔하지 않지."

"잊었나 본데, 자네는 30년 전에도 가진 게 많았어."

이안은 웃음 섞인 목소리로 대꾸했다.

"30년 전에도 자네의 말 한마디만 떨어지면 그 말을 거역하지 않기 위해서 설설 기는 인간들이 상당히 많았지."

"무슨 말을 하고 싶은 거지?"

"하나도 변한 게 없다는 거지, 자네는. 그 짧지 않은 시간 동안."

이안은 주머니에서 담뱃갑을 꺼내 가볍게 탁자 위로 내던졌다. 오른손은 뒤로 돌려 유진의 손목을 붙들어 쥔 채라 그는 다소 부자연스러운 왼손으로 담배에 불을 붙였다. 기영에게도 권하는 것 같았지만 그는 고개를 저었다.

"잊었나 보군. 난 여자 앞에서는 담배를 피우지 않아."

"여기 여자가 있던가?"

"거기 뒤에 있는 아가씨는 뭐지?"

"아."

이제야 알겠다는 듯 이안은 피식 웃으며 어깨를 가볍게 들썩였다.

"마주 앉은 사람을 무시하고 상처 주고 손찌검을 하고, 그래놓고도 여자 앞에서는 담배를 피우지 않는다거나 여자에게 문을 열어주고 의자를 빼내 주는 그런 얄팍한 퍼포먼스를 하는 걸로 스스로를 정당화하는 그 버릇도 아직 고치지 못하셨군. 이 봐. 30년이란 시간은 사신에게는 별것 아니지만 인간에게는 목숨의 절반에 육박하는 제법 긴 세월이야. 그 시간 동안 고치지 못한 버릇이라면 그건 버릇이 아니라 천성으로 봐야 해."

"내가 왜 당신에게 그런 이야기를 들어야 하는지 모르겠군."

기영은 싸늘하게 대답했다. 그 목소리 속에는 불쾌해하는 기색이 역력해 유진은 꿀꺽 마른침을 삼켰다.

"나와 당신 사이의 계약은 이미 오래전에 끝났어. 나는 당신이 알려준 주의 사항을 잘 숙지했고, 단 한 가지도 위반한 적이 없어. 그러니까 그 이후로 내가 어떻게 살든, 당신이 그런 식으로 내 인생을 비아냥거릴 자격은 없어. 사신이 인간사에 지나치게 참견하는 것도 명부의 계율에 어긋난다고, 당신이 분명히 그렇게 말하지 않았던가?"

"맞는 얘기야."

이안은 낮은 목소리로 대답했다.

"계약자가 계약 중에 사고를 치거나 뭔가 복잡한 문제에 휘말려든 게 아니라면 사신은 계약자의 인생 따위엔 관심을 가질 필요도 없고 끼어들어서도 안 돼. 당신이 어쩌고 살든, 그건 더 이상 내 알 바가 아니야. 30년이나 지났으니, 더더욱."

"그렇다면 이제 확실해졌군. 내가 당신에게 그런 훈계를 듣고 있을 필요가 없다는 것이."

"상대방의 기분 같은 건 두 번도 생각 안 해 보는 것까지도 30년 전과 하나도 달라진 게 없군."

이안은 탁자에 손을 짚은 채 앞으로 몸을 기울였다. 그 서슬에 가려져 있던 기영의 얼굴이 제대로 보였다. 얼핏 보기에는 아까와 크게 달라진 점은 없는 것 같았으나, 약간은 해쓱했고 핏기가 없었다.

"나는 지금 상당히 언짢아. 자네가 지금, 내가 돌보고 있는 녀석을 건드렸기 때문에 말이지."

"그러게 처음부터 내 일에 끼어들지 않았더라면 이런 일은 없었을 텐데 말이지."

그러나 기영의 태도 또한 만만치가 않았다. 조금 놀라고 당황한 것 같기는 했지만, 그는 이안에게 별로 기가 죽은 기색이 아니었다. 그러고 보니 그녀가 만난 계약자들 중에, 이안에게 반말을 하는 「인간」은 기영이 처음이었다. 그것만으로도 그는 보통 사람이 아님을 스스로 인정한 셈이었다.

"당신이야말로 이미 30년 전에 끝난 계약에 무슨 미련이 남아서 끄나풀까지 들여보내 뒤를 캐고 있었던 거지?"

"인간들이 잘하는 말 중에 밥 먹을 땐 개도 안 건드린다는 말이 있지."

이안은 매우 여유로운 목소리로 기영의 말에 대꾸했다.

"개가 밥을 먹을 때 건드리면 유달리 으르렁거리는 이유가 뭐라고 생각해? 그 밥을 누군가 빼앗아 먹을까 봐 그러는 거지. 개밥 같은 건 먹지 않는 사람의 입장에서는 그냥 웃길 뿐이지만."

"그러니까."

기영은 살벌한 표정으로 되물었다.

"당신은 아무 뜻이 없는데 나 혼자 열 내는 중이라 이건가?"

"여전히 말귀는 빠르군."

이안은 미소를 지었다.

"그것도 30년 전과 똑같군그래."

"우리가 꽤나 오랜만에 만나서, 내가 당신의 얼굴이 하나도 변하지 않은 걸 보고 놀랐다는 점에 감사하는 게 좋을 거야."

기영은 으르렁거리듯 말했다.

"난 당신과 계약을 하던 그때까지도 당신이 저승사자라는 걸 믿지 않았는데, 방금 믿게 되었으니까. 그렇지 않았더라면 당신과 그 계집애는 여기서 살아나가지 못하게 될 테지. 아까 그 기자 놈처럼,"

"아, 그러니까 이미 사태를 파악하고 조용히 보내줄 마음이 드셨다는 거군. 그 점은 고마워. 아무리 뭣한들 사신이, 한낱 인간을 상대로 주먹다짐을 하는 것도 꽤나 모양이 빠지는 일이라서."

이안은 웃음 섞인 목소리로 대답했다. 그런 그의 태도는 평소와는 조금 달라서, 그 등 뒤에 서 있는 유진을 어리둥절하게 했다. 지금의 이안은 마치 작정을 하고 기영을 약 올리려는 듯 느껴졌기 때문이었다.

"당장 그 계집애를 데리고 꺼져. 마음 변하기 전에."

기영은 치를 떠는 듯한 목소리로 중얼거렸다. 그 음성은 마치 폭발하기 직전의 화약 같은 위험한 분위기를 풍겼다. 물론 인간이 사신을 죽일 수는 없을 테니 기영이 이안에게 큰 해를 끼치지는 못하겠지만, 아무래도 이 자리에 계속 머물러 있는 것은 좋지 않겠다는 생각이 들어 유진은 이안의 소매를 잡아당겼다.

"고맙군."

이안은 손을 뻗어 담뱃재를 바닥에 털어냈다. 이안은 꽤나 심한 골초이긴 해도 지저분하게 담배를 피우는 타입은 아니었다. 그는 아무 데나 재를 터는 법이 없었고 재떨이에 침을 뱉는다거나 하는 짓도 하지 않았다.

거실 소파에 죽치고 앉아 턱짓으로 유진을 부려 먹으면서도 절대로 재떨이를 비워오라는 말은 하지 않았다. 그런 그가 아무 곳에나 재를 털어내는 것은, 유진이 알기로는 그의 기분이 몹시 상했을 때나 나오는 행동이었다.

"이 녀석이나 나나 이런 가십거리 팔아서 먹고살아야 할 만큼 딱한 처지도 아니니 오늘 여기서 있었던 일이 바깥에 소문나는 일은 없을 거야. 행여 그런 일이 생기거든 이 자리에 있었던 다른 인간을 족쳐보라고 미리 충고해 두도록 하지."

이안은 고개를 반쯤 돌려 유진을 돌아보았다.

"시계는 챙겼나?"

"아, 저 그게……."

"부탁이 있는데."

거기까지만 듣고도 이안은 무슨 일이 벌어진 건지를 대충 눈치챈 듯 기영을 향해 입을 열었다.

"밖에 나가 있는 친구들에게 아까 그 기자 양반을 어디다 파묻어 놨는지나 좀 물어봐 주겠나."

"뭐?"

"계약자가 계약이 종료되기도 전에 죽어버렸으니 시계는 찾아가야 해서."

순간 기영의 표정이 미묘하게 변했다. 그는 한동안 의혹에 가득한 시선으로 이안과 유진을 번갈아 바라보았다.

"그러니까, 아까 그 기자 놈이 계약을 한 거란 얘긴가?"

"아니 그럼."

이안은 웃었다. 등을 지고 있어 그가 지금 어떤 표정을 하고 있는지를 정확하게 알 수는 없었지만 이안을 마주 보고 있는 기영의 표정으로 보아 그가 지금 꽤나 삐딱한 얼굴로 미소를 짓고 있을 것을 짐작할 수 있었다.

"정말로 내가 자네에게 일말의 관심이 남아서 이 녀석을 들여보내 뒤를 캐고 있었다고 생각하기라도 한 건가? 도대체 내가 시간을 되돌리고 싶다고 징징거리는 인간을 1년에 몇 명이나 만난다고 생각하는 거야? 30년씩이나 지난 옛일을, 그것도 그 수많은 내 계약자들 중에서도 구질구질하기로 치면 다섯 손가락 안에 들어갈 사연을 가지고 징징거리던 자네를 내가 굳이 다시 캐 볼 이유가 뭐라고 생각한 거지?"

순간 저 멀리서 흡 하고 숨을 들이켜는 소리가 났다. 유진이 흠칫 놀라 고개를 돌려보니, 그곳에는 화장을 고치고 옷깃을 여민 이주가 서 있었다.

도대체 언제부터 거기 서 있었던 건지, 어디서부터 듣고 있었던 건지, 그녀의 얼굴은 하얗게 질려 있었고 짙은 아이라인을 그린 눈꺼풀은 몹시 당황한 듯 격하게 떨리고 있었다.

유진은 다시 한 번 이안의 소매를 잡아당겼다. 이주의 앞에서 이런 이야기를 해도 되는 건지 확신이 서지 않아서였다. 그러나 이안은 흘끗 눈을 돌려 목석처럼 굳어진 이주를 훑어보고는, 태연하게 자기가 하려던 말을 계속했다.

"30년 전에, 자네는 술에 잔뜩 취해서 날 찾아왔지. 사랑했던 여자가 날 배신했다고. 다른 곳에 가서나마 행복하게 살 수 있다면 그걸로 만족할 텐데, 자기를 하룻밤 노리개 이상으로는 취급할 생각이 없는 노친네에게 팔려갔다고. 심지어는 그게 내 아버지라고. 끝도 없이 같은 이야기를 두 번 세 번 반복하다가 급기야는 곯아떨어졌었지. 기억나나? 감히 인간 주제에, 사신의 거처에서 하룻밤을 지냈단 말이지."

"닥쳐."

"자네는 1년만 시간을 달라고 했지. 어떻게든 여자를 설득해 보겠다고, 이런 결말로 끝나지 않게 어떻게든 설득해 보겠다고 말이야. 솔직히 말하자면, 그때부터도 난 회의적이었어. 시간을 되돌리는 것만으로 바꿀 수 있는 일은 세상에 그리 많지가 않으니까."

"닥치라고 했어."

"그리고 자네는 다시 날 찾아왔지. 1년의 시간을 다시 달라고 했었지? 아예 여자가 아버지를 만나지 못하게 데리고 멀리 달아날 거라고. 그때 내가 한 말 기억하는지 모르겠군. 운명이란 건 그리 퍼석하지 않다고. 인간의 얄팍한 수로 피해갈 수 있을 만큼 단순한 게 아니라고 말이야. 결국 자네는 또다시 날 찾아와서 세 번째로 1년의 시간을 되돌렸지. 여자가 자네가 주는 행복에 만족하지 못해서 그러는 거라면, 여자가 바라는 만큼의 행복을 줄 수 있을 만큼 강해지겠다고. 소용없을 거라는 걸 알았어. 그래도 난 그 청을 들어줬지. 그 후로 자네는 다시는 날 찾아오지 않았고, 난 며칠 전 행색이 허름한 어떤 기자가 찾아와서 이주라는 여자의 뒤를 좀 캐 봐야겠으니 일주일만 시간을 되돌려 달라는 부탁을 하기 전까지는 자네를 깨끗이 잊고 살았단 말이지."

이안은 유진의 손을 놓았다. 그는 탁자 위에 아무렇게나 내던져진 담뱃갑을 주워들고 다시 한 개비를 꺼내 물고는 라이터로 불을 붙였다. 그리고 천천히 첫 모금을 빨아 당겼다 뱉어냈다. 유진에게는 그 수초의 순간이 이상하리만큼 길게 느껴졌다.

"그로부터 30년이 지났어. 그런데 자네는 대체, 그 시간 동안 뭘 했지?"

기영은 침묵했다. 몹시 아픈 부분을 제대로 찔리기라도 한 듯, 그는 입술만 달싹거릴 뿐 제대로 된 대답을 내어 놓지 못했다.

아마 처음일 것이다.

다른 사람의 인생을 제멋대로 휘두르고 있는 것에 대한 비난이 아닌, 증오에 눈이 멀어 자기 자신의 인생을 망쳐 버린 것에 대한 비난을 들은 것은.

"재미있는 얘기를 하나 해 줄까. 방금 죽은 그 기자 양반 말인데, 그 양반 나이가 올해로 서른한 살이지. 이 세상에 존재하지 않던 인간이 태어나서 자라고 제 손으로 돈을 벌어 사람 구실을 하다가 명이 다 되어 죽는 동안, 자네는 한 여자를 미워하고 자기 스스로를 미워한 것 말고는 아무것도 한 일이 없어. 이건 좀 슬프지 않나?"

∞

두꺼운 유리문을 열고 밖으로 나오자, 유진은 온몸에서 힘이 일시에 빠져나가 그만 그 자리에 풀썩 주저앉을 뻔했다.

뒤늦게야 손가락 끝이 부들부들 떨려왔다. 억지로 짓누르고 있었던 수십 가지나 되는 생각들이 일시에 튀어나와 머릿속에서 마구 뒤엉켰다.

"정신 차리고 조금만 참아."

이안은 올라오고 있는 엘리베이터의 층수 표시등을 바라보며 중얼거리듯 말했다.

"오래 살다 보면 별거 아닌 걸 쥐고도 뻥카를 치는 법만 늘어나게 마련이지. 안에 있는 저 작자가 꽤나 노련한 척하지만 내 눈엔 아직 겨우 머리에 피도 안 마른 애송이일 뿐이어서 이 정도로 눙쳐놓고 나오는 데까진 성공했지만 퍼지긴 아직 일러. 아직 상황은 우리에게 불리해. 최소한 이 건물을 빠져나가기 전까지는……."

"저기."

엘리베이터가 도착해 문이 열렸다. 그와 거의 동시에, 안쪽에서 누군가가 문을 벌컥 열고는 다급하게 뛰어 나와 그들을 불렀다.

"잠깐만요."

그러나 이안은 들은 체도 하지 않고 유진을 잡아끌고 문이 열린 엘리베이터 속으로 걸음을 옮겼다. 그러자 이주는 다급하게 버튼을 눌러 엘리베이터를 잡았다. 덕분에 닫히려던 문은 다시 열려 버렸다.

"무슨 볼일이지?"

이안은 예의 그 무덤덤한 목소리로, 조금은 퉁명스럽게 물었다.

"아가씨의 치부가 드러날까 봐 두려운 거라면 그런 걱정은 안 해도 돼. 어차피 나나 이 녀석은 인간의 세상에서 살지 않으니까. 당신이 남들이 생각하는 것 같은 고상한 여자가 아니라고 해도 그딴 걸 떠벌려서 얻을 수 있는 게 별로 없어. 그러니까 걱정은 안 해도 돼."

"그게 아니에요."

이주는 다급하게 말했다.

"당신들은, 도대체 누구예요?"

"그게 왜 궁금하지?"

이안은 대답 대신 이주에게 되물었다.

"왜? 당신도 당신의 목숨을 담보로 과거로 돌아가고 싶어? 과거로 돌아가서, 처음부터 다시 시작하고 싶기라도 한 건가?"

"그게, 가능해요?"

"가능하다면?"

이안은 냉정하게 물었다.

"멀리 갈 것도 없어. 저 안에 남아 있는 작자에게 나에 대해서 물어보면 몇 가지 재미있는 이야기를 해 줄 거야. 나는 어지간해서는 청해오는 계약을 거절하지 못하니까 바란다면 당신도 시간을 되돌릴 수 있겠지. 어때, 관심 있나?"

이주는 넋이 나간 표정으로 이안을 바라보았다. 그는 아무런 감정도 섞이지 않은 얼굴로 그녀를 물끄러미 바라보았다. 이윽고 그의 입가에 매우 희미한 미소가 깃들었다.

"닮았군."

"네?"

"당신 말이야. 당신 어머니와 많이 닮았어. 어쩐지 낯이 익다 했더니."

"알……아요? 우리 어머니를?"

"그렇게 반색할 건 없어. 사진으로 딱 한 번 본 것이 다니까. 아주 오래전에, 안에 있는 저 인간이 지금처럼 겁쟁이가 되기 전의 일이었지. 술에 엉망으로 취해 나를 찾아와서는 알아듣지도 못할 말을 횡설수설 늘어놓았는데, 그 날 밤에 내가 제대로 알아들은 말은 한마디뿐이었어. 이 사람이 내가 사랑하는 사람이라고, 당신 어머니의 사진을 보여주면서 한 그 말."

이주는 명한 표정으로 맥없이 눈을 깜박였다. 이안은 잠시 입을 다문 채 그런 그녀를 가만히 바라보았다.

"저자는 당신 어머니의 마음을 돌리기 위해 세 번이나 시간을 되돌렸지만 실패했어. 시간을 되돌려도 결과가 달라지지 않으니까, 그 사실에 절망해서 저런 겁쟁이가 되어버렸는지도 모를 일이지."

"그, 그럼."

"시간을 되돌린다고 해서 바꿀 수 있는 건 생각보다 그리 많지 않아, 아가씨. 안에 있는 저 작자가 젊은 시절에 그러했듯이."

이안은 중얼거렸다.

"어쨌거나 아가씨의 인생은 이미 30년 가까이 흘러가 버렸어. 그 시간은 무슨 짓을 해도 되돌릴 수가 없는 거야. 하지만 꽤 다행이지 않나. 수많은 사람에게 사랑받고 추앙받는 인생이라는 게 말이야. 개인적인 불행을 이야기할지도 모르지만, 세상에 물 좋고 정자 좋고 반석 좋은 곳 같은 건 원래 없는 법이야. 그런 걸 바란다면 욕심이 과한 거라고."

그 말을 들은 유진은 어색하게 웃었다. 조금 전 이주와 기영에게 연이어 폭언을 듣고 쫓겨나다시피 자리를 떠난 윤 실장이라는 사람이 그 비슷한 말을 했었다. 이주는 그때 너도 똑같은 놈이라며 화를 냈었고.

"그 말, 오늘만도 벌써 두 번째 듣네요."

이주는 쓸쓸하게 웃었다. 이안은 조용히 고개를 저어 보였다.

"어쩔 수 없어. 그게 사실이니까. 아가씨도 이미 알고 있지 않나."

이주는 말없이 입을 다물었다. 고개를 숙인 그녀의 눈빛은 몹시 서글퍼 보였다. 그러나 그녀는 천천히 엘리베이터 버튼을 눌렀던 손을 떼고 뒤로 물러섰다. 그 작은 움직임으로, 그녀는 무언가 결심이 섰음을 말하고 있었다.

"아, 저기, 잠깐만요."

유진이 앞으로 나서며 끼어들었다.

"아까 그 기자분이 설치해 둔 녹음기가 카운터 뒤에 있어요."

"네?"

"남겨두면 곤란한 일을 당하실지도 모르니까 꼭 없애버리세요. 딴 사람 시키지 말고 직접요."

유진은 미소를 지었다.

"이곳 단골이시죠? 그렇다고는 해도 여기서 일하는 사람들도 다 자기 생각이라는 게 있으니까 누구 손에 들어간다든지 하면 또다시 곤란해지실지도 모르잖아요."

이주는 가만히 눈을 깜박였다. 그녀는 화장은 깨끗하게 고쳤지만 부스스해진 머리는 수습할 자신이 없었던지 아예 풀어 늘어뜨리고 있었다. 여전히 안색이 좋지 못했고 눈이 조금 부어있기는 했지만, 지금의 이주는 영화나 잡지 속에서나 보던 그 영화배우 이주로 돌아와 있었다.

"날…… 알아요?"

이주는 매우 조심스럽게 물어왔다.

"왜 그런 것까지 알려주는 거죠?"

"팬이라고 했잖아요."

유진은 미소를 지었다.

"약속했잖아요, 아까. 아무한테도 말하지 않겠다고."

∞

이주는 건물 밖까지 따라 나왔다. 그녀는 기영의 명령으로 바 바깥도 아니고 아예 건물 밖으로 나가 있던 사내들에게 다가가 이사님의 명령이니 아까 그 기자 어디 있는지를 이분들에게 가르쳐 드리라는 말을 전했다.

그러고는 뒤돌아서서 다시 건물 안으로 들어가며, 그녀는 제법 표가 나게 꾸벅 고개를 숙여 목례를 했다. 그것이 이안을 향한 것인지 유진을 향한 것인지는 조금 불분명했다.

∞

　남자들이 알려준 장소는 교외의 한 야산이었다. 별다른 표식도 없는 산속의 특정 위치를 말 몇 마디만 듣고 찾는 것은 거의 불가능에 가까웠지만 이안은 중간중간 시계만 몇 번 들여다보고는 누가 부르기라도 하는 것처럼 거침없이 걸음을 옮겼다.

　"좀 천천히 가요."

　유진은 가쁜 숨을 몰아쉬며 투덜거렸다.

　"혹시나 들킬까 봐 탈의실 안에 숨어서 다리도 제대로 못 뻗고 있었다고요. 가뜩이나 당신 두 발 가는 거 난 세 발 뛰어야 따라갈 판인데."

　"그러게 징징댈 거면 아래서 기다리라고 했지."

　그러나 이안은 들은 체도 하지 않고 한쪽 팔로 덤불을 헤쳐 가며 걸음을 옮겼다.

　"사정을 봐 주고 싶지만 시간이 별로 없어. 설마 그럴 리는 없겠지만 그 기자 양반 시체가 다른 인간의 눈에 먼저 띄기라도 하면 곤란해. 그랬다가는…… 아, 저긴가 본데."

　이안은 거기까지만 말하고 성큼성큼 앞으로 질러가 버렸다.

유진은 기를 쓰고 종종걸음을 치며 그 뒤를 따라가다가 미처 발견하지 못한 돌부리에 걸려 넘어질 뻔했다.

"됐어. 거기 있으라고. 사람 시체 같은 거 취미 없잖아."

유진은 흠칫 놀라 자리에 섰다. 그 말을 듣고 나니 발바닥에 땅에 붙은 것처럼 무거워져 몸이 움직여지지 않았다. 결국 그녀는 몹시 면구스러운 표정으로 그 자리에 서서 주머니 속에 든 시계만을 만지작거렸다.

"상태는 깨끗하군."

이안은 시체의 머리맡 쪽에 버티고 선 채 냉정한 눈으로 시신을 내려다보았다.

"어떤 상황이었지? 보나 마나 들킨 거겠지만. 설마 「못 찾겠다 꾀꼬리」라도 듣고 뛰어 나갔다가 잡힌 건 아니겠지?"

"탈의실에 숨어서 이야기하는 걸 엿듣고 있었는데, 아까 그 사람이 갑자기 이주더러 화장 고치고 옷 갈아입으라고 해서."

"그랬나. 그런 살벌한 이야기들을 하던 중이었으니 일단 한 대 쥐패기부터 했을 거고, 이미 수명이 다한 상황이었으니까 그 길로 죽어버렸겠지. 어차피 그 순간을 모면했더라도 그놈들 손에 칼을 맞든 산 채로 파묻히든 해서 죽었겠지만."

경은도 그랬다. 유진과 말다툼을 하던 중에 답답한 마음을 이기지 못하고 가볍게 한 대 때렸을 뿐이었는데도 그녀는 그 자리에서 숨을 거두어 버렸다. 그때도 이안은 수명이 다한 인간은 어떻게든 죽게 마련이라는 말을 했었던 것 같다.

이런저런 생각 끝에 심란해져, 유진은 조그맣게 한숨을 내쉬었다.

"여러 가지로 불행 중 다행이군."

이안은 중얼거렸다.

"그놈들은 처음부터도 기자 양반을 없애버릴 셈이었겠지만, 한 대 툭 친 것만으로 사람이 죽어버린 걸 보고 조금은 당황했을 테지. 이런 짓에는 이골난 놈들이니 시체를 처리할 방법은 많았겠지만, 굳이 꼬리를 잡힐 확률을 높여가면서까지 토막을 치거나 불에 태울 필요는 없었겠지. 외상이 거의 없으니까, 산에 왔다가 급작스런 심장발작 따위로 죽은 걸로 처리되길 바라면서 이런 데다 갖다 버렸을 거고 말이야."

말이 끊기고 한참이나 부스럭거리는 소리가 났다. 그러다 이안이 유진을 바라보며 한 마디 툭 내뱉었다.

"시계 찾았다. 잘 받아."

"아, 아니 저기……!"

그러나 유진이 지른 비명이 채 잦아들기도 전에 이안은 정말 그녀 쪽으로 시계를 내던졌다. 그녀는 기겁을 해서 이안이 던져준 선규의 시계를 겨우 두 손으로 받았다.

제대로 받은 것도 아니고 시계의 체인이 손가락 어딘가에 걸려 대롱대롱 매달린 형상이긴 했지만.

"웬 오버야? 손도 생기다가 말았어? 그거 하나를 똑바로 못 받아서는."

유진은 두 손으로 선규의 시계를 감싸 가만히 귀에 대어 보았다.

아직도 시계는 가고 있었다.

선규는 죽었지만 아직도 그의 계약은 유효한 것이다. 이상하게도, 지금에서야 조금 전까지도 그 무시무시한 이야기를 함께 엿들었던 선규가 죽어버렸다는 사실이 실감이 났다.

"상태가 쓸 만하군. 이대로 들고 가도 되겠어."

유진은 무슨 소린가 하다가 곧 그가 선규의 시신을 보고 말했다는 것을 깨달았다.

"뭐라고요?"

그녀는 놀라움에 굳어버린 표정으로 이안을 바라보았다.

"시체를 들고 간다고요? 어디로요? 왜요? 뭐에 쓸 건데요?"

"명색 사신이 인간의 시신을 가지고 장난이라도 칠까 싶어 그러냐?"

이안은 툭 던지듯 대꾸했다.

"악마가 인간을 시켜 발명한 것 중에 가장 지독한 건 생명보험이야. 뜻이야 좋지. 그런데 그놈의 보험 때문에 얼마나 많은 살인과 자살이 일어나는지를 알게 되면 있던 밥맛이 뚝 떨어질 거야. 하지만 그건 그거고."

여느 때라면 담배라도 한 개비 피워 물 타이밍인 것 같은데 이안은 꽤나 오래 담배를 피우지 않고 있었다. 어느새 그가 담배를 찾는 타이밍까지도 몸에 익어 버린 것 같아 이 상황에서도 유진은 어색하게 웃었다.

"산 사람은 살아야지."

"그건 또 무슨 말이에요?"

"이 양반이 계약을 하러 와서 했던 이야기 기억 안 나? 원래는 유명 일간지 기자가 되고 싶었다고. 그런데 두세 번 떨어지고 부모님께 책값 받아가며 공부하는 짓을 몇 년 하다 보니 제 주제를 파악하게 되더라고."

이안은 주머니에서 자신의 휴대 전화를 꺼냈다. 그는 뭔가를 찾는 듯 휴대 전화를 뒤적이며, 이맛살을 찌푸렸다.

"이 친구한테는 부모가 있다는 거지. 미처 이야기하지는 못했겠지만 다른 가족들이 더 있을지도 모를 일이고. 기자 생활을 몇 년 한 모양이니 보험 하나쯤은 들어났을 테고, 뭐가 어떻게 된 건지 까마득히 모른다면 모를까 최소한 보험금이라도 타 먹게 도와주는 게 도리 아닐까."

"그걸로 위로가 될까요?"

"물론 안 되지. 세상에 인간의 목숨을 대신할 수 있는 건 아무것도 없다. 돈조차도 말이야. 그런데 요즘 사람들은 아주 많은 돈이라면 대신할 수도 있을 거라고 생각을 하거든. 내가 방금 전에 말했잖아. 생명보험이라는 건 악마가 인간을 시켜 발명한 가장 고약한 발명품이라고."

이안은 가만히 한숨을 내쉬었다.

"하지만 어쩔 수 없지 않나. 일어난 일은 일어난 거지. 무슨 짓을 해도, 이제 이 친구는 살아 돌아올 수가 없어. 그러니 그 목숨값이라도 보존해 주는 게 우리가 할 일이 아닐까? 부모가 힘들어하는 것을 염려해 일간지 기자의 꿈을 접고 남들이 다 백안시하는 스포츠 신문에 입사한 사람이었다면 더더욱, 그런 걸 바랐을 거라고 생각하는데."

유진은 입을 다물었다. 이안의 그 말은 그녀의 마음속에 많은 상념을 불러일으켰다. 그녀는 계속 그 자리에 굳어진 채 이안의 말 한 마디 한 마디를 곱씹었다.

일어난 일은, 일어났다.

"아, 오랜만이지? 지금 뭐하고 있냐, 별로 할 일 없지? 그럼 이리 와서 시체 옮기는 거나 좀 거드는 게 어때? 너도 알다시피 내가 데리고 다니는 망량이라는 녀석은 힘쓰는 일에는 도대체 아무런 도움이 되질 않아서 말이야."

Curtaincall-Rendezvous in Black

후크 단추를 채우고 지퍼를 올렸다. 치마 속으로 집어넣은 블라우스는 너무 야무지게 잡아당기니 가슴이 불룩해 보이고 조금 빼내니 맵시가 부해 보여 어느 정도가 적당한지 확신이 서지 않았다. 유진은 그렇게 한참을 블라우스 자락을 집어넣었다 뺐다를 반복하며 거울 속의 자신을 뚫어지라 노려보았다.

"아직 멀었냐?"

"잠깐만요."

정작 위에 재킷을 입고 나니 그렇게나 신경이 쓰이던 블라우스의 맵시는 적당히 감추어져 애를 써서 매만진 보람도 별반 없었다. 유진은 블라우스의 소맷자락을 밖으로 적당히 빼내고 묻지도 않은 먼지를 군데군데 털어냈다.

시계는 재킷 주머니에 넣자니 너무 불룩해 보여서 평소엔 잘 들지도 않던 핸드백 속에 넣어 어깨에 메었다. 타이트한 스커트에 블라우스, 재킷까지. 이런 각 잡힌 정장을 입어보는 것은 고등학교 때 교복 이후 처음이었다. 유진은 조심스레 문을 열고 바깥으로 발을 내디뎠다.

"옷을 만들어서 입고 나오는 거냐?"

거실 탁자 위에 몸을 굽히고 뭔가를 하고 있던 이안이 이쪽을 쳐다보지도 않은 채 퉁명스레 한마디 했다. 대충 짐작했던 반응이어서 유진은 고개를 움츠리고 날름 혀를 내밀었다.

"교복 말고 이런 정장 입어보는 건 처음이란 말이에요."

"별소릴 다 듣겠군. 상복은 망자에게 인사를 하러 갈 때 입는 옷이지 누구한테 잘 보이려고 입는 옷이 아니다. 그 정도는 알 거라고 생각하는데."

유진은 입을 삐죽이며 이안의 어깨너머로 탁자 위를 들여다보았다. 그는 흰 편지봉투 위에 「謹弔(근조)」라는 글자를 써넣는 중이었다.

"와."

유진은 중얼거렸다.

"한글은 별로더니 한자는 잘 쓰네요."

이안이 가끔 남겨두는 쪽지들과 메모들 같은 것에서, 길지 않아도 그의 글씨체가 어떤지는 대충 알 수 있었다.

악필은 아니었지만 달필도 아닌 그냥 「남자 글씨」였다. 그러나 한자를 쓰는 필체는 달랐다. 제대로 된 붓도 아닌 수성펜으로 쓴 「謹弔(근조)」라는 단어는 따로 인쇄라도 해다 붙인 것처럼 획이 곧고 삐침과 흘림이 부드러웠다.

"이 두 글자 한정이다. 근조 봉투만 밤낮없이 쓰다 보면 이렇게 되지."

"그것도 빈 봉투로 내는 거예요?"

"그렇지. 사신이 인간의 죽음에 부조금을 내는 법은 없으니까."

이안은 봉투를 다 쓰고는 고개를 들어 유진을 바라보았다.

"하도 따라가겠다고 징징대서 한 벌 내 주긴 했는데, 그거 몸에 맞긴 맞는 거냐? 상갓집이란 곳은 가서 얼굴만 비치고 오는 곳이 아냐. 절이라도 하고 나와야 하는데, 허리 구부리다가 후크라도 터지는 거 아냐?"

"뭐라고요? 제 허리가 몇 인치쯤 된다고 생각하고 그런 말을 하는 거예요?"

"내가 군식구의 허리 치수까지 알고 있을 만큼 한가하지는 못해서 말이야. 다만 네가 보기보다 상당히 근수가 나간다는 건 잘 알지."

"뭐가 어째요?"

"버럭 대고 소리 지를 시간 있으면, 좀."

이안은 손을 뻗어 유진의 옷깃을 다시 접어주었다.

"이런 거 신경 좀 쓸 수 없나."

재킷의 깃이 잘못 접혀서 목 뒤쪽 부분이 조금 부자연스럽게 들려 있던 모양이었다. 유진은 한 마디라도 대들어야 할 거 같아 이안의 매무새를 쳐다보았지만 평소에는 집히는 대로 아무렇게나 입고 다니던 것에 비해 지금의 그는 딴 사람인 게 아닌가 싶을 만큼 흠잡을 데 없는 차림새를 하고 있었다.

"다른 것도 아니고, 한 인간이 죽어서 영영 이 세상을 떠나는 자리다. 갖출 수 있는 예의는 최대한 갖추는 게 맞아."

∞

선규의 빈소는 어느 대학병원에 차려져 있었다.

그날 밤, 이안과 도유는 선규의 시신에 묻은 흙을 전부 털어내고 그가 일하던 신문사 건물 내부에 가져다 놓았다. 그래서 그의 시신은 간단한 부검을 거쳐 과중한 스트레스에 따른 과로사 정도로 적당하게 사인이 결정되어 어제 시신이 인도되어 빈소가 차려졌다고 했다.

유진은 집에서 쉬고 있는 사람까지 불러내서 시신을 옮겨놓을 필요가 있었느냐고 물었지만, 이안은 시신이 발견되지 않으면 일단 행방불명으로 처리되고 그 뒤 최소한 5년은 지나야 사망으로 의제되어 보험 처리가 될 테니 그것은 바라는 바가 아니고, 시신이 발견된다 해도 엉뚱한 장소에서 발견된다면 어떻게든 보험 처리를 해주지 않으려는 보험사의 농간 때문에 여러 사람이 힘들어질 거라고 대답했다. 어쨌거나, 그게 최선이었다는 이야기였다.

"상갓집 가 본 적은 있어? 없댔지?"

"네."

"좋아. 그럼 뻘짓하지 말고 눈치 보고 잘 따라 해. 향을 붙일 때는 일단 불을 붙여서 손으로 부채질을 해서 끄는 거다. 입으로 훅 불어서 끄면 실례야. 향을 꽂은 후에는 절을 두 번 하는데 여자는 왼손이 위로 올라오게 잡고 두 번 절하면 된다. 나머지는 내가 알아서 할 테니까 너는 그것만 똑바로 하면 돼."

"네."

어쩐지 조금 긴장이 되어, 유진은 어깨를 한 번 으쓱하고는 종종걸음으로 이안을 따라 걸음을 옮겼다.

∞

    빈소 안은 한적했다. 수가 그리 많아 보이지 않은 문상객들은 문상을 마치고 옆쪽에 마련된 테이블에서 간단한 요기를 하고 있었다. 향냄새와 음식 냄새, 기타 몇몇 가지가 뒤섞인 비릿한 냄새가 코끝을 찔렀다.

    이안은 정말로 몸에 밴 듯한 움직임으로 상주들에게 인사를 하고, 분향을 하고, 영정 앞에 절을 올렸다. 유진은 엉거주춤 눈치를 보며 그런 그의 행동을 따라 했다. 영정 속에 걸린 선규의 사진은 아마 사원증 같은 것을 만들 때 쓰려고 찍은 증명사진이었을 것이다. 그는 그 사진이 이렇게 사용되리라고 상상이나 했을까. 다시 마음 한구석이 서글퍼졌다.

    그때 빈소의 입구 쪽에서 아주 많은 사람이 웅성대는 소리가 났다. 플래시가 터지는 소리와 길을 비켜달라는 짜증 섞인 목소리가 뒤섞여 들려왔다. 빈소 안에 있는 사람들의 시선이 일제히 입구로 향했다.

    잠시 후, 밀려드는 사람들을 뚫고 나타난 것은 이주였다. 라인이 심플해서 검소해 보이지만 실은 그다지 검소하지는 않을 명품 브랜드의 검정 원피스를 입고 검은 리본 핀으로 긴 머리를 추슬러 단정히 올린 차림이었다. 그 뒤를 수많은 기자들이 우글대며 따르고 있었다. 조용하던 빈소 안은 금방 셔터 소리로 소란해졌다.

그녀가 구두를 벗고 위로 올라서서 상주들에게 인사를 하고 분향을 하고 절을 하는 동안, 카메라 세례는 멈추지 않고 계속되었다.

"저기."

상주들에게 마지막 인사를 마친 이주는 기자들 쪽으로 몸을 돌렸다. 그 날 기영에게 손찌검을 당한 상처는 그리 심하지 않았던 건지 아니면 화장을 잘해서 감춘 건지 거의 표시가 나지 않았다.

"여기는, 생전에 저와 아주 절친하게 지내시던 한 기자분의 빈소입니다. 취재도 좋지만, 남의 빈소에 오셨으면 예의를 지켜주세요."

순간 빗발치듯 들려오던 카메라 플래시 터지는 소리가 일시에 주춤 멎었다. 수 분 후, 플래시 터지는 소리는 다시 들리기 시작했지만 그 소리는 아까에 비해 눈에 띄게 줄어 있었다. 누군가가 근조 봉투를 돌렸고, 그 속에 지갑 속에서 꺼낸 만 원짜리 몇 장을 집어넣은 기자들이 호상소에 부조금을 내고 하나둘씩 분향을 하고 절을 하기 시작했다. 이주는 몇 발 뒤로 물러나 그런 그들의 뒷모습을 가만히 바라보았다.

"갑자기 궁금해졌어요."

유진은 속삭이듯 중얼거렸다.

"세라…… 그 왜, 그분이 연애하는 거 숨겨 주느라 낭패 봤다는 그 애는 와서 절이라도 하고 갔을까요?"

"글쎄. 회의적인데."

이안은 팔짱을 낀 채 유진의 시선을 따라 이주의 모습을 바라보았다.

"그렇게나 유명한 연예인이 다녀갔다면 여기가 이렇게 조용할까."

"아."

그렇겠다는 생각이 들어 유진은 말없이 고개를 끄덕였다. 이안의 말이 틀리지 않다는 것은 지금 당장 눈앞에 있는 이주가 보여주고 있었다. 이주든 세라든, 톱스타급의 연예인이 다녀간 빈소에는 많은 사람의 관심이 쏠릴 것이다. 그런데 방금 이주가 오기 전까지의 빈소는 한적하기 이를 데 없었다.

"씁쓸하네요."

유진은 입을 다물었다.

"그분은 세라의 비밀을 지켜 주려다가 저렇게 됐는데 정작 당사자는 빈소에 얼굴도 한 번 내비치지 않는다는 게."

"확실히 좋은 태도는 아니지."

이안은 선선히 고개를 끄덕였다.

"하지만 세라인가 하는 그 아이에게도 그 아이 나름의 사정이라는 게 있겠지. 연예 기획사라는 곳은 세상의 온갖 가담항설이 다 흘러들어 가는 곳이니까, 그 기획사에서 이주와 망자와의 사이에서 있었던 일을 눈치채고 그 아이를 엉뚱한 일에 휘말려 들지 못하게 하려고 붙들고 있는 것일지도 모르지 않나. 연예인이라는 게 생각보다 자기 마음대로 할 수 있는 게 별로 없다는 거, 저 아가씨 살아온 이야기 들으면서 느끼지 않았어?"

이안은 턱짓으로 이주를 가리켜 보였다.

이제 슬슬 담배가 말릴 타이밍이라고 생각했지만 역시나 그랬던지, 그는 밖으로 나갈 준비를 하고 있었다.

"산다는 건 참 어려운 일이지. 자기 마음대로 되는 일이 아주 드물거든. 가끔은, 아주 가끔은 죽는 게 더 낫겠다는 생각이 들 만큼 말이지."

Epilogue

농담 비슷하게, 강력계 사신이 가장 공부를 많이 해야 되는 시기는 격발 라이센스가 떨어지기 직전이라는 말을 다들 하곤 했다.

사신이 사이즈를 다루기 위해서는 일종의 운용 면허를 필요로 한다. 그것은 차를 몰기 위해서는 운전면허가 필요한 것과 비슷한 것이었다.

그중에서도 총기형 사이즈의 경우는 그 위험성 때문에 특히나 라이센스 취득이 까다로운 편이었다. 격발 라이센스를 따기 위해서는 현존하는 모든 종류의 총기형 사이즈의 특징에 대해 숙지하고 있지 않으면 안 되었다.

정작 그중에 필요한 것은 자신이 사용하게 될 한 종류에 관한 지식뿐이라 하더라도.

오늘은 간만에 오는 휴식일이었다.

물론 강력계 사신에게 휴식일이라는 것은 대기 장소를 벗어나 각자의 처소로 돌아가 푹 잘 수 있다는 의미일 뿐 보통의 의미처럼 하루 종일 쉴 수 있다는 의미는 아니었다. 그러나 그나마도 가뭄에 단비 같은 휴식이었다.

현오는 팀원들이 모두 돌아간 대기 장소에 혼자 남아 있었다. 그에게는 요즘 의식 밑바닥에 달라붙어 좀처럼 떨어지지 않는 의문 하나가 있었다. 그것은 아무에게나 쉽게 털어놓을 수 있는 성질의 이야기가 아니었다. 한 팀의 좌장을 맡고 있는 처지에서는 더욱 그러했다. 그러나 부질없고 쓸데없다 무시하면 무시할수록, 그 의문은 더욱 질기게 살아남아 그를 괴롭혔다. 내가 하는 일은, 도대체 누구를 위한 것인가 하는.

그는 맥주 한 캔을 꺼내 자리에 앉았다. 몇 모금을 마셔도 갈증이 가시지 않았다. 자해한 흔적이 그득하던 여자의 손목이 떠올랐다. 초점을 잃은 눈, 생기를 잃은 얼굴, 앞뒤가 맞지 않는 이야기만을 반복하던 목소리.

괴로웠다. 어쩔 수 없는 일이라고 넘겨 버리기에는 그녀의 고통은 너무나 크고 깊었다. 저렇게 사느니 죽는 게 낫지 않을까 하는 생각을, 사신으로 지낸 짧지 않은 시간 동안 처음으로 했던 것 같다.

이런저런 생각을 떠올리다 보니 또다시 착잡해져, 현오는 남은 맥주를 마저 마시는 것도 잊은 채 그 자리에 굳어져 있었다.

"아직 계셨습니까?"

놀란 목소리였다. 현오 역시 놀라 고개를 돌렸다.

팀의 신참이었다. 급한 성격에 실수는 많고, 그래서 여기저기서 잔소리 듣는 것이 아직은 일상인 녀석이었다. 그러나 그 눈이 보기 드물게 굳고 곧아서, 좋은 사신이 될 거라는 생각을 했던 적이 있었다.

"너야말로 여기서 뭘 하는 거냐? 오늘 휴식일인데, 간만에 좀 쉬지 않고."

"쉴 틈 같은 거 없습니다. 라이센스 때문에."

라이센스. 현오는 고개를 끄덕였다. 사신, 특히 강력계 사신이 온전히 제 몫을 하기 위해서는 격발 라이센스를 따서 자신의 사이즈를 지급 받아야 했다. 그 전에 할 수 있는 일이라고는 선배들의 잔심부름이나 이런저런 잡무 정도가 고작이었다. 이 신참 또한 그 기로에 서 있는 것이다.

"그래, 준비는 많이 했나?"

"열심히는 하고 있는데, 잘 되고 있는 건지 모르겠습니다."

"열심히 하는 건 의미가 없다. 잘해야지."

현오는 손짓으로 신참을 앞으로 불렀다. 그는 비품함에서 견본 사이즈 몇 개를 집어와 탁자 위에 늘어놓았다.

라이센스 시험 실기 때처럼 각각의 모델에 대해 이런저런 질문을 하자, 신참은 잠깐의 머뭇거림은 있었지만 답해야 할 사항들을 제법 잘 대답했다.

"좋지도 않은 머리에 공부 열심히 했네."

현오는 미소를 지었다.

"내가 쓰는 모델이 뭔지 알고 있나?"

"선배님이 쓰시는 건 7.63mm를 쓰는 마우저인 걸로 알고 있습니다만."

"그렇지. 그런데 재미있는 건."

현오는 탁자 위에 놓여있는 여러 가지 견본 사이즈 중에서 하나를 집었다.

"이 모델 이름은?"

"토카레프 T-33입니다."

"사용 탄환은?"

"7.62mm 토카레프 탄입니다."

현오는 고개를 끄덕였다. 그리고 품속에서 언제나 지니고 다니는 자신의 사이즈를 꺼냈다.

"이 둘은 다른 모델이지만, 서로 탄환을 호환해서 쓸 수 있다."

신참은 눈을 휘둥그렇게 떴다. 놀라는 얼굴을 보고 있으니 웃음이 나왔다.

"총신의 총구는 보통 가공오차 같은 걸 고려해서 탄두 구경보다 조금 크게 만든다. 그러니 0.01mm 차이 같은 건 아무래도 좋은 거지. 물론 구경이 비슷하다고 다 호환이 가능한 건 아닌데, 이 두 탄환의 경우는 여러 가지 점에서 비슷한 점이 많아서 가능한 거다."

신참은 열심히 고개를 끄덕였다.

좋을 때라는 생각이 들었다. 모든 것이 새롭고, 모든 것이 놀라운 때. 자신이 아는 것만이 진실이자 진리이고, 그 외의 어떤 것에도 눈이 돌아가지 않는 나이.

요즘 자신이 겪고 있는 이 심정적인 동요는 어설프게 나이를 먹었기 때문이 아닐까 하고 현오는 생각했다.

"라이센스가 나오면 사용할 모델은 정했나?"

"아, 저기."

신참은 잠시 우물쭈물하다가 말했다.

"선배님과 같은 모델……을 쓰려고 생각하고 있습니다."

"별로 좋지 않은 생각인데."

현오는 웃었다.

"이건 노후기종이야. 아마 조만간 퇴역 조치가 내려올 거다. 퇴역 처리가 되면 이렇다 할 기술적인 지원을 받을 수가 없어서 어지간한 정비는 스스로 다 해야 하는 불편한 점이 있지. 다른 걸 쓰는 게 좋을 거야. 콜트라든지, 브라우닝이라든지."

"괜찮습니다."

신참은 고집스레 대답했다.

"그래서 정비도 같이 공부하고 있습니다."

말이 안 통하는 녀석이군.

현오는 고개를 내저었다. 하긴, 귀 얇고 약삭빠른 성격은 강력계에 어울리지 않는다.

온갖 험하고 더러운 꼴을 보며 온갖 종류의 사연과 그에 흔들리는 자기 자신과 싸워야 하는 보직이다. 꽤나 오랫동안 자신 또한 그런 사람이라 자부했지만 때아닌 회의에 빠져 하루하루 흔들리며 살고 있지 않은가.

"뭐, 좋을 대로."

저 녀석 이름이, 이안이라고 했던가.

다음 권으로 이어집니다.

Postscript

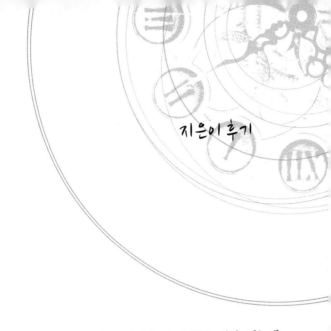

지은이 후기

글을 쓴지 몇 년이나 되었느냐는 질문을 더러 받을 때가 있는데 참 딱 잘라 대답하기가 어렵습니다. 어설픈 자물쇠가 달린 다이어리에 이런저런 만화책에서 본 내용들을 한 데 뒤섞은 이야기를 혼자 쓰면서 즐거워했던 기억부터 따지면 30년 가까이 됩니다. 지겨운 야간자율학습시간, 공부하는 척하면서 놀 거리를 찾느라 대학 노트에 단편 비슷한 것을 끄적거리던 기억부터라면 20년쯤, 인터넷 게시판에 글을 올려놓고 댓글 하나, 조회수 하나에 일희일비하던 기억부터라면 14, 5년 정도 되는 것 같습니다.

가끔 무료한 새벽, 인터넷을 돌아다니다가 일면식도 없는 분의 블로그나 트위터에서 제가 오래전에 끄적거렸던 글의 한 조각을 발견하고 놀랄 때가 있습니다. 그리고 그 문구가, 과연 그분들의 기억 속

에 그토록이나 깊게 박혀 있을만한 문구인가를 생각하다가 <u>스스로</u>
<u>부끄러워질</u> 때가 있습니다.

지금 제가 쓰고 있는 이 글 또한 누군가의 마음속에, 기억 속에 남게 되겠죠. 그런 것을 생각하면 이 글의 무게 또한 아무렇지 않게 생각해 버릴 것이 아니라는 생각에 새삼 어깨가 무거워집니다.

인생은 살수록 어렵고 글 또한 쓸수록 힘든 것 같습니다. 더 노력하는 사람이 되겠습니다.

박미정

일러스트 작가 후기

안녕하세요.

여전히 후기에는 뭘 적어야 하는지 고민되는 삽화가 김유빈입니다.

권수가 진행될수록 유진이에 대한 애정은 깊어지는데, 애정을 표현하기에 마음처럼 손이 안 따라주는 것이 늘 아쉽습니다.

부족한 점만 늘 눈에 띄니 우주로 사라지고 싶네요!

더는 후기에 줄만 늘일 수가 없어요, 아아…….

다음에 또 뵈어요~!

김유빈

타임리스 타임 6

초판 1쇄 발행 | 2014년 5월 1일

지은이 ⓒ 박미정 2014
일러스트 ⓒ 김유빈 2014

교정교열 | 김혜랑
편집담당 | 김미리
디자인 | 정예녹
마케팅 | 김용우

펴낸이 | 김혜랑
펴낸곳 | 메르헨 미디어
등록일자 | 2012년 6월 27일
등록번호 | 제 2012-000141 호
ISBN 978-89-98328-43-6 04810
ISBN 978-89-98328-05-4 (세트)

nabinovel@nabinovel.net
http://nabinovel.net

❀ 나비노블은 메르헨 판타지 브랜드 입니다.

타임리스 타임
TIMELESS TIME
박미정 저, 김유빈 그림

국내 라이트 노벨 최초 태국 수출작품.
20세, 사고로 이른 죽음을 맞이한 유진이
사신(死神) 이안과 함께 생과 사의 경계에서 들려주는
시간의 계약 이야기.

사고 후 눈을 뜨니 다른 세계,
다른 사람의 몸이었다!
말도 배워야지 새로운 몸에
적응도 해야지 바쁜데,
미친 살인마가
자꾸 창문으로 침입해온다.
타칭 병아리,
한겨울의 유쾌한 로맨스 판타지!

병아리
권새나 저, 신사고 그림

마마른 빛

케알 저, 나시

접촉하는 사람을 죽이는 저주에걸린 황
그에게 떨어진 저주가 통하지 않는
그들의 달콤한 로맨스 판

장만정 저, 해운 그림

푸른 사막의 달

사막에 떨어진 그녀는
노예상에 억류되었다.

그녀를 붙잡으려는 남자들,
자유를 원하는 민아,

푸른 사막에서
서서히 싹트는 로맨스 판타지.

그냥 아르바이트하다가
소일거리를 찾았을 뿐인 24세 아가씨.
오랜만에 추억의 게임을 했는데,
열 살짜리 꼬마 소녀가 주인공인
게임 속에 들어가 버렸다.

카르페디엠
CARPEDIEM
메르베스 저, 나라

정령과 요정이 숲과 들에 떠돌고 바다엔 인어가 헤엄치는
마법사의 심장은 몸 밖에서 저
마법사 여라와 심장을 지키는 잿빛 늑대가 펼
아름답고 환상적인 메르헨 판

여라의 잿빛늑

이야기꾼 저, 장에